दूर के पहाड़

दूर के पहाड़

पारमिता शतपथी

अनुवाद :
राजेन्द्र प्रसाद मिश्र

वाणी प्रकाशन ग्रुप | भारतीय ज्ञानपीठ

वाणी प्रकाशन : भारतीय ज्ञानपीठ की पुस्तकों के एकमात्र प्रकाशक एवं वितरक

राष्ट्रभारती लोकोदय ग्रन्थमाला : ग्रन्थांक 901

सजिल्द पहला संस्करण : 2007
सजिल्द दूसरा संस्करण : 2009
सजिल्द तीसरा संस्करण : 2026

वाणी प्रकाशन : भारतीय ज्ञानपीठ की पुस्तकों के एकमात्र प्रकाशक एवं वितरक

वाणी प्रकाशन
4695, 21-ए, दरियागंज, नयी दिल्ली-110 002
दूरभाष : 011-23273167, 23275710
ईमेल : sales@vaniprakashan.in
www.vaniprakashan.com

ISBN : 978-81-263-1363-1

मूल्य : ₹ 325

दूर के पहाड़

(ओडिया कहानी-संग्रह)

पारमिता शतपथी

DOOR KE PAHAD

(Oriya Short Stories)

by Parmita Shatpathi

आवरण-चित्र : वाजदा खान
मुद्रक : आर. टेक ऑफ़सेट प्रिंटर्स, दिल्ली-110 032

अनुक्रम

बाजार

"अरे, ये सब ताजी है या बासी?"

"एकदम ताजी हैं, बाबूजी। बस अभी-अभी आयी हैं। देखिए ना, कैसा माल है", गिल उठाकर दिखा दिया मछलीवाले ने, "पद्मा नदी की हिल्सा है बाबूजी, ऐसी-वैसी नहीं।"

"ये दिख क्यों रही हैं ऐसी? लाल तो नहीं दिख रहीं!"

"हिल्सा के गिल्स लाल नहीं होते, बाबूजी। ये इंजेक्शन लगी रोहू मछली नहीं है। ठेठ पद्मा की हिल्सा है—यह ऐसी मटमैली ही होती है, बाबूजी। जितनी मटमैली होगी, उतनी ही ताजी।"

"ठीक है, ठीक है, कैसे किलो दिया? अभी तो हाँकेगा तू, न जाने कितना?"

"पूरे दो सौ रुपये किलो, बाबूजी।"

"क्या कहा...दो सौ रुपये? मछली बेच रहा है या सोना?"

"क्या बाबूजी, ऐसी मछली के लिए दो सौ ज्यादा है? पूरे हाट में ढूँढ़ आइए, कहीं नहीं मिलेगी ऐसी। और फिर आजकल तो यही रेट चल रहा है।"

यहीं हार गया संजय, वाकई मार्किट में कौन-सी चीज का क्या भाव है, कहाँ जानता है वह? आज सुबह अचानक इच्छा हुई हिल्सा खाने की, यह भी मन हुआ कि हाट जाकर खुद खरीदकर लाएगा, इसीलिए वह चला आया। वरना चपरासी ही घर का सारा सौदा लाता है। मीरा ही यह सब सँभालती है। महीने के महीने मीरा को घर का खर्च पकड़ा देने से उसका काम खत्म। हालाँकि कभी-कभी हिसाब भी माँगता है वह—जब महीने की बीस तारीख को मीरा दुबारा पाँच-छह हजार रुपये माँगती है—कल की तरह लिस्ट में कहाँ-कहाँ पाँच की जगह पचीस के खर्च का हिसाब लिखा था, समझ गया संजय। उस बारे में पूछा मीरा से। मीरा ने एक धमकी देकर बोलती बन्द कर दी उसकी—आजकल महँगाई कितनी बढ़ गयी है, कुछ खबर है तुम्हें? कुछ पैसे पकड़ा देने से काम खत्म हो गया समझते हो? मैं किस-किस तरह से मैनेज करती हूँ, कुछ मालूम है तुम्हें? वक्त पर चाय-नाश्ता मिल जाता है, हॉटकेस में लंच भरकर दफ्तर पहुँच जाता है। बन्धु-बान्धव,

रिश्तेदार, मेहमान घर पर आकर ठाठ से खा-पीकर चले जाते हैं—होटल में रहने-सा रहते हो तुम : पूछोगे क्यों नहीं? कल मंजीत सिंह तुम्हें सौ-सौ की दो गड्डियाँ दे गया था, क्या मैं नहीं जानती? क्या उसमें से कुछ नहीं दे सकते? छह हजार न सही, चार तो दे सकते हो। इतनी बड़ी-बड़ी बातें करते हो, सँभालो अपना हिसाब अब, घर का खर्च भी।

त्राहि-त्राहि किया था संजय ने मन-ही-मन। क्यों माँगा उसने हिसाब? पैसा तो आता है, खर्च भी हो जाता है। क्या जरूरत थी इतना कुछ सुनने की?

पर अपनी हार दिखाई नहीं देनी चाहिए। और फिर हिल्सा तो लेकर ही जाना है।

''ठीक है, ठीक है। चलो एक सौ पचहत्तर लगा लेना। और तो कम नहीं करोगे। कितना वजन होगा बताओ।''

''लीजिए तौलता हूँ।'' तौलते हुए बोला, ''दो किलो सौ ग्राम—चार सौ बीस रुपये। न एक रुपया इधर न उधर।''

''दो किला तो हुआ, सौ ग्राम कहाँ से आया? एक सौ पचहत्तर में देना हो तो दो, नहीं तो छोड़ो। एक मछली का बोल रहा हूँ साढ़े तीन सौ, और क्या दे कोई?''

''चार सौ से एक भी रुपया कम नहीं होगा, बाबूजी।'' तराजू से उठाकर नीचे रख दी मछली और इस तरह मुँह बनाकर बैठ गया मानो उसे मछली बेचनी ही नहीं है।

''ठीक है, नहीं देना है तो...''

मुँह फेरकर दो-तीन कदम आगे बढ़ गया संजय।

''चलिए बाबूजी, एक सौ नब्बे कर देता हूँ। यही लास्ट है। लेना हो तो लीजिए।'' पीछे से आवाज दी मछलीवाले ने।

होठ दबाकर मन-ही-मन मुस्कराया संजय। सही टेकनीक जानता है। भूला नहीं कुछ।

''एक सौ पचहत्तर ही दूँगा, इससे ज्यादा नहीं।''

''बाबूजी, यह एक सौ नब्बे सिर्फ आपके लिए है—और कोई होता तो कम नहीं करता। आप पहले ग्राहक जो हैं।''

मछलीवाला पुनः निरासक्त हो संजय की ओर से मुँह फेरकर दूसरे ग्राहक के लिए मछली तौलने लगा और कनखियों से संजय की ओर देखता रहा।

कुछ कुंठित-सा खड़ा रहा संजय। एक मछली के लिए साढ़े तीन सौ देने को तैयार है वह, यह बदमाश मछलीवाला इतने में भी राजी नहीं है। क्या करे? इतनी परेशानी पहले ही उठा चुका है, दातून नहीं किया अभी तक, ना ही बाथरूम गया है। घर पर कहकर आया है कि आज लंच में भात-मछली खाने घर आएगा। मछली

भी बेहद लुभावनी लग रही है—बड़ी मछली है—स्वाद भी अच्छा ही होगा! और तीस-चालीस रुपये बचाने के लिए कितनी माथापच्ची करे।

"चलो हटाओ, तुम लोगों का ही युग है, ठीक से काट दो—देखना पित्त न कटे। ज्यादा छोटे-छोटे छुकड़े भी मत करना।"

"हिल्सा मछली में कैसा पित्त साहब! खाएँगे तो जानेंगे, क्या चीज है!"

"और खराब हुई तो?"

"यहीं आकर पटक जाइएगा—बनाने के बाद भी। मैं रोजाना का आदमी हूँ, बाबूजी—कोई ठगबाज नहीं—धन्धा डूब नहीं जाएगा मेरा?"

घर लौटने तक लगभग आधा नहा चुका था पसीने से संजय। अकसर इस समय तक वह नित्य कर्म खत्म करके दफ्तर जाने के लिए जल्दी-जल्दी तैयार हो रहा होता है। आज देर हो चुकी है। दो-तीन लोग बाहर बरामदे पर भी बैठे हुए हैं। जरूर किसी ऊटपटाँग काम से आये होंगे—लग भी रहे हैं सड़क छाप—इनसे तो दाल भी नहीं गलने की। बरामदे की ओर से कन्नी काटकर पिछले दरवाजे से अन्दर आँगन में चला गया संजय।

"आओ मीरा, देखो कैसी मछली लाया हूँ!"

"हाँ-हाँ, किला जो फतह कर लिया! हाय राम, यह तो कहीं से भी फ्रेश नहीं लगती।"

"नहीं लगती! अरे नहीं, एकदम ताजी है। न हुई तो पैसे लौटा देगा बोल रहा था मछलीवाला।" यह कहते हुए आँगन के नल के नीचे मछली धोने बैठी निधि को पुकारा।

"सुनो, ये बाहर बरामदे में कौन बैठे हुए हैं?"

"साहब जी, दो दिनों से आप ही को ढूँढ़ रहे हैं ये लोग, दफ्तर में आपसे मिल नहीं पाये—इसलिए घर चले आये।"

"नहीं मिल पाये तो मैं क्या करूँ? कह दो उनसे दफ्तर में ही मिलें। अभी समय नहीं है मेरे पास?"

"साहब जी, ये लोग एक घंटे से बैठे हुए हैं..."

"ठीक है, पर अभी तो नहीं हो सकता—जाओ, दफ्तर में मिलने को बोल दो।"

"किस समय साहब जी?"

"अभी से कैसे बता दूँ किस समय? न जाने कितनी मीटिंग हैं आज—एम.डी. भी बुला सकते हैं।"

"साहब जी, ये लोग मेरे गाँव के हैं—इसीलिए..." ब्रश में पेस्ट लगाते हुए निधि की ओर देखा संजय ने, "ओ ये बात है? चलो ठीक है, कह दो बारह बजे आने को—कह देना, एक पर्ची में तुम्हारा नाम लिखकर भेज दें मुझे।" संजय ब्रश

करने में जुट गया।

''आज तो अच्छा नाश्ता बना है।''

''इडली तुम्हें अच्छी लगती है, तभी...''

संजय सिर झुकाये खा रहा था।

''एक बात कहनी थी'', मीरा ने मिन्नत भरे स्वर में कहा।

''क्या है, बोलो?'' संजय ने खाते हुए अन्यमनस्क हो कहा और दूसरे ही क्षण चौकन्ना हो गया—जरूर और पैसे चाहिए मीरा को।

''चलो रहने दो, दफ्तर से लौट आओ फिर बोलूँगी।''

''ठीक है।'' संजय ने उठकर हाथ धोया और जल्दी-जल्दी तैयार होने लगा।

दफ्तर में घुसते ही खबर मिली कि एम.डी. उसे ढूँढ़ रहे थे और सचिवालय निकल गये। चलो ठीक है, ढूँढ़ने दो बुढ़ऊ को—दुबारा बुलाएँगे तो जाऊँगा...यों मन को आश्वस्त किया और टेबल पर रखे कागजात उलटने-पलटने लगा।

''सर, कोई नवघन बाबू आये हैं, कहते हैं कोई अर्जेंट काम है। कहते हैं आपके बचपन के दोस्त हैं।'' खीझकर हाथ हिलाने ही वाला था संजय कि रुक गया वह। नवघन कहाँ आ गया? दलाल है, पर चतुर भी। देखते हैं, क्या काम है उसका?

''क्या गरीब दोस्तों को भूल गया? ऐसा ही होता है, बड़ा अफसर बन जाने पर!'' यथासम्भव अभिमान भरे स्वर में कहते हुए अन्दर घुस आया नवघन—बिलकुल टेबल के किनारे से घूमकर हाथ मिलाने आ रहा था।

''बैठ-बैठ वहीं'', टेबल के सामने पड़ी कुर्सी की ओर संकेत किया संजय ने। ऐसे तो कभी सुध नहीं लेता, आज अचानक कैसे दौड़ा चला आया गले मिलने। जाने किस काम से आया होगा। मन-ही-मन खीझ रहा था संजय।

''हमारे गाँव के राधू मिश्र के बेटे नवीन की फाइल पड़ी है तेरे पास—रुपये-पैसे कुछ मिले नहीं उसे।''

नवघन काम के बारे में इस तरह सीधे-सीधे कह डालेगा, सोचा नहीं था संजय ने। आश्वस्त हुआ वह।

''क्या हुई उसकी फाइल? जरूर कोई गड़बड़ी होगी। वरना क्यों लटकी रहती?''

''नहीं, वैसी कोई बात नहीं है। कई मर्तबा कह चुका हूँ उससे, तू खुद जा, संजय बहुत अच्छा आदमी है, मेरा परिचय देना, तेरी मदद जरूर करेगा। पर वह घबराता है, बस रट लगाये रहता है : तुम्हीं चले जाओ चाचा। आज सुबह-सुबह मेरे चबूतरे पर आकर बैठ गया। बिना गये काम नहीं चलेगा।... ज़रा मँगाना यार उसकी फाइल। उसके पास अब पैसे-वैसे तो हैं नहीं। तभी छुपता फिर रहा है। तुम्हारे बड़े बाबू ने बुलवाया था उसे। मुझसे कह रहा था : चाचा, पैसे-वैसे तो कुछ

हैं नहीं, नाहक उस ऑफिस में जाकर क्या मुँह दिखाऊँ?''

और भी चिढ़ गया संजय मन-ही-मन। स्साला, आया है चिकनी-चुपड़ी बातें करके काम करवाने। भला कंट्राक्टर के पास पैसे नहीं होते। नवघन ने जरूर उससे एक अच्छी रकम ऐंठी होगी।

''चल ठीक है, न हुआ न सही। इस गरीब दोस्त को याद रखना। दो-तीन महीने बाद तो नवीन खुद ही आएगा, सँभाले अपना काम।'' नवघन ने उसे भाँपते हुए कहा और कुर्सी छोड़कर खड़ा हो गया।

संजय इतना खीझ चुका था कि उसे चाय तक ऑफर नहीं की। नवघन कमरे से बाहर गया ही था कि बड़े बाबू अन्दर घुस आये।

''सर, वह मेडम, डाटा एंट्री के लिए जो रहना चाहती हैं... ...डेलीवेज़ में, वे आयी हैं—सरिता महान्ति। आपसे मिलने को कह रही हैं।''

जरा भौंहें सिकोड़ी संजय ने, ''पर समय तो बिलकुल नहीं है मेरे पास। ठीक है, बुला लो उसे पाँच मिनट के लिए''—मन-ही-मन प्रफुल्लित हो रहा था संजय, यह सुनकर कि सरिता महान्ति का नाम बड़ी इज्जत से ले रहे हैं बड़े बाबू।

''सर, दीदी और भैया कह रहे थे, यदि गेस्ट हाउस में मुझे थोड़ी-सी जगह मिल जाती रहने को तो अच्छा होता। रोजाना तीस-तीस किलोमीटर आने-जाने में परेशानी होती है।'' सरिता ने काफी शान्त और निरीह भाव से कहा—उसके चेहरे पर आशा झलक रही थी।

''देखता हूँ, क्या हो सकता है। गेस्ट हाउस अकसर खाली तो रहता नहीं। तुम लड़की हो, क्या अकेली रह जाओगी?'' संजय ने कनखियों से देखा उसकी ओर। बुरी नहीं है देखने में—सुन्दरता की अपेक्षा यौवन ने अधिक ताज़गी भर रखी है उसमें। फीके गुलाबी रंग की सलवार-कमीज पहन रखी है। पाँच दिनों से उसके ऑफिस में काम कर रही है। पिछली बार ढेंकानाल दौरे के समय खुद ही आकर मिली थी। सबकुछ कर सकती है, बी.ए. पास है और कम्प्यूटर डाटा एंट्री कोर्स कर चुकी है। काफी अनुनय-विनय करती हुई बोली कि कोई नौकरी चाहिए उसे, कैसी भी हो, शुरू में डेलीवेज़ेज में ही सही। पहले तो संजय अवाक् रह गया, खुद-ब-खुद कोई लड़की आकर कह रही है, सबकुछ कर सकती है। न जाने किस मोह से ''भुवनेश्वर आकर मिलो'' कह दिया उससे, जबकि उसे मालूम था कि नौकरी दे पाना उसके वश में नहीं। पर उसने सोचा, अभी कम से कम डेलीवेज़ेज में चले, फिर देखा जाएगा।

''आ जाऊँगी सर। कोई प्रॉब्लेम नहीं।'' सरिता ने दृढ़ता से कहा।

फिर चौंका संजय। कुछ सशंकित भी हुआ— यह तो बड़ी दमदार लगती है, क्या इसको...

''थैंक्यू सर, थैंक्यू वेरी मच।'' मन-ही-मन मुस्कुरायी सरिता और नाटकीय रूप से टेबल पर से हाथ उठाकर मुड़कर चल पड़ी।

—बड़ी चालाक है यह लड़की तो। पूरी जान ही लेने पर उतारू है क्या? संजय सोच रहा था मन-ही-मन।

"हाँ सरिता, सुनो, परसों दौरे पर जाना है, चिलिका के आस-पास, तुम साथ चलो, स्टेनो तो अभी और पाँच दिन छुट्टी पर है।"

"नो प्रॉब्लेम, सर। किस समय चलना होगा सर?"

"परसों सुबह नौ बजे ड्राइवर तुम्हें गेस्ट हाउस से पिकअप कर लेगा। मैं ऑफिस से फाइल साथ लेता आऊँगा।"

"ऑल राइट, सर।" दुबारा नमस्ते करके मटकती हुई सरिता महान्ति कमरे से बाहर चली गयी। उसे पीछे से देखकर मुस्कुरा उठा संजय और मन-ही-मन सोचा, देखा जाए।

"तुमसे कहा था ना कि कुछ पूछना चाहती हूँ—क्या तो पूछ रही थी? तुमने फिर पूछा भी नहीं!" लाड़ भरे स्वर में कहा मीरा ने।

"पूछती क्यों नहीं," संजय के स्वर में कोई आग्रह नहीं था। डायनिंग टेबल पर तब तक खाना लग चुका था।

"आज ही चिट्ठी आयी है माँ की," संजय की आँखों से आँखें मिलाकर कहा मीरा ने, "उनके पेट के निचले हिस्से में काफी दर्द रहता है। उठ-बैठ तक नहीं पा रहीं। वही हॉमियोपैथी की दवा खा रही हैं दो महीने से, कोई फायदा नहीं। क्या जाने, कहीं ट्यूमर-फ्यूमर तो नहीं हो गया," एक ही साँस में कह गयी मीरा। संजय ने कोई प्रतिक्रिया नहीं दिखायी। "क्या उन्हें इस रविवार यहाँ ले आएँ?" मिन्नत की मीरा ने, "क्या करें? और कोई है भी तो नहीं यहाँ। उनका आशा-भरोसा तुम्हीं हो। जरा टेस्ट वगैरह करवा देते, एकाध महीने रह लेती यहाँ।"

"तुम अपने भाई को क्यों नहीं खबर कर देती, दिल्ली में तो अच्छे-अच्छे डॉक्टर हैं—टेस्ट भी ढंग से हो जाएँगे, सही बीमारी भी पकड़ में आ जाएगी।" शान्त भाव से कहा संजय ने।

"माँ ने यह भी लिखा है कि भैया को दो-दो चिट्ठियाँ भेज चुकी हैं, पर कोई जवाब नहीं आया। हमारे यहाँ कई टेस्ट तो मुफ्त में हो जाएँगे। वैसी कोई दिक्कत भी नहीं होगी। महीने भर की तो बात है।"

"देखो, महीने-छह महीने की बात मैं नहीं कर रहा, बात यह है कि आज कल तो डॉक्टर हाथ लगाने का पैसे ले लेते हैं—दिखाना मान लो मुफ्त हो जाएगा, पर टेस्ट वगैरह और उसके बाद दवा-ट्रीटमेंट का खर्च कोई कम नहीं होता, समझी? दस-बारह हजार तो मिनिमम है।"

"क्या मैं नहीं जानती? पर क्या करें? माँ है तो करना ही होगा। मेरे पास भी

कुछ पैसे हैं।'' मीरा की आँखें छलछला आयी थीं।

''अरे नहीं, मैं क्या तुम्हारे पैसे की बात कह रहा हूँ? भैया को लिखो, माँ इस तरह सीरियस है, यदि लिवा नहीं जा सकते तो कम-से-कम दस हजार रुपये भेज दें। उन्हें कोई अभाव तो है नहीं। सारी जिम्मेवारी हम ले भी लें, पर कुछ रुपये तो उन्हें देने ही चाहिए। ठीक है, चलेंगे रविवार को, लिवा लाएँगे।''

''कल मैं भी भैया को फोन करूँगी। वे सोचते हैं, आसानी से बच जाएँगे।''

संजय चुपचाप सोने चला गया।

''ए उठो, उठो ना, इतनी भी गहरी नींद कैसी?'' मीरा ने संजय को जोर से झकझोरा।

''कितने बजे हैं?'' संजय हड़बड़ाकर उठते हुए आँखें मलने लगा।

''बजे तो आठ हैं—पर इतनी बार फोन बजा, और तुम हो कि कुम्भकर्ण की नींद सो रहे हो?'' मीरा क्यों खीझ रही है, समझ नहीं सका संजय।

'फोन बज रहा था तो तुमने उठाया क्यों नहीं?' संजय ने सोचा, वास्तव में खीझना तो उसे चाहिए था।

''मैंने नहीं उठाया तो और किसे गरज पड़ी है जो उठाएगा?'' मीरा ने नथुने फुलाकर कहा।

''बात क्या है? किसका फोन था?'' संजय ने अपना स्वर कुछ बदलते हुए पूछा।

''बात क्या होगी? तुम्हारे बाबूजी ने फोन किया था—पूछा, क्या कर रहे हो उस बारे में।'' मीरा ने पहले जैसे स्वर में ही जवाब दिया।

''किस बारे में?'' नींद की वजह से संजय समझ नहीं पा रहा था ठीक से कुछ।

''और किस बारे में?'' खीझ उठी मीरा, ''वही, अनीता की शादी के बारे में'' और चिट्ठी में लिखा था उन्होंने, एक लाख रुपये देने के लिए? क्या तय किया, पूछ रहे थे। तुमसे बात करना चाहते थे। मैंने कहा, सो रहे हैं—उठा दूँ क्या? पूछने पर उन्होंने कहा, नहीं रहने दो, संजय से कहना कि बाद में मुझे फोन कर ले।''

''अरे हाँ।'' जम्हाई ली संजय ने। रजाई एक ओर हटाते हुए उठकर खड़ा हो गया और बाथरूम की ओर चल पड़ा।

''क्यों, कुछ कर क्यों नहीं रहे?'' मीरा के स्वर में आसन्न युद्ध की घोषणा थी।

''ऑफिस से लौटकर आता हूँ—देखो न, इतनी देर हो चुकी है।'' संजय ने

संक्षिप्त उत्तर दिया। मीरा कुछ कहे बिना दमदमाती हुई बेडरूप से निकल गयी।

''आज खाना अच्छा बना है ना?'' रात का खाना परोसकर बगलवाली कुर्सी पर बैठने के बाद कहा मीरा ने। सुबह वाला युद्ध-भरा स्वर नहीं था अब—शायद समझौते में अधिक लाभ है, यह समझ चुकी थी वह।

''हाँ, बहुत अच्छा बना है। तुम भी खाओ।''

''नहीं, पहले तुम खा लो'' और थोड़ी-सी चिंगड़ी मछली की तरकारी परोसती हुई मीरा बोली, ''एक लाख रुपये कहाँ से लाएँगे हम?''

''सच कह रही हो।'' संजय खाने में जुटा हुआ था।

''देहरी छोड़कर, अमराई के पास जितनी भी जमीन है, वह उतनी अच्छी तो है नहीं, आबादी भी कोई खास नहीं बढ़ रही वहाँ—बाबू जी बेच क्यों नहीं डालते उसे? कम-से-कम पचास हजार तो मिल ही जाएँगे। उस जमीन में तुम्हारा और अजय दोनों का हिस्सा है—समझ लो, एक का चन्दा पच्चीस हजार पड़ेगा।'' इतना कहकर चुप हो गयी मीरा।

''और बाकी के पचास हजार?'' संजय को इस तरह का एक प्रोपोजल बहुत प्रीतिकर लगा और वह मीरा की बुद्धिमत्ता पर आश्चर्य कर रहा था।

''और पचास के लिए, कुछ चीजें बताएँ बाबूजी, लोगों से बोलबाल कर यहीं खरीद लेंगे। सस्ते में मिल जाएँगी। पचास हजार की चीजें तीस हजार में मिल जाएँगी।'' मीरा ने विश्वास भरे स्वर में कहा।

''ठीक है, मैं बाबूजी से बात कर लेता हूँ।'' संजय को आश्चर्य हो रहा था, खुश भी हो रहा था वह मीरा के हाज़िर जवाब से।

''बात क्या करनी है? उन्हें ज़बरन दो यह प्रस्ताव। लड़की पैदा करें वे और शादी करें हम? अच्छे भिखमंगों के घर की बहू बनी मैं...'' मीरा का स्वर रुआँसा हो उठा।

चिलिका के पासवाले ऑफिस का काम जल्दी खत्म हो गया। वैसे भी कुल आधे ही घंटे का काम था। काम होने न होने का कोई मतलब नहीं था, उसे तो आना ही था—संजय सोच रहा था। बरकुल गेस्ट हाउस में लंच था। अपने रूम में खाना मँगवा लिया संजय ने, दो लोगों के लिए।

''बैठो सरिता, कुछ घंटे ही तो रहना है। फ्रेश होने के लिए एक ही कमरा काफी है—इसलिए बिलावजह दो नहीं लिये।'' संजय के इतना कहने के दौरान खाना आ चुका था और सरिता चुपचाप खा रही थी। संजय अधिक नहीं खा सका

और पहले उठकर हाथ धोने चला गया।

"तुम कुछ परेशान लग रही हो। क्या बात है? तबीयत तो ठीक है?"

सरिता ने भी अधिक नहीं खाया और इस बीच वह भी हाथ धो चुकी थी।

"कुछ नहीं सर, ठीक है।"

सरिता के यह कहने पर भी संजय को लगा कि सरिता कुछ नर्वस हो रही है, वह मन-ही-मन खुश हुआ।

"आओ, बैठो यहाँ। सचमुच, तुम्हारे साहस ने मुझे मुग्ध कर दिया," पास बैठने का इशारा किया संजय ने।

"सर, मुझे बहुत डर लग रहा है।"

"किससे? मुझसे? मुझे तो देख ही रही हो? क्या मुझ पर भरोसा नहीं है तुम्हें? डरने की क्या बात है?"

"तब भी सर..." कुछ हिचक थी सरिता की आवाज में, हालाँकि वह संजय के इशारे के मुताबिक उसके पास बैठ चुकी थी।

"मैं तुम्हें चाहता हूँ, सरिता, तुमसे प्यार करता हूँ। मेरा विश्वास करो..." सरिता की छाती से धीरे-धीरे चुन्नी हटाते हुए विह्वल भाव से कहा संजय ने।

"सर, मेरी नौकरी? मेरे लिए कुछ कीजिए सर। बहुत परेशानी में हूँ," बरकुल छोड़ने से ठीक पहले कहा सरिता ने—उसके स्वर में कुछ अधिकार मिला हुआ था।

"सुनो, इसे रखो। देखो, मना मत करना," जेब से पाँच हजार रुपये की एक गड्डी निकालकर सरिता के हाथों में जबर्दस्ती थमा दी संजय ने।

"नहीं सर, ये क्या है?" सरिता ने कुछ झिझक दिखायी।

"सरिता, यह तो कुछ भी नहीं। तुम्हें जरूरत है, रख लो। मुझ पर विश्वास रखो, तुम्हारे लिए जो भी बन पड़ेगा, मैं जरूर करूँगा। प्लीज, रख लो इसे—मना मत करो।" संजय के स्वर में अनुनय था।

"क्या बात है? आज इतनी देर हो गयी आने में?" मीरा ने जोर देकर पूछा।

"अरे, अब क्या बताऊँ तुमसे? आज इन्स्पेक्शन जो था," संजय ने जूते उतारते हुए जवाब दिया। मीरा की ओर देखकर बात करने को जी नहीं कर रहा था उसका।

"इन्स्पेक्शन दौरे पर? कहाँ, तुमने मुझे बताया ही नहीं? कहाँ गये थे? मुझे भी तो साथ ले जा सकते थे!" मीरा की आवाज में जिरह थी।

"बस भागता हुआ चिलिका के पास वाले ऑफिस में गया था और लौट

आया। मीरा, यह इतना हेक्टिक् था कि तुम्हें साथ ले जाने की सोच तक नहीं सका। हाथ में समय न हो तो साथ ले जाने का क्या फायदा? चिलिका गये—मोटर बोट में जरा कालीजाई या नलवन नहीं गये, तो बेकार ही है इतनी दूर जाना! मैं सोचता हूँ क्रिसमस में तीन-चार दिन चलकर रहेंगे वहाँ। गेस्ट हाउस बुक करा लेंगे पहले से। बच्चों को भी ले चलेंगे। अच्छा लगेगा।'' बड़े सहज भाव से कैफियत दी संजय ने।

''सुनते हो, आज बाबूजी को फोन किया था मैंने।''

संजय जम्हाई ले रहा था और कुछ सुनने की स्थिति में नहीं था। बस यही सोच रहा था कि कैसे बिस्तर पर लेटे और सो जाए।

''पहले तो बाबूजी ने कुछ आनाकानी की, पर मैंने इतने धीरे-धीरे समझाया कि आखिरकार वे मान गये।''

''और क्या कह रहे थे बाबूजी?''

''कह रहे थे, तुम लोग जैसा ठीक समझते हो करो। सब तुम्हीं लोगों के लिए तो है।''

अपने घर की सम्पत्ति नाहक खर्च होने से बचाने सम्बन्धी मीरा की मेहनत संजय को अच्छी लगी। सहानुभूति भी हुई।

''मंजीत सिंह ने उस दिन बीस हजार रुपये नहीं दिये थे।''

''तो फिर?'' मीरा आसमान से गिरने जैसी बोली।

''वह पाँच-पाँच सौ की दो गड्डियाँ थीं, एक लाख।''

''हाय राम! तुमने मुझसे बताया तक नहीं। इतने झूठे हो तुम!''

देर से सही, पति की सत्य स्वीकृति मीरा को बहुत अच्छी लगी।

''ये बात नहीं है मीरा, कहने को समय नहीं मिला। अपनी प्यारी-प्यारी बीबी के लिए उसमें से आधा। तुम किसी भी दुकान से, मन पसन्द डिजाइन के जेवर खरीद सकती हो।''

खुशी से मीरा की आँखें छलछला आयीं। वह और कुछ नहीं बोल सकी। कृतज्ञता से सिर्फ संजय का बदन सहलाने लगी।

आनन्द, शान्ति और तृप्ति से संजय की आँखें बोझिल होने लगीं।

प्रेमगर्भ

"सुन, तुझे बताना ही होगा। बताओगी नहीं तो अच्छा नहीं होगा, कहे देती हूँ।"

सेवती उसी तरह सिर झुकाये खड़ी रही।

"तुझी से पूछ रही हूँ ना, क्या सुनाई नहीं देता? देख मेरी ओर; समझती क्या है अपने को? ऊपर देख—उठा सिर, कहती हूँ"—खूब उत्तेजित होकर चिल्ला उठी सुमित्रा। दाहिने हाथ में रूलर की पकड़ और भी सख्त हो गयी थी। चेहरा लाल पड़ गया था।

सेवती ने सिर ऊपर उठाया। सुमित्रा का गुस्से से तमतमाया चेहरा सरसरी नजर से देखा, शायद आँखों से आँखें मिलाने की जरूरत नहीं समझी, फिर से सिर नीचे झुका लिया।

"नहीं, यह इस तरह नहीं मानेगी। इसे तो बस जरूरत है..." असहायता-भरी एक लम्बी साँस छोड़ी सुमित्रा ने।

"मैं जानती हूँ दीदी, यह मौन-मुखी औरत बड़ी अड़ियल है। जिस दिन से देखा है, तभी इसे समझ गयी थी। हमेशा इसी तरह मन मारे बैठी रहेगी, मानो किसी प्रेमी की बाट जोह रही है।" चुटकी ली मालिनी ने। वह महिला कैदियों की मॉनीटर है। सब पर कटाक्ष करके बातचीत करने की स्पर्धा का अधिकार उसे प्राप्त है।

इतने अपमान के बावजूद कोई प्रतिक्रिया नहीं दिखी सेवती के चेहरे पर। वह उसी तरह खड़ी रही—मानो उसके दोनों पैर जमीन में गड़ते चले जा रहे थे और उनसे टिकी एक मूक स्तम्भ बन चुकी थी वह!

"अरी, बता दे—पाप तो किया है—और कर भी क्या सकती थी तू? अब उसे छुपाने का फल भी पा। बता देगी तो दीदी कुछ नरमी बरत सकती हैं।" सेवती के पास जाकर फुसफुसाकर बोली मालिनी, हालाँकि उसकी आवाज इतनी तेज थी कि उसकी कही बातें सुमित्रा सुन सकती थी।

सेवती उसी तरह बुत-सी खड़ी रही। सिर तक नहीं उठाया।

"बताती है या नहीं? बता, किसने किया है?" निपट सीधा-सा सवाल किया सुमित्रा ने।

जवाब नहीं दिया सेवती ने—मानो उसने सवाल सुना ही नहीं या फिर जैसे कि सवाल उसके लिए था ही नहीं। गुस्से और खीझ से तमतमा उठी सुमित्रा। "इतना दिमाग बढ़ गया है तेरा"—फिस-फिस निगल आया उसके मुँह से। रूलर वाला हाथ खुद-ब-खुद उठा और सेवती की दाहिनी कमर पर जोर से पड़ा।

"ओह!" दर्द से विकृत हो उठा सेवती का चेहरा, फिर भी उसने सिर नहीं उठाया।

कुछ सशंकित भी हो उठी सुमित्रा। डाक्टरनी कह गयी थी तीन महीने का गर्भ है। कमर पर मार पड़ी है—यदि कुछ हो गया? "ठीक है। आने दो कल जेलर साहब को। वे ही पूछें—तब मजा आएगा। इतनी आसानी से नहीं बताएगी।" ऐसे समझौता भरे स्वर में कहते हुए मुँह फेरकर चली गयी सुमित्रा।

सेवती को अलग कमरे में रखा गया। जब तक फैसला नहीं होता—इस बात का पता नहीं चलता, सेवती इसी तरह रहेगी।

बन्द कमरे के एक कोने में सेवती का थका शरीर लुढ़क गया। थकान के कारण नहीं, कमर पर मार की वजह से भी नहीं, इस तरह बार-बार सवाल-जवाब से टूट चुकी थी वह।

फिमेल सेल में खुसुर-फुसुर कर रही थीं सभी—खसम छह महीने से जेल में है—वह भी किसी की हत्या करके—पर इस औरत की शान तो देखो, चार महीने का पेट लिए डोल रही है—वह भी जेल में!

यह खबर सुरेश तक भी पहुँच चुकी थी। पहले तो उसे विश्वास ही नहीं हुआ। सीधे-सीधे पूछने का अवसर भी नहीं था। धीरे-धीरे असह्य पीड़ा से तिलमिलाने लगा वह! कैसे किया सेवती ने यह काम! कहीं भाग जाने का, सिर पटकने का या कहीं से कूद पड़ने का मन हुआ उसका। वैसे भी आजीवन कारावास भोग रहा है वह। अधिक दिनों तक जिन्दा रहने की भला ख्वाहिश ही कहाँ! सेवती कहा करती थी, हम लड़ेंगे—मैं अच्छा वकील करूँगी—तुम जरूर छूट जाओगे—बस धीरज रखो।

किन्तु अविश्वसनीय थी वह बात। सेवती के साथ उसे जोड़कर कल्पना करने तक में कष्ट हो रहा था उसे। आँखें मूँदकर सिर पकड़े हुए वहीं बैठ गया सुरेश। बन्द आँखों के पीछे उभरने लगा था, बस्ती के एक कोने में उनका एक कमरे का घर—चबूतरे को घेरकर बनायी गयी रसोई। चबूतरे के नीचे कुछ दूरी पर कुआँ। कुएँ के पास सेवती के हाथों से लगी कोहड़े की लता बढ़ते-बढ़ते रसोई की खिड़की तक चली गयी थी। कई बार उस छन-छन हरी लता को तृप्त दृष्टि से देखती हुई

सेवती की तसवीर उभर आती थी सुरेश के आगे।

सेवती!

उसके मन-प्राण सबका एकमात्र धेय थी सेवती। सबसे पहले जब सुरेश ने उसे देखा था—दो चोटी वाली नीली स्कर्ट और सफेद ब्लाउज पहने स्कूल से लौटती अन्यमनस्क सेवती थी वह। छाती में किताबें दबाए हुए थी और सड़क पर चलते हुए न जाने किस ओर देख रही थी! जरूरत नहीं थी, फिर भी ऑटोरिक्शा का हॉर्न जोर से बजाया था सुरेश ने। चौंकते हुए सिर उठाया था सेवती ने और उसकी नजरें सुरेश की नजरों से जा मिली थीं। शायद उस वक्त आठवीं कक्षा में थी सेवती। शादी के बाद उस पहली भेंट की याद दिलाई थी सुरेश ने सेवती को। किन्तु सेवती ने कहा कि उसे वह घटना ठीक-ठीक याद नहीं आ रही। मन उदास हो गया था सुरेश का। सेवती ने मुस्कराते हुए कहा था कि उस दिन की घटना भले ही याद न हो पर उसके बाद कई बार 'आमने-सामने' होने की बात याद है उसे।

मृदु मुस्कान फैल गयी सुरेश के चेहरे पर। आश्चर्य हो रहा था, इतनी अच्छी तरह कैसे याद हैं उसे तब की बातें। शायद आजीवन कारावास के फैसले वाले दिन से अतीत अधिक जीवन्त हो उठा है उसके आगे।

मैदान के किनारे-किनारे लगे अशोक के पौधों में खाद डालनी है—पानी डालना है। सुरेश उठकर खड़ा हो गया।

पानी नहीं, मानो स्मृति की एक धार बह रही थी। अतीत चलचित्र की तरह सामने से गुजरता चला जा रहा था। याद आ रही उसे अपनी अस्थिरता, अपना पागलपन और विषाद—जब उसे पता चला कि सेवती की शादी कहीं तय हो गयी है, किसी सरकारी अफसर के दैनिक वेतन प्राप्त ड्राइवर के साथ और वह ड्राइवर थोड़े ही दिनों में स्थायी हो जाएगा, उस दिन वह खा-पी नहीं सका था। वह खबर पाकर उसने खुद को धिक्कारा भी था; इतने दिनों तक उसने क्यों नहीं कहा सेवती से कि वह उससे प्यार करता है! कौन-सा संकोच रोके रहा उसे? सेवती उस जैसे एक ड्राइवर से ही तो शादी कर रही है। यह सही है कि वह ऑटोरिक्शा चलाता है और वह आदमी सरकारी ड्राइवर है। किन्तु ऑटोरिक्शा तो उसका अपना है।

फिर पता चला कि दहेज के कारण सेवती का रिश्ता टूट गया। खुश हुआ था वह और उसने प्रतिज्ञा की थी कि इस बार वह सेवती से जरूर कह देगा। किन्तु उसे हैरत में डाल दिया था सेवती ने। छोटी-बहन के हाथों उसे सन्देश भिजवाकर स्कूल-गेट के सामने उससे मिलने का इन्तजार कर रही थी सेवती। सुरेश को और भी चकित करते हुए उसने पूछा था—"सुरेश, क्या तुम मुझसे शादी कर सकते हो?" हालाँकि सुरेश ने यह सोचा तक नहीं था कि उसकी मनोकामना इतनी आसानी से पूरी हो जाएगी, पर अचानक उसे ऐसा लगा कि दुनिया का सबसे

कीमती खजाना उसके हाथ लग गया है। तुरन्त जवाब नहीं दे पाया वह। उसके मुँह से निकल गया, ''घर जरा-सा और जमा लेने की सोच रहा था।'' अब सोचने पर हँसी आती है। जवाब में सेवती ने कहा था—यही घर चलेगा।

सेवती के पिता और भाई इस शादी के लिए बिलकुल राजी नहीं थे। वे ऐसे लड़के से शादी कैसे कर दें जिसका घर खाली हो। और फिर सुरेश के माँ-बाप का भी कोई ठीक-ठिकाना नहीं था। यह सच है कि सुरेश के माँ-बाप नहीं थे। क्यों नहीं थे, उस बारे में भी सुरेश नहीं जानता। सेवती ने फिर से बुलवाया था और सलाह दी थी उसे—''हो सके तो पिताजी को कुछ रुपये पकड़ा दो।''

उसी रात सेवती के पिताजी से मिलकर सुरेश ने दस हजार रुपये दिये थे, सेवती के नाम जमा रखने के लिए। अगली दीपावली के तुरन्त बाद सुरेश की शादी हो गयी सेवती से।

ये दस हजार रुपये सुरेश लाया था अपना सेकेंडहैंड ऑटोरिक्शा गिरवी रखकर, रतन लाल उर्फ टुलुसेठ से। टुलुसेठ बचपन में उसके साथ स्कूल में पढ़ा करता था और सातवीं कक्षा में सुरेश की पढ़ाई रुक जाने के बाद टुलुसेठ ने मैट्रिक तक पढ़ाई की थी।

अपने इकट्ठे किये हुए पैसों से दोस्त-यारों को शादी की पार्टी दी थी सुरेश ने और घर के लिए जरूरी चीजें खरीदी थीं।

शादी के बाद बाहर चौराहे पर दोस्तों के साथ कभी-कभी अड्डा लगाने की बात भूल गया वह। उनके साथ बैठकर कभी-कभी कंट्री-लीकर पीने का अभ्यास तो पूरी तरह छूट गया। ऐसे मनोरंजन की अब उसे कोई जरूरत नहीं थी। अब वह किराये का ऑटो रिक्शा चलाता और काम जल्दी खत्म करके घर लौटने को उतावला रहता था।

—''वे आराम से तो हैं?''

—''क्या खाया उन्होंने आज?''

—''उनका तो बुखार ही नहीं छूट रहा था, दवा खायी या नहीं?''

उसके मित्र मजाक उड़ाया करते थे सुरेश का। अपनी पत्नी को इतना सम्मान देने तथा उसकी अनुपस्थिति में भी उसे सम्मानपूर्वक सम्बोधित करने के कारण।

किराये पर चला रहे रिक्शे से सुरेश को जो भी बचत होती वह अपनी गाड़ी की बचत का एक चौथाई थी। सामान्य रूप से उनका गुजर-बसर हो जाता था। टुलुसेठ से किस तरह अपनी गाड़ी छुड़वाए, इस बात को लेकर अकसर परेशान रहता था सुरेश। टुलुसेठ भी ब्याज वसूलने की ओट में उसके घर पहुँच जाया करता था और 'भाभी-भाभी' कहकर उनके सँकरे से चबूतरे पर पड़ी बहुत पुरानी-सी अधटूटी कुर्सी पर बैठ जाता—आत्मीयता दिखाते हुए। सुरेश कुछ घबराया हुआ-

सा कुर्सी के उसी पाये की ओर देख रहा था, जो इस बीच दो बार बनवाया जा चुका था।

टुलुसेठ छह महीने से लगातार ब्याज वसूल रहा था और जल्दी रुपये लौटाकर अपनी गाड़ी ले जाओ कहने लगा था। वरना वह उसकी गाड़ी किसी और को चलाने के लिए दे देगा-जैसी मीठी धमकी भी देने लगा था। गाड़ी तो वैसे भी छुड़ा लेनी चाहिए। महीनों खड़ी रखने से खराब ही हो जाएगी—फिर चलने की हालत में नहीं रह जाएगी—रिपेयर माँगेगी। पर टुलुसेठ कह रहा था किसी और को चलाने के लिए दे देगा—यह बात सह नहीं पा रहा था सुरेश।

बहुत चिड़चिड़ा हो गया था वह। सेवती के साथ देखे उसके तमाम सपने बिखरने लगे थे। उसकी इच्छा होती किस तरह सेवती के लिए एक नयी साड़ी खरीदे, घुमाने ले जाए उसे कहीं दूर ऑटो में *बिठाकर*, ढाबे में *खिलाये भात और* चिकन करी। घर के लिए एक अच्छे पलँग की भी जरूरत थी, कम कीमत में खरीदा गैस का चूल्हा भी बदलवाना था, छोटा भले ही हो पर एक टी.वी. तो होना ही चाहिए घर में। पर यह सबकुछ हो नहीं पा रहा था।

सेवती ने कहा, "गाड़ी छुड़वाना बहुत जरूरी है।"

"मैं भी यही सोच रहा था। पर कैसे?" उदासी भरा स्वर था सुरेश का।

"हमलोग और थोड़ी बचत करने की कोशिश करेंगे। घर का खर्च और कम कर देंगे। लो, ये ले जाओ, इन्हें बेचकर कुछ पैसे टुलुसेठ को दे दो। ऑटो लौटा देने को कहना—अपना ऑटो चलाकर महीने के महीने उनका पैसा चुकाते जाएँगे।" सेवती ने कागज में लपेटकर अपनी एकमात्र सोने की बालियाँ बढ़ा दीं सुरेश की ओर।

"हमारी हालत सुधरने के बाद ही हम बच्चे के बारे में सोचेंगे"—कुछ अस्पष्ट स्वर में कहा सेवती ने।

"बहुत अच्छा सुझाव है तुम्हारा" सुरेश चकित था सेवती की बुद्धिमानी देखकर।

टुलुसेठ ने तीन हजार रुपये रख लिये पर ऑटो नहीं लौटाया सुरेश को। कहा कि और पाँच हजार लौटाने पर ही गाड़ी चलाने देगा। सुरेश के बारम्बार अनुरोध करने पर भी टुलुसेठ नहीं माना। "सुन, मेरी बीबी बेटे को लेकर अपने भाई के गाँव गयी है। घर पर मेरे बूढ़े पिता और छोटा भाई हैं। रसोई बनाने की बहुत परेशानी है। सेवती भाभी से कहो कि चार-पाँच दिन खाना बना जाए। दिन में तो तू घर पर रहता नहीं..."

टुलुसेठ की बात खत्म होने से पहले ही उसकी ओर गुस्से से देखा सुरेश ने।

"चल ठीक है, ऑटो ही तो ले जाना चाहता है, ले जा।" इस बार टुलुसेठ

का स्वर कुछ दबा हुआ था। बगैर कोई जवाब दिये मुँह फेरकर लौट आया सुरेश वहाँ से। सेवती को सारी बातें बता दीं, केवल टुलुसेठ का अन्तिम प्रस्ताव छोड़कर।

उस दिन न जाने क्यों ऑटो चलाते समय सुरेश बार-बार अन्यमनस्क हो जाता था। दोपहर भारी लगने लगी थी चारों ओर से। सिर्फ सेवती की ही याद आ रही थी उसे। नहाकर कमरे में आते ही सेवती के बदन की महक, आँगन में कपड़े सुखाते समय धूप से दमकता उसका चेहरा, रसोई में चूल्हे पर कढ़ाई चढ़ाकर कुछ खटर-पटर करते समय ब्लाउज और साड़ी के बीच से झाँकता उसका खुला पेट और पीठ बार-बार आ जाते थे सुरेश के सामने। ऑटो घुमाकर वह चल पड़ा घर की ओर।

"ऐसा कहने से कैसे चलेगा, जरा समझाओ सुरेश को। यह कोई बड़ी बात नहीं है। आज कल चलता है यह सब। और फिर रुपये क्या मुफ्त में दिये जाते हैं? तुम्हें मैं भाभी मानता हूँ या नहीं? तो फिर देवर का भी तो कुछ हक बनता है।" आधे खुले दरवाजे के उस ओर से सुनाई दिया टुलुसेठ का स्वर। क्षणभर ठिठककर बाहर ही खड़ा रहा सुरेश। दरवाजे पर एक जोड़ी चप्पल रखे थे। उसी ओर आश्चर्य से देखता रहा वह।

"वे आएँगे तो मैं कह दूँगी आपसे मिलने को। अब आप जाइए।" भद्र-संयत स्वर सुनाई दिया सेवती का।

"थोड़ी देर रुक जाऊँ तो क्या कोई परेशानी है तुम्हें? तुम्हारे ही पास तो दौड़ा-दौड़ा आता हूँ मैं—और नहीं तो क्यों—पैसों के लिए सोचती हो? जब तुम हो तो पैसों की क्या जरूरत? कभी मेरे बारे में भी तो सोचो।" टुलुसेठ का स्वर अद्‌भुत सुनाई दे रहा था सुरेश को।

"नहीं, यह सब नहीं हो सकता—छोड़ दीजिए मुझे—चले जाइए यहाँ से—छोड़ दीजिए कहती हूँ।" कुछ व्यग्र स्वर सुनाई दिया सेवती का।

सुरेश अब नहीं रुक सका। दरवाजा धकेलकर घुस गया अन्दर। सेवती के दोनों हाथ खींचकर पकड़े हुए था टुलुसेठ और उसे जबर्दस्ती अपने सीने से लगाने की कोशिश कर रहा था। बेचैन-सी खुद को छुड़ाने की चेष्टा कर रही थी सेवती।

"छोड़ उसे, छोड़ दे कहता हूँ"—दबाकर किटकिटाते दाँतों की हिसकारी के साथ कहा सुरेश ने। उसकी आँखों में मानो खून उतर आया था। शरीर असम्भव रूप से काँप रहा था। हाथों की मुट्ठियाँ बँध आयी थीं।

सेवती को उसी तरह खींचते हुए सिर घुमाकर देखा टुलुसेठ ने। सेवती और टुलुसेठ दोनों चकित रह गये सुरेश को देखकर।

"नहीं छोड़ूँगा, बोल क्या कर लेगा? स्साला, रुपये लेते समय हाथ-पैर जोड़ेगा, छोटी-सी बात कहो तो नहीं सुनेगा।" यह कहते हुए फिर से सेवती की

ओर मुँह कर लिया टुलुसेठ ने और उसे उसी तरह खींचने लगा। उसकी आँखें भी खूँखार हो उठी थीं। "छोड़ता है या नहीं।"—सुरेश का चेहरा तमतमा गया था।

"कह तो दिया, नहीं छोड़ूँगा—क्या कर लेगा? दूसरों के पैसों से घर में सती-सावित्री रखेगा, क्यों?" टुलुसेठ ने सुरेश की ओर देखे बगैर कहा और सेवती का हाथ उसी तरह खींचने लगा।

सुरेश की निगाह बायीं ओर रखे चूल्हे पर पड़ी। गैस के चूल्हे पर सिल्वर का पतीला ढका रखा था। नीचे कुछ आधे कटे आलू-प्याज इधर-उधर लुढ़के हुए थे। पास ही पड़ा था जंग लगा बिना बेंट का लम्बा भोंथरा चाकू—जिसे उलटा रखकर हँसिये से काटने की तरह तरकारी काटा करती सेवती। पलक झपकते सुरेश उठा लाया वह चाकू और बगैर कुछ सोचे टुलुसेठ की गर्दन के पीछे, टी-शर्ट के कॉलर के ठीक ऊपर खाली जगह में घुसेड़ दिया। शायद चाकू ज्यादा अन्दर नहीं गया। उसके वापस लौटे हाथ के साथ चाकू भी निकल आया था—लेकिन पिचकारी से रंग निकलने की तरह अचानक खून का सोता फूट पड़ा टुलुसेठ की गर्दन के पीछे से—सुरेश के चेहरे और सीने पर भी छीटे पड़े थे। दर्द की वजह से शायद जितना नहीं था, एक अप्रत्याशित घटना से अति आश्चर्यचकित हो सेवती को छोड़कर पीछे मुड़ पड़ा टुलुसेठ। उसकी आँखें विस्फारित हो गयी थीं और मुँह से निकल गया, "स्साला...!"

क्षण में सुरेश ने देखीं प्रति-आक्रमण से चमकती टुलुसेठ की आँखें। टुलुसेठ काफी हट्ठा-कट्टा था और सुरेश से लगभग चार इंच लम्बा भी। सुरेश के लिए कुछ सोचने का समय नहीं था। उसने आँखें बन्द करके टुलुसेठ के पेट में बायीं ओर दुबारा घुसेड़ दिया चाकू। सुरेश का हाथ भी पलभर के लिए वहीं रुक गया। टुलुसेठ का सुरेश की ओर बढ़ा हाथ खुद-ब-खुद अपने पेट पर चला गया और उसने झुकना शुरू कर दिया। यह देखकर चाकू बाहर खींच लाया सुरेश और फिर घुसेड़ दिया पूरी ताकत से। इस बार टुलुसेठ के हाथ लाचार हो नीचे की ओर झूल गये, सिर झुकने लगा, पैर लड़खड़ाने लगे। बायीं ओर स्टूल पर रखी सुराही और उस पर ढके स्टील के गिलास के सहारे सँभलते हुए पीछे की ओर मुड़ा टुलुसेठ। बायीं ओर की दीवार से टिककर धीरे-धीरे वहीं जमीन पर बैठ गया। उसका मुँह चीखने के लिए खुलता था, पर आवाज नहीं निकलती थी। टुलुसेठ के पेट और गर्दन से बहता खून उसकी नीली शर्ट को और भी गाढ़े रंग में भिगोकर कमरे के फर्श पर जमने लगा था। सुरेश और सेवती हैरतभरी नजरों से ताक रहे थे उसकी ओर।

बीस दिनों तक पुलिस लाकप में रहा सुरेश। सेसंस जज ने फैसला सुनाया आजीवन कारावास का। सर्कल जेल में स्थानान्तरित हुआ सुरेश।

लॉकप में रहने के दौरान सेवती उससे रोजाना मिलती थी। लगभग हर बार साहस बँधाती, धैर्य न खोने को कहती और ऊपर के कोर्ट में अपील करने के लिए वकील का इन्तजाम करने की बात बताती। एक-दो बार उदास-सी मिलने आने का ध्यान भी आ रहा है सुरेश को। काफी पूछने के बाद बताया था उसने कि टुलुसेठ का भाई और उसके पिता ने रास्ते में चलना ही मुश्किल कर दिया है। बड़ी भद्दी-भद्दी गालियाँ देते हैं। सुरेश का ऑटो-रिक्शा दिखा-दिखाकर तोड़ डाला। पिता के घर गयी थी मदद माँगने सेवती। भाई ने भी खूब खरी-खोटी सुनाकर भगा दिया। छत के एज़बेस्टस का एक हिस्सा भी कुछ दिन पहले आँधी में उड़ गया। छोटे बच्चों को ट्यूशन पढ़ाने के लिए ढूँढ़ रही है सेवती और पास की दर्जी की दुकान पर साड़ी में फॉल लगाया करती है।

सेवती के मिलकर लौट जाने पर बेसब्र हो उठता सुरेश। क्या करती होगी सेवती? क्या-क्या सोचा था उसने, क्या हो गया। छोटी-सी बन्द कोठरी के लोहे के दरवाजे पर सिर पटकने लगता सुरेश।

सेवती का आना अचानक बन्द हो गया। पड़ोस का सुनू मलिक एक बार आया था—जल्दी-जल्दी में बता गया कि सेवती दीदी जेल में है। ''किसलिए...?'' बेहद अधीर हो पूछा था सुरेश ने। लेकिन सुनू मलिक कुछ बता नहीं पाया। सुरेश की बेचैनी और भी बढ़ गयी थी।

लेकिन अब जो कुछ सुना उसने उस पर विश्वास ही नहीं हो रहा था उसे। क्या आखिर में यही करना था सेवती को? उसके लिए ही हत्या करके सजा काट रहा है वह, पर...। सुरेश की कंठनली में मानो कुछ अटक-सा जाता था।

''बुला रहे हैं सर तुझे, कमरे में।'' अँगुली के संकेत से दिखा दिया था कान्स्टेबल ने सुरेश को। पौधों में पानी देना छोड़कर चौंक उठा सुरेश। दिन भर में मानो दस साल बढ़ गयी हो उसकी उम्र।

''उधर जाओ।'' असिस्टेंट जेलर ने टेबल से सिर उठाया और बगलवाले रूम की ओर आँखों से संकेत किया। सुरेश उसी ओर चल पड़ा। अपेक्षाकृत छोटा कमरा, कुछ अँधेरा। कमरे के दूसरी ओर खिड़की के पास छोटे स्टूल पर कोई बैठा है। कौन है? चौंक उठा सुरेश। सेवती है या सेवती की तरह कोई और, जीवित या मृत? दरवाजे पर खड़ा रहा सुरेश।

सेवती की आकृति उस अँधेरे में मानो कुछ हिली और वह स्टूल से उठकर खड़ी हो गयी। उसकी ओर पूरी तरह न देखने पर भी निश्चित था सुरेश कि वह सवती ही है। दो-तीन कदम भीतर चला गया वह और बायीं ओर की दीवार से टिककर खड़ा हो गया। उसके दोनों हाथों का भार दीवार पर था और सिर दाहिनी ओर कुछ झुका हुआ। सेवती उसकी बायीं ओर मुँह करके खड़ी थी—सिर्फ तीन-

चार फुट दूर। उसे अथवा उसकी ओर देख नहीं सका सुरेश। पिछली रात से बीच-बीच में रुग-रुग करता उसके सीने का दर्द मानो बढ़ गया था। दाँत भींचकर चुपचाप उस दर्द को सहने की कोशिश की उसने।

"सुनो!"

उस मृदु स्वर ने तुमुल आलोड़न पैदा कर दिया था सुरेश के भीतर। लेकिन बाहर जरा भी प्रतिक्रिया नहीं हुई उसकी। सुरेश के हाव-भाव में कोई फर्क नजर नहीं आया।

"सुनो, मेरी ओर देखो।" इन दो-तीन स्निग्ध पर मृदु शब्दों में न जाने कैसी शक्ति थी कि सुरेश सीधे खड़ा हो गया, दीवार से टिकी हाथों की हथेलियाँ सामने आ गयीं, उसने सिर घुमाकर सेवती की ओर देखा। पहले उसने सेवती की आकृति देखी, फिर गौर से उसका चेहरा देखने की चेष्टा की। कान के पीछे कसकर बँधे उसके बाल और नंगे कानों पर सुरेश की निगाह पड़ी—उसके बाद सुरेश की चंचल निगाहों ने सेवती की आँखें ढूँढ़ लीं।

"मैं तीन महीनों से इसी जेल में हूँ।" धीमे और स्थिर भाव से सेवती ने कहा। सुरेश ने कोई जवाब नहीं दिया। उसका मन आगे-आगे भागता सुनने को।" तुम्हारे थाना चले जाने के दिन से मैं रोज दौड़ी-दौड़ी जाती तुमसे मिलने। बड़े साहब, छोटे साहब, कान्स्टेबल, सबके पास जाकर मिन्नतें करती तुमसे मिलने के लिए। लगभग चार दिनों तक लगातार वे लोग मुझे लौटाते रहे। पाँचवें दिन तो तुमसे मिलकर आने की ठान ली थी मैंने।

—क्या बात है, क्यों आती है तू यहाँ रोज-रोज? उसे तो फाँसी होगी—काफी देर बाद छोटे साहब ने कहा।

—मैं उनसे मिलना चाहती हूँ। हम वकील करेंगे। केस लड़ेंगे—मैंने सहमे हुए कहा।

—अच्छा? इतने पैसे हैं। चल दिखा तो कितने लायी है। छोटे साहब ने कहा।

मैं चुप रही। मेरे पास पैसे तो थे नहीं।

—ले, ले रख ले, जाकर चाय-नाश्ता कर लेना। छोटे साहब ने जेब से दो दस-दस के नोट निकालकर मेरी ओर बढ़ा दिया।

मैं बिना कुछ कहे खड़ी रही। दो मिनट तक उसने मेरी ओर देखा और कान्स्टेबल को बुलाकर दो चाय लाने भेज दिया। फिर अपनी कुर्सी से उठकर मेरे पास आया।

—अभी जा, रात साढ़े नौ-दस बजे आना। जा अभी, तब देखेंगे। छोटे साहब ने कहा। मैं क्या करूँ, कुछ समझ नहीं पायी।

—क्या समझ नहीं पायी या जान-बूझकर होशियार बन रही है? रात को आना,

तेरे मरद को अभी तक जेल में नहीं भेजा है—समझी—चल जा। याद रख, रात दस बजे। वरना उससे मिलने की बात भूल जा—दृढ़ गम्भीर और धीमे स्वर में इतना कहा छोटे साहब ने।

मैं घर लौट गयी और उसके कहे अनुसार रात को थाने पहुँची। वह अकेला था और चहलकदमी कर रहा था। जैसे ही मैं अन्दर घुसी वह मुझे एक दूसरे कमरे में बुला ले गया। अगली सुबह तुमसे मुलाकात होने पर समझ गयी कि उस कमरे के दो-तीन कमरे छोड़कर जो कमरा था, वहीं उसने तुम्हें बन्द करके रखा था। उसके बाद भी मुझे बार-बार जाना पड़ा वकील को लेकर किन्तु वह छोटा वकील कुछ कर नहीं सका। बड़ा वकील करने के लिए अधिक पैसों की जरूरत थी। उसी बीच तुम जेल चले गये।'' साँस ली सेवती ने।

अब तक साँस रोककर सुनने-सा सुन रहा था सुरेश। उसने एक लम्बी साँस छोड़ी और ठीक से देखा सेवती को। इस बीच सेवती कितनी कमजोर हो गयी है और अधेड़ भी लगने लगी है।

''उस बार छोटे साहब से बहुत मिन्नतें की मैंने—जेल में किसी से परिचय करवा देने के लिए ताकि तुमसे मुलाकात करने में मदद मिल सके। पहले तो उसने कहा कि वह कोई मदद नहीं कर सकता, किन्तु मेरे बार-बार बोलने पर कहा, रात में आना, देखते हैं। रात को उसके साथ एक आदमी और था। छोटे साहब ने जेलर कहकर उससे परिचय कराया था। अगले दिन सुबह वहाँ जाने पर सिर्फ छोटा साहब मिला। वह दूसरा आदमी वहाँ नहीं था। वे कब आएँगे, मैंने पूछा।

—इन्तजार करो, छोटे साहब ने कहा। मैं चुपचाप वहीं बेंच पर बैठी रही। एक घंटा बीत गया, दो घंटे बीत गये, उस आदमी के दर्शन नहीं हुए।

—वे कब आएँगे? इस बार मैंने बड़ी बेसब्री से पूछा।

छोटा साहब न जाने क्यों खूब खीझ गया—क्या मैंने उसे जेब में भरकर रखा है? वह नहीं आया तो मैं क्या करूँ? चल भाग यहाँ से। बिला वजह डिस्टर्ब मत कर मुझे, कहे देता हूँ—छोटे साहब ने गुस्से से तमतमाये हुए कहा।

—मैं नहीं जाऊँगी। उसे अभी बुलाइए। मैं जेल जाऊँगी मुलाकात करने। मेरी उनसे बात हुई है। मैंने जिद की और छोटे साहब की टेबल के पास जा पहुँची।

—बदमाश औरत, जाती है यहाँ से कि बताऊँ—कहते हुए छोटा साहब अपनी जगह पर खड़ा हो गया और रोलर की नोंक से मेरे तलीपेट को कोंचने लगा। मैं टेबल के कोने से टकराकर गिरते-गिरते बची। पेपर पर रखी जानेवाली काँच की गोल चीज मुझे अपने हाथ के पास दिखी। छोटाबाबू कुर्सी पर बैठा किसी से बातें करते समय उसे हाथ से घुमा रहा था। मैंने झट उसे उठा लिया और जोर से छोटे साहब के सिर पर दे मारा। चोट लगकर खून की एक पतली धार बह चली उसके

सिर से। उसके बाद की बातें छोड़ दो। मुझे छह महीने की जेल हुई है।'' सेवती चुप हो गयी।

सुरेश के सीने का दर्द सहसा कहीं गायब हो गया। अभी और बचा था इतना बड़ा दर्द? उसकी फाँसी की सजा या आजीवन कारावास से भी कहीं अधिक कुछ और उन दोनों के लिए निश्चित है, इस एहसास ने हठात् उसे पत्थर बना दिया। वह बुद्धू-सा सेवती की ओर ताकता रहा।

''तुमने ऐसा क्यों किया सुरेश? क्यों किया? क्या हो जाता यदि मैं टुलुसेठ के पास दो-तीन बार चली जाती? हमारा ऑटोरिक्शा तो छूट जाता—हमारी गृहस्थी तो बस जाती, हमलोग खुशी-खुशी तो रहते। पर क्या से क्या हो गया। कितने दिन, कितने महीने, कितने साल यह सब चलेगा, कौन जानता है। सिर्फ तुमसे जरा-सी मुलाकात के लिए न जाने कितने लोगों के साथ कितनी-कितनी रातें...चुप हो गयी सेवती और हथेलियों से मुँह ढँक लिया। बाहर आने को बेसब्र सिसकियों को अन्दर ही अन्दर पीते समय उसका शरीर काँप उठता था।

हठात् कनकनी ठंड लगने लगी सुरेश को। मानो बर्फ के भीतर वह सुन्न पड़ गया हो! आँखें बन्द कर लीं उसने। पूरे बदन में निष्फल मृत इच्छाओं की लपलपाती चिता जल रही थी। सेवती से अपनी तीन-फुट की दूरी छिन में दूर कर दी उसने और उसे सीने से लगाकर जकड़ लिया। मानो उनसे छूटकर खिसक गये सपनों को जकड़कर पकड़ लिया हो उन दोनों ने। दोनों की आँसुओं से लबालब आँखें आमने-सामने थीं।

''सर''—सुरेश के बुलाने पर सिर उठाया असिस्टेंट जेलर ने और प्रश्नभरी निगाह से देखता रहा उनकी ओर—सामने सुरेश और उसके पीछे आधी दिख रही सेवती। ''सर, यह बच्चा मेरा है।'' सुरेश ने कहा और सेवती का दाहिना हाथ पकड़कर आगे की ओर खींचकर अपने बगल में खड़ा कर लिया।

असिस्टेंट जेलर की निगाह और भी पैनी हो गयी थी। उनके ललाट पर सिलवटें पड़ गयी थीं। ''कैसे''—शायद मुँह से निकल ही रहा था उनके, किन्तु जीभ की छोर तक आकर वापस लौट गया यह शब्द। वे सिर्फ देखते रह गये उन दोनों की ओर।

''सर, यह बच्चा हमारा है—सेवती का और मेरा।'' सुरेश ने असिस्टेंट जेलर से आँखें मिलाते हुए ऐसे स्वर में कहा मानो सारी दुनिया के लोगों को उसने एक ही बार में यह कह दिया हो।

सहेली

"सुनो, सुबह जरा जल्दी उठ जाओगे?"

"क्यों?" खीझा हुआ स्वर सुनाई दिया विकास का।

"जरा स्टेशन चलेंगे। जया आ रही है—तपस्विनी एक्सप्रेस से, उसे लेने जाना है।" अनुरोध भरी मुद्रा में अपनी आवाज यथासम्भव नर्म करते हुए कहा इतिश्री ने।

"ड्राइवर को ले जाओ—कौन उठेगा इतनी सुबह?" विकास ने अपनी राय सुना दी।

"जब जया का फोन आया, ड्राइवर गाड़ी रखकर जा चुका था। कैसे कहते उससे?"

"अब ये जया कौन है? कहीं से भी ये लोग तुम्हारे ही पास क्यों आते हैं? ...जरूर किसी काम से आ रही होगी। मुझे ही परेशान करोगी हमेशा।" करवट बदलते हुए उनींदे स्वर में कहा विकास ने।

"ऐसी बिलावजह की बातें मत बोलो। मेरी बेस्टफ्रेंड थी कॉलेज में। अपने आत्मीय स्वजन क्या कोई नहीं हैं? हो सकता है किसी काम से भी आ रही हो—हजारों लोगों के काम होते हैं, अपने कुछ लोगों का काम कर देने से क्या फर्क पड़ जाएगा? मेरे ही कुछ कहने से तुम्हें परेशानी होती है।" भारी हो चला था इतिश्री का गला।

"कॉलेज में पढ़ते समय हॉस्टल में हम दोनों एक ही रूम में रहते थे; दो खाट होने पर भी एक ही खाट पर सोते थे, एक ही थाली में खाते थे, हर कोई अकसर हमें साथ-साथ देखता था। इसके लिए सभी चिढ़ाया भी करते थे हमें। एम.ए. में मुझे फर्स्ट क्लास मिला, पर उसे सेकेंड क्लास, लेकिन पढ़ाई हम दोनों ने एक-सी की थी। मेरी शादी से छह महीने पहले उसकी शादी हो गयी थी। अब देखो, पाँच साल हो गये हम दोनों की मुलाकात नहीं हुई। हमारी शादी में भी वह नहीं आ पायी थी। जीतू के नामकरण के समय भी बुलाया था, पर उसकी सालभर की लड़की को कै-दस्त हो रहे थे, वह आ नहीं सकी। मैं भी कहाँ जा सकी कभी?

हमेशा तो तुमलोगों का जंजाल...''

इतना लम्बा वृत्तान्त सुनने के लिए विकास जाग नहीं रहा था। उसने धीमे-धीमे खर्राटे लेना शुरू कर दिया था।

सुबह उठते ही परिस्थिति की गम्भीरता समझ गया विकास। इतिश्री ने काफी महत्त्व दिया था अपनी सहेली के आगमन को। खुद ही ड्राइव करके गयी है स्टेशन। कुछ चिन्तित हुआ विकास। रात को यदि उतनी कड़ाई से वह पेश न आया होता तो शायद इति उसे जरूर उठाती और कितना ही खीझने पर भी वह गाड़ी चलाकर अवश्य जाता स्टेशन। इति का इस तरह सुबह-सुबह अकेले निकल जाना बिलकुल अच्छा नहीं लगा विकास को, आजकल ट्राफिक की जो हालत है—

विकास दफ्तर के लिए निकल ही रहा था कि इतिश्री आ पहुँची। ''तुम्हारी दफ्तर वाली गाड़ी नहीं ले गयी थी—अपनी गाड़ी खुद ही चलाकर ले गयी थी।'' अभिमान भरे स्वर में कहते हुए अन्दर ड्राइंग रूम में घुस आयी इतिश्री।

''मुझे क्यों नहीं जगाया? इतनी देर क्यों हो गयी?''

''जया को रसमलाई अच्छी लगती है ना, रास्ते में गंगूराम की दुकान पर रुक गयी थी ज़रा...कहते हुए पीछे घूमकर अपनी सहेली का हाथ पकड़कर सामने खींच लायी इतिश्री।

''ये जया है—मेरी अन्तरंग सहेली। फोटो में तो देखा है तुमने, तुम्हें क्या याद होगा।''

मुस्कुराते हुए जया ने नमस्कार किया। इतिश्री से कुछ लम्बी और दुबली, रंग उससे कुछ साँवला।

''आपके ही बारे में रास्ते भर बातें करती आयी है। आप कितने अच्छे हैं, यह इति से अधिक कोई नहीं बता सकता।'' विकास की आँखों में आँखें डाल, स्वर कुछ खींचकर मुस्कुराते हुए कहा जया ने।

''चल हट, तेरी शादी में सबसे ज्यादा काम मैंने किया—मेरी शादी में तू आयी तक नहीं। नयी गृहस्थी बसाने में इतनी डूबी रही कि...इन्हें अच्छा कह रही है?''

''अरे इनके गुणों का बखान तो अब करूँगी''—बनावटी अभिमान और निश्छल स्नेह झर रहा था इतिश्री के चेहरे से।

''लगता है, मेरी खूब बदनामी हुई होगी। चलो...अपना अपना नसीब है।'' थोड़ा मुस्कुराते हुए इतिश्री की ओर देखकर इतना कहा विकास ने और घड़ी की ओर देखकर हड़बड़ाने लगा। ''गाड़ी की जरूरत हो तो भेज दूँगा।'' जाते हुए पीछे मुड़कर कहा उसने।

''मैं तो आज कॉलेज नहीं जाऊँगी। छुट्टी ले रही हूँ। गाड़ी भेज देना, हम ज़रा मार्किट जाएँगे।'' कहकर जया की ओर देख खुश होते हुए मुस्कुरायी इतिश्री।

दिन भर शादी से लेकर बेटे के पाँचों जन्म दिन की तसवीरें देखी गयीं—खाने, पीने, पुराने दिनों के सुख-दुख की बातें याद करते-करते सारा समय बीत गया इतिश्री और जया का।

—जानती है, तनिमा दीदी का डिवोर्स हो गया।

—हाँ, कहते हैं, उनका पति किसी और के साथ रहता था, डिवोर्स के तुरन्त बाद उससे शादी कर ली।

—हमारे सामने वाले कमरे में वो जो काली-सी लड़की रहती थी, शबनम, जिसके सिर पर झौआ भर बाल थे, कहते हैं उसने आत्महत्या कर ली।

—वह जो दुबला-सा गोरा लड़का था, हमेशा उनींदा-उनींदा-सा दिखता था—इंगलिश डिपार्टमेंट वाला—जिसे हम तन्द्रालु पुकारा करते थे—लेडीज हॉस्टल के समाने गुलमोहर के नीचे, वह और सागरिका मुँह से मुँह सटाये खड़े रहते थे—जैसे उन दोनों के सिवा इस पृथ्वी पर और कोई न हो—जानती है, आखिर में सागरिका ने उससे शादी नहीं की।

—जब हम क्लास से हॉस्टल लौट रहे होते थे, तब हमारे पीछे-पीछे स्टेटिस्टिक्स वाला वह लड़का, क्या नाम था उसका, याद नहीं आ रहा मुझे, जिससे तुझे जोड़कर चिढ़ाया करती थी मैं उसे—अरे वही, जिसका डिपार्टमेंट जानने के लिए एक बार हम उसके पीछे-पीछे गये थे, उसे लग रहा था कितनी जल्दी साइकिल स्टैंड पर उतरकर स्टेटिस्टिक्स डिपार्टमेंट में घुस जाए—उसे रास्ता ही नहीं मिल रहा था, हमने उसका नाम रखा था मजनू। एक बार दिखा था वह बस में। बड़ा स्मार्ट हो गया है, मेरे पास आकर मुस्कुराया और पूछा, कैसी हैं? वह सम्बलपुर के पास किसी प्राइवेट कॉलेज में लेक्चरर है।

पुरानी—सिर्फ पिछले पाँच साल के जीवन की बीती बातों का पिटारा खाली ही नहीं हो रहा था, और कुछ न कुछ जुड़ जाता था—और बात फैलती ही चली जाती थी।

जम्हाई लेती हुई जया खड़ी हो गयी और अँगड़ाई लेते हुए बोली, "तेरे पति—विकास बाबू—क्या खाना खाने घर नहीं आते?"

"सिर्फ विकास बोल, यह बाबू क्या है?" हँसते-हँसते लोटपोट हो गयी इतिश्री। "रोजाना नहीं आते घर। मैं तो रहती नहीं घर-पर, लगभग कॉलेज में रहती हूँ—अब कॉलेज ऑटोनोमस हो गया है, बहुत काम रहता है। अकेले घर पर क्या करेंगे? जब कभी कोई अच्छी चीज बनाती हूँ, मैं कहकर जाती हूँ, घर आकर खा जाते हैं। आज हम लोगों को देख जो गये हैं, बिलकुल नहीं आएँगे। तू नहीं जानती, बहुत ही शर्मीले हैं ये।" प्रेम में डूबी इतिश्री ने कहा।

"लगता है, मेरी वजह से परेशानी हो रही है। ठीक से खा गये होते घर

आकर। बुला क्यों नहीं लेती, यहीं लंच कर लें।'' जया ने सहानुभूतिपूर्वक कहा। ''रहने दे ना। फिर किसी दिन। आज हमलोग जरा ठीक से बातचीत करेंगे पहले। मैं तुझे एक हफ्ते से पहले नहीं जाने दूँगी।''

''अरे नहीं, बेटी और उसके पापा ही हैं घर पर—मैं चार-पाँच दिन से ज्यादा नहीं रह सकती। पर तू मेरा काम पहले करा दे, प्लीज़। भाई मेरा...''

''हाय राम!'' घड़ी देखकर चौंक उठी इतिश्री, ''शाम हो गयी। हम तो बातों में ही खोये रहे। विकास के आने का समय हो गया। चलती हूँ, कुछ जलपान का जुगाड़ करती हूँ। तू क्या खाएगी, बता? पास ही एक साउथ इंडियन होटल है। अच्छा दोसा बनाता है। खेलकर लौटने पर बेटा भी खुशी से खा लेगा। मँगा लेती हूँ।''

''मँगाएगी? चल मँगा ले, कोई परेशानी तो नहीं होगी ना?''

''अरे नहीं, इसमें परेशानी कैसी? रसोइया जाकर ले आएगा।'' इतिश्री उठकर रसोईघर की ओर चल पड़ी।

रसोइये को भेजकर इतिश्री ड्राइंगरूम में घुसी ही थी कि बाहर गाड़ी का हार्न सुनाई दिया। जूते उतारकर पर्दा हटाते हुए विकास ड्राइंगरूम में घुस आया। सिर के पीछे बँधे बालों को खोलकर पीठ पर फैला लिया जया ने। उनमें से कुछ उसके चेहरे पर भी लटक आये, साड़ी को ज़रा ठीक करते हुए खड़ी हो गयी वह।

''क्या किया आपलोगों ने दिन भर?'' पत्नी की ओर देख जया से सवाल करने-सा कहा विकास ने।

हँसते हुए जवाब दिया जया ने, ''क्या करते हमलोग! इति तो बस आप ही का गुणगान करती रही।''

''सचमुच!'' जया की ओर देखते हुए कहा विकास ने। जवाब में फिर से हँस पड़ी जया।

''शायद दोसा आ गया। मैं लाती हूँ, तुमलोग बातें करो।'' रसोई की ओर जल्दी-जल्दी बढ़ गयी इतिश्री। चप्पल पहनकर मोटे कार्पेट पर पैर घसीटते हुए सोफे पर बैठने जाते समय किसी चीज से ठोकर लगी जया को। कन्धे से साड़ी का पल्लू गिरकर कार्पेट पर लोटने लगा। जया ने उसे फिर से सँभाल लिया।''

''ठोकर लग गयी क्या?''

''नहीं, बस यों ही ज़रा—कोई खास नहीं।'' विकास की ओर देखकर मुस्कुरा दिया जया ने।

''बहुत टायर्ड हो जाते होंगे। इस तरह दिन भर काम करना बहुत मुश्किल है। इसीलिए मैंने तय किया कि नौकरी नहीं करूँगी।'' जया और विकास सोफ़े पर बैठ चुके थे। ''सचमुच इतना अधिक काम आप कर कैसे लेते हैं? टायर्ड हो जाने

पर क्या करते हैं?'' जया ने अपने दोनों हाथ उठाकर पीछे ले जाकर पीठ पर बिखरे बालों को सहेजा और घुमाकर जूड़ा बनाते हुए इतना कहा। जया के दोनों उठे हाथों, गोलाकृति में पसीने से भीगे उसके काँख के ऊपर के ब्लाउज और साड़ी का पल्लू खिसक जाने से दाहिनी ओर की छाती पर विकास की नजर पड़ी। तुरन्त आँखें फेर लीं उसने। दोनों हथेलियों से अपना मुँह पोंछा और उदास स्वर में बोला, ''क्या करें? ड्यूटी जो है''—

फिर धीरे से मुस्कुरायी जया। ढीला बँधा जूड़ा इस बीच खुल गया था और उसकी पीठ पर लोट रहा था। फिर से दोनों हाथ उठाकर सिर के पीछे उन्हें बाँधने की कोशिश की जया ने। उस ओर देखने की इच्छा का दमन करते हुए चट से नजर दौड़ा ली विकास ने—पसीने से भीगा ब्लाउज और पल्लू खिसकी दाहिने ओर की छाती। एक तीव्र महक से रुँधा-सा महसूस किया उसने। गला सूख गया उसका।

डायनिंग टेबल पर सबके साथ डिनर करते समय किसी को सिर उठाकर नहीं देखा विकास ने। जल्दी से खाकर चला गया और बेडरूम में लेटकर इंडिया टुडे पढ़ने लगा।

''जया के पिताजी पिछले वर्ष हार्टअटैक से चल बसे। सम्बलपुर के पास किसी प्रोजेक्ट में वे असिस्टेंट इंजीनियर थे। नौकरी अभी दो साल बची थी। जया बड़ी बेटी है, छोटा भाई बी.ए. पास करके घर पर बैठा है। उससे छोटी बहन प्लस थ्री सेकेंड इयर में है। सारी जिम्मेवारी अब जया की है।''

विकास उसी तरह इंडिया टुडे पढ़ रहा था।

''कुछ बोल क्यों नहीं रहे—?''

''क्या कहूँ?'' इतिश्री पर एक नजर डालने के बाद फिर से पत्रिका पढ़ने लगा विकास।

''इसके भाई के लिए कुछ करो ना। बहुत परेशानी में हैं ये लोग। कम्पन्सेट ग्राउंड पर अप्लिकेशन दे रखी है, उसी प्रोजेक्ट के हेड ऑफिस में। फार्वर्ड होकर डिपार्टमेंट में आयी है या नहीं। तुम्हारा ही तो डिपार्टमेंट है—जया कहती है, तुम जरा-सा इनिसिएटिव लो तो काम हो जाएगा।''

''मेरे ध्यान में तो ऐसा कुछ नहीं आया। कोई फाइल भी नहीं गुजरी मेरी नजर से।'' पत्रिका से नजर हटाये बिना जवाब दिया विकास ने।

''मैंने कब कहा कि तुमने देखी होगी?'' खीझ उठी इतिश्री। ''मैं ज़रा-सा भी कोई काम कहती हूँ तो तुम उसे हल्के ढंग से लेते हो—वह अपने रिप्रेजेंटेशन की कॉपियाँ साथ लेकर आयी है। उसे कंसीडर करते हुए एप्रूव कर दो।'' इतिश्री

ने जोर देते हुए कहा।

"इस वक्त उड़ीसा सरकार की हालत तो देख ही रही हो। अपने स्थायी कर्मचारियों को समय पर तनख्वाह तक नहीं दे पा रही। ऐसे में एप्वाइंटमेंट इतना आसान नहीं है।"

"मेरी एकमात्र सहेली है। इतनी क्लोज। क्या मैंने कभी किसी के लिए कहा है? जेनुइन ग्राउंड भी है। उसका भाई कौन-सा अफसर बनना चाहता है। ज्यादा से ज्यादा एक क्लर्क बनेगा। तुम्हारे यहाँ इसके लिए प्रोविज़न भी होगा। मुझे मालूम है, मैं कुछ भी कहूँगी तो तुम इसी तरह पैर फैलाने लगोगे।" इतिश्री बेसब्र होने लगी थी और एक मोटा सफेद लिफाफा दोनों हाथों में पकड़े हुए इधर-उधर पलटने लगी।

पत्रिका बन्द करके विकास ने इतिश्री की ओर देखा। "ठीक है, पर तुम इतनी बेसब्र क्यों हो रही हो? मैंने तो सही बात बतायी थी। आजकल काफी मुश्किल हो गया है यह सब। चलो रख दो लिफाफा मेरे ब्रीफकेस में, देखता हूँ क्या हो सकता है।"

"देखोगे क्या? इतना तो तुम्हें करना ही होगा।" लड़ियाते हुए टेबल पर रखा विकास का ब्रीफकेस खोला इतिश्री ने।

अगले दिन इतिश्री के कॉलेज चले जाने के बाद दिन के बारह बजे जया ने सीधे विकास के दफ्तर फोन किया।

"क्या कर रहे हैं?" विकास कोई जवाब नहीं दे सका। न जाने क्या सोचकर उसने खुद ही रिसीवर उठा लिया था। शायद पी.ए. नहीं था अपने कमरे में।

"मैं जया बोल रही हूँ शायद पहचान नहीं पाये।"

"नहीं-नहीं, मैं तो यों ही..."

"इति कॉलेज चली गयी। आज उसे शायद काफी काम है। साढ़े चार बजे आने को कह गयी है। आप लंच के लिए घर ही आ जाते।"

"देर हो जाएगी।" कुछ झिझक थी विकास की आवाज में।

"मैं बहुत बोर हो रही हूँ। आप आ जाते तो अच्छा लगता। प्लीज आइए ना! बस आधे ही घंटे की तो बात है।"

"अच्छा ठीक है, मैं आता हूँ।" न जाने क्यों ऐसा निमन्त्रण वह भी अपने ही घर में, टालना नहीं चाहा विकास ने।

कॉल बेल सुनकर खड़ी हो गयी जया। सिर के पीछे बँधे बालों को खोलकर पीठ पर बिखेर दिया और मुस्कुराते हुए जाकर दरवाजा खोला।

"रसोइए ने कहा, आप तो हैं ही घर पर—मैं जरा बाहर हो आता हूँ घंटे भर के लिए। मैंने कहा, ठीक है। आपको किसी चीज की जरूरत तो नहीं थी?" जया

ने मुस्कराते हुए पूछा।

"नहीं-नहीं, ठीक है।" लाल पड़ने लगा विकास।

टेबल पर दो लोगों का खाना लगा दिया जया ने। विकास के सामने बैठ गयी और दोनों हाथ गालों पर रखकर विकास को खाते देखने लगी।

"अरे, आप खा क्यों नहीं रहीं?" मुँह तक उठा चम्मच थाली में रखते हुए कहा विकास ने।

जवाब में कुछ मुस्कुरायी जया। दोनों हाथ उठाकर सिर के बाल समेटकर जूड़ा बाँधते हुए बोली, "पहले आप खा लीजिए। इस तरह बैठकर आपको देखते रहना मुझे अच्छा लग रहा है। सुना था कि आपको चाउमिन अच्छा लगता है, इसीलिए बनाया है।" उसी तरह अलसायी-सी बैठी हुई बोली जया।

"नहीं, नहीं, प्लीज़ आप भी खाइए। मैं अकेले नहीं खाऊँगा।" जिद की विकास ने। और क्या कहे उसकी समझ में नहीं आ रहा था।

"अच्छा-अच्छा...आप शुरू तो कीजिए। मैं भी खाती हूँ।" मुस्कुराते हुए उसने चम्मच उठाया।

"आपके बारे में काफी सुना था।"

"क्या कुछ सुना था? जरूर मेरी निन्दा होगी।"

जया की ओर देखकर सीधे पूछा था विकास ने। अब वह भी सहज होने लगा था।

"यही कि—बहुत इफेक्टिव, पॉजीटिव अफसर और एक हैंडसम इंटेलेक्चुएल हैं आप।" हर शब्द जमा-जमा कर कह रही थी जया, होठों पर उसके दबी-दबी-सी मुस्कान थी और विकास की आँखों में सीधे-सीधे देखकर कहती जा रही थी वह।

इस बीच फिर से उसका जूड़ा खुल गया था। दोनों हाथ उठाकर आराम से जूड़ा बनाया जया ने। विकास की नजर फिर उसकी बायीं और दाहिनी छाती पर जा पड़ी। उसकी नाक से वही तेज महक फिर से जा टकरायी। विकास का चेहरा लाल पड़ चुका था। वह चम्मच से थाली में भात फैलाने लगा।

"क्या बात है, कुछ कह नहीं रहे"—होठ दबाकर मुस्कुराते हुए पूछा जया ने।

"मैं ये सब कुछ भी नहीं हूँ।" इस बार जया की ओर देखकर मुस्कुराया विकास।

"छोड़िए! ये सब सोचना आप मेरे ऊपर छोड़ दीजिए। पहले आप अच्छी तरह खाना तो ले लीजिए।" विकास की ओर देखकर रहस्यभरी मुस्कान बिखेरी जया ने।

वाश-बेसिन के पास पहुँचकर तौलिया बढ़ा दिया जया ने विकास की ओर। उसके हाथ से तौलिया लेते समय जया की दो-तीन अँगुलिया स्पर्श कर गयीं विकास को और उसके पूरे बदन में एक सिहरन-सी फैल गयी।

"क्या आप थोड़ी देर रेस्ट नहीं करेंगे?" हथेली पर चार-पाँच लौंग रखकर हाथ बढ़ा दिया जया ने विकास की ओर।

"अब समय नहीं है।" दो लौंग उठाते हुए धीरे से कहा विकास ने।

"कल फिर आएँगे ना लंच के लिए? मैं इन्तजार करूँगी।" एक गृहिणी की तरह कहा जया ने।

"कह नहीं सकता, कोशिश करूँगा।" कुंठित-सा बोला विकास।

"कोशिश नहीं, जरूर—प्लीज़।" अनुनय भरी निगाह और मुस्कुराते हुए बोली जया।

"ठीक है, आ जाऊँगा।" विकास भी मुस्कुराते हुए चला गया।

पूरे रास्ते और ऑफिस में भी जया के बारे में सोचता रहा विकास। अद्‌भुत है! कितना सहज और अपनत्वभरा व्यवहार करती है। बातचीत तो ऐसी मानो अति निकट हो। बड़ी हँसमुख और आकर्षक भी है। हाँ, सुन्दर है जया। हँस-हँसकर खुशी-खुशी बातें करती है। दूसरों को खुश रखने की कला जैसे जानती हो वह और आत्मविश्वास भी है उसमें—कोई भी बड़ी आसानी से उसके वश में आ सकता है—मानो यह जानती है वह। और वह जो महक है? विकास अन्यमनस्क होकर सोचने लगा, क्या हो सकता है? ठीक है। जो होना होगा, होगा।

घर लौटने पर कुछ घबरा-सा रहा था विकास। न जाने क्या कहा होगा जया ने इतिश्री को? लंच टाइम में ज़रा हिंट दे दिया होता तो शायद अच्छा होता। जो भी कहे, उसकी और जया की बात एक जैसी होनी चाहिए। उसने चुप रहना ही बेहतर समझा।

"क्या किया तूने दिनभर? बोर हुई होगी ना? क्या करूँ। आजकल कॉलेज में काम इतना बढ़ गया है कि—छुट्टियाँ भी अधिक ली नहीं जातीं।" इतिश्री गुनहगार-सा बनकर बोली।

"अरे नहीं, मैंने पूरा रिलेक्स किया। आराम से खा-पीकर गाने सुने और टी.वी. देखा। अच्छा लगा। सच में, हमेशा तो नहीं मिलता ऐसा एकान्त समय।" ज़रा उच्च स्वर में जवाब दिया जया ने। विकास ने यह सब सुना और आश्वस्त होकर अखबार पढ़ने लगा।

अगले दिन ठीक एक बजे फोन किया जया ने विकास को।

"क्यों? काम खत्म हो गया ना? आज मैंने अपने हाथों से खाना बनाया है। जल्दी आइएगा।"

''ठीक है।'' संक्षिप्त-सा उत्तर दिया विकास ने। उसे समझ नहीं आ रहा था और क्या कहे।

बीते कल की तरह चेहरे पर मुस्कान लिये जया ने दरवाजा खोला। पीठ पर खुले बालों को दोनों हाथ उठाकर सिर के पीछे बाँधा और दोनों के लिए खाना परोसने के बाद डाइनिंग टेबल के पास आकर बैठ गयी।

फिर उसी तेज महक ने विकास को विचलित कर दिया। वह अन्यमनस्क हो गया।

''पर बताना होगा कि खाना कैसा बना है। ये कोफ्ते मैंने बनाये हैं।'' लड़ियायी हुई आवाज में अपने स्वर को यथासम्भव खींचते हुए बोली।

''बहुत अच्छा बना है।'' जया की ओर देखकर थोड़ा-थोड़ा मुस्कुराया विकास।

''अरे, मैं पानी तो लायी ही नहीं।'' इतना कहकर रसोई की ओर जाते-जाते मुँह फेरकर कहा जया ने, ''रसोइया सिनेमा देखने जाना चाहता था, बोला—माँ जी तो साढ़े चार बजे लौटेंगी, मैं चार बजे तक आ जाऊँगा। उसे पचास रुपये भी दे दिये मैंने।''

इस बीच जया के जूड़े की नॉट फिर खुल गयी थी। विकास की ओर देखती हुई दोनों हाथ उठाकर जया ने फिर से जूड़ा बाँधा। फिर से वही तीव्र महक फैल गयी हवा में और विकास ने थूक निगला। तुरन्त अपनी कलाई घड़ी पर नजर पड़ी विकास की। दो बजनेवाले थे। ''अच्छा चलें।''

फिर जीभ दबा ली जया ने, ''सॉरी, सॉरी...चलिए आप भी, कुछ गाने सुन जाएँ।''

''तुम कहकर बुलाओ, विकास कहकर बुलाओ। आप कहने की क्या जरूरत है?'' विकास ने धीरे से कहा।

''ठीक है। यही कहूँगी। चलो, आओ, तुम्हें ज़रा रेस्ट भी मिल जाएगा।'' इतना कहकर जया आगे-आगे, विकास और इतिश्री के बेडरूम में चली गयी—पीछे-पीछे विकास भी।

''कौन-सी सी.डी. लगाऊँ। कैसे गाने तुम्हें पसन्द हैं? या फिर कोई म्युजिक, स्लो?'' मुँह घुमाकर विकास से पूछा जया ने। तब तक विकास जया के ठीक पीछे खड़ा हो चुका था। कोई एक सी.डी. लेकर म्युजिक सिस्टम में लगाने को जया ने हाथ बढ़ाया ही था कि पीछे से उसकी हथेली को धीरे से स्पर्श किया विकास ने। धीरे से पीछे की ओर झुकते हुए विकास के सीने से चिपक गयी जया और अपना सिर घुमाकर विकास के दाहिने कन्धे पर रख दिया। विकास की ओर देखकर हल्के-से मुस्कुरायी वह—मानो यही होना था। अगले ही क्षण विकास ने अपने दोनों हाथों से घेर ली जया की कमर और अपनी दोनों बाँहें उठाकर विकास के गले

से झूल गयी जया। पल भर भी बर्बाद न करते हुए जया के होठों पर अपने होठ रख दिये विकास ने और उसके बाये कन्धे से साड़ी खिसकाकर ब्लाउज में अपना दाहिना हाथ डाल दिया उसने।

"कल क्या करेंगे? कल तो दो बजे तक कॉलेज से लौट आएगी, कह रही थी इति। क्या कल हम कहीं और नहीं मिल सकते?" आधे घंटे बाद बेडरूम से निकलते विकास को पकड़कर जया ने पूछा। अचानक कोई उपाय नहीं सूझा विकास को।

"कल किसी होटल में कमरा बुक करा लो। वहीं लंच करेंगे। मेरे लिए एक बजे गाड़ी भेज देना—इति से कह दूँगी कि अपनी भुवनेश्वर वाली बुआ के घर जा रही हूँ।"

"ठीक है। यही करता हूँ।" तीन बज चुके थे। जल्दी-जल्दी ऑफिस चला गया विकास।

शाम को घर लौटने में कुछ देर हुई विकास को। अन्दर घुसा ही था कि इतिश्री की आवाज आयी—"इतनी देर कैसे हो गयी? कोई फर्ज याद नहीं आता तुम्हें। थोड़ा जल्दी आ जाते तो हमारे साथ मार्किट गये होते!"

"मेरे मना करने के बावजूद इति मेरे लिए एक साड़ी खरीद लायी।" जया ने विकास से कहा।

"ये कौन-सी बड़ी बात है। इतने दिनों बाद मिली है। इन्हें तो तू देख ही रही है, थोड़ा जल्दी आ गये होते तो आज डिनर के लिए बाहर चलते। इनसे यह सब कभी नहीं होता।"

किसी की ओर देखे बिना कुछ-कुछ मुस्कुरायी जया।

"सुनो, समय नहीं दिया न सही, मार्किट नहीं गये न सही, बाहर खिलाने भी नहीं गये न सही, तुम जानते हो यह सब मैं खुद ही कर लूँगी, पर जया का काम तुम्हें करना होगा।" सोते समय विकास को कहा इतिश्री ने।

कोई जवाब नहीं दिया विकास ने।

"क्यों, सुन रहे हो या नहीं? जया के भाई का काम कहाँ तक पहुँचा?" विकास को जोर से हिलाया इतिश्री ने।

"ओहो! सोने नहीं दोगी तुम। कह तो दिया, कोशिश करूँगा। फाइल पुट-अप करने को कहा है।" विकास का खीझ भरा स्वर सुनाई दिया।

मन-ही-मन कुछ-कुछ बड़बड़ाते हुए मुँह फेरकर सो गयी इतिश्री।

विकास के कहे अनुसार जया को होटल 'नम्रता' ले आयी विकास की गाड़ी। वहाँ एक सूट बुक कराया था विकास ने।

"लो, खोलकर देखो।" लगभग साढ़े तीन बजे होटल का रूम छोड़ने से ठीक पहले खाकी रंग का बन्द लिफाफा जया की ओर बढ़ा दिया विकास ने। "यह क्या है?" जल्दी से खोला उसे जया ने और उसके भीतर से चार-परतों में मुड़ा सरकारी पत्र निकालकर सीधा करके पढ़ने लगी वह।

विस्मय, आनन्द और प्राप्ति से फूट पड़ी जया।

"ओः! वंडरफुल! यू आर रियली ए वीजर्ड! इतनी जल्दी। मुझे तो विश्वास ही नहीं हो रहा।" बड़ी-बड़ी आँखें निकाले विकास की ओर ताकती रह गयी जया और दूसरे ही क्षण टेबल पर लिफाफा और पत्र रखकर विकास को बाँहों में भर लिया।

"तुम वाकई बड़े एफेक्टिव हो।" गद्गद हो रही थी जया।

"ठीक है—ठीक है, अब रखो सँभालकर उसे। चलो, चलें, काफी देर हो चुकी है।"

पत्र को पहले-सा तह करके लिफाफे में रख दिया जया ने और लिफाफा विकास की ओर बढ़ा दिया।

"इसे अपने ही पास रखो। मुझे तो कल राउरकेला लौटना होगा। इसे लेने के बहाने मैं फिर पन्द्रह दिन बाद आऊँगी और तीन-चार दिन रुककर जाऊँगी—ओ.के.?" विकास की ओर देखकर मुस्कुराते हुए कहा जया ने।

"वाह, क्या चतुराई है!" विकास ने फिर एक बार उसके होठ चूम लिये।

अगले दिन ऑफिस जाते समय गेट से पीछे मुड़कर देखा विकास ने। जया और इतिश्री खड़ी थीं। जया के चहेरे पर दबी-दबी-सी मुस्कान थी और इतिश्री के चेहरे पर कुछ व्यग्रता।

"सुना, जल्दी लौटना। तपस्विनी एक्सप्रेस में जया को छोड़ने चलेंगे। सुना या नहीं?" दरवाजे के पास खड़ी इतिश्री ने जोर से कहा विकास को। "इन्हें तो कुछ याद ही नहीं रहता। बार-बार याद दिलाना पड़ता है।" जया की ओर देखकर इतिश्री ने धीरे से कहा और बाहर का दरवाजा बन्द करके दोनों अन्दर चली गयीं। इतिश्री ने छुट्टी ले रखी थी उस दिन।

"देख, तेरा काम कराने के लिए मैं पूरी तरह जुट जाऊँगी। और कुछ ही दिन लगेंगे, विकास बोल रहा था।" प्लेटफार्म पर जया के दोनों हाथ थामे हुए धीरे-धीरे बोल रही थी इतिश्री, ताकि विकास न सुन सके। विकास थोड़ी दूरी पर खड़ा था।

''तू सिर्फ विकास बाबू को याद दिलाती रहना। मैं भी फोन करती रहूँगी।'' जया अनुरोध कर रही थी।

''अरे, इसके लिए क्या मुझे कहना पड़ेगा। तू जरूर फोन करना। जब सुविधा हो, आ जाना। और दो महीने बाद जीतू का जन्मदिन है। प्लीज़ आना।'' इतिश्री अनुनय कर रही थी।

''जरूर, जरूर आऊँगी, वादा करती हूँ।'' इतिश्री के हाथों से हाथ निकालकर जया ने विकास को नमस्ते की। ट्रेन सीटी दे चुकी थी। जया कम्पार्टमेंट में चढ़ गयी और एक हाथ से दरवाजे की रेलिंग पकड़कर दूसरा हाथ मुस्कुराते हुए इतिश्री और विकास की ओर हिलाने लगी।

''जया, सुबह पहुँचते ही सबसे पहले रसमलाई निकालकर फ्रिज में रख देना। वरना खटास आ जाएगी। तुरन्त फोन करना मुझे।'' इतिश्री ने जोर से कहा जया से। ट्रेन रेंगने लगी थी। जया दरवाजे पर खड़ी हाथ हिला रही थी।

रुमाल से आँखें पोंछते हुए विकास की ओर देखकर इतिश्री ने कहा, ''चलो।''

विस्मृत विहंग

अरुण!

यह तो अरुण है! चौंक उठी मानसी। अरुण इस तरह, यहाँ? वही लम्बा, पतला साँवला चेहरा, चमकती प्रश्नभरी आँखें—यह तो अरुण के सिवा और कोई हो ही नहीं सकता!

कुछ देर बाद सँभली मानसी। सुबह आईने में देखा अपना चेहरा याद आ गया उसे। सामने के लगभग आधे से ज्यादा बाल पक चुके हैं उसके। आठ साल से डाई कर रही है वह। चेहरे पर वह स्निग्ध मादकता नहीं रही—समय और उम्र अपनी सही छाप छोड़ते जा रहे हैं न जाने कब से, उस ओर ध्यान ही नहीं था उसका; किन्तु—

यदि वह ऐसी है अभी—अरुण कैसे हवा में डोलता तीस साल पहले वाला साँवला तरुण होगा—उसकी दोनों आँखें उसी तरह बिजली की चमक और पारे भरी-सी उसकी ओर ताक रही होंगी? मन-ही-मन मुस्कुरा उठी मानसी। किन्तु अरुण तब ठीक ऐसा ही दिखता था। गौर से उस युवक को देखा मानसी ने। दो आदमी कभी एक जैसे नहीं हो सकते, वह भी समय के इतने बड़े अन्तराल में! विश्वास नहीं हो रहा था उसे। मन को समझा रही थी वह—नहीं, सहसा उसे ऐसा लगा होगा—क्या अरुण ऐसा ही लगता था? बिलकुल सीधा-सादा पहनावा था उसका। यह लड़का बहुत आत्मविश्वासी और सन्तुष्ट लग रहा है। पर अरुण हमेशा कुछ तलाशता-सा लगा करता था। कोई प्रत्याशा और उत्सुकता हमेशा उसकी निगाह से झलकती रहती थी।

पर इस तरह हू-ब-हू अरुण जैसा! कौन होगा—अरुण का बेटा भी तो हो सकता है! फिर से एक चमक कौंध गयी उसके भीतर। तिरछी निगाह से सुधीर की ओर देखा उसने। सुधीर उसी तरह अखबार में सिर गड़ाये हुए था। खड़ी होकर कुछ आगे जाना चाहती थी मानसी।

इन्दिरा गाँधी इंटरनेशनल एयरपोर्ट में करीब आधे घंटे से इन्तजार कर रहे हैं वे लोग—केलिफोर्निया से आ रहे हैं बेटी और दामाद—साथ में दो साल की नातिन।

अधिक आकर्षण उसी का है। डिलीवरी के बाद दो महीने की नातिन को लेकर गयी थी बेटी, लगभग दो साल बाद लौट रही है। फोन पर नातिन की तुतली भाषा में गुडमॉर्निंग सुना है उन्होंने। चिट्ठियों में नातिन की अच्छाइयों और शरारतीपन का विस्तृत विवरण लिखा करती थी बेटी। उसकी बढ़ती उम्र की तसवीरें भेजा करती थी। लेकिन उस नन्ही-सी गुड़िया को बाँहों में भरकर छाती से लगाने का अहसास अभी तक नहीं हुआ था उन्हें। सुधीर और वह अधीर हैं इसके लिए—जब से उनके आने की खबर मिली है। यहीं, ऐयरपोर्ट से रिसीव करेंगे, इसके लिए भी धैर्य नहीं था उनमें। आज गेस्ट हाउस में रुकेंगे और कल राजधानी एक्सप्रेस पकड़ेंगे भुवनेश्वर के लिए—यह थी उनकी योजना।

वह लड़का अपनी जगह पर उठकर खड़ा हो गया है—इधर-उधर टहल रहा है—वह अरुण की ही तरह चल रहा है। एराइवल टाइम फ्लस होनेवाले टी.वी. की ओर जा रहा है। कुछ देखने के बाद फिर लौटकर आ रहा है अपनी जगह पर और बायीं ओर सिर झुकाकर किसी से कुछ कह रहा है। किससे कह रहा है? कोई महिला बैठी है—उस लड़के की उम्र की नहीं है—वयस्का लग रही है। दो कदम आगे बढ़ गयी मानसी और ध्यान से देखने लगीं।

अरे, यह तो प्रभा है! हाँ, प्रभा ही है। अचानक कुछ आविष्कार करने-सा लगा मानसी को। यह प्रभा है, अरुण की पत्नी और यह लड़का है, अरुण का बेटा। एक ही शहर में रहते हुए भी उनकी मुलाकात हुई थी सिर्फ चार बार। पहली बार एक कपड़े की बड़ी दुकान से लौटते समय जीप में कपड़ों के पैकेट रखकर ड्राइवर को वहीं इन्तजार करने को कहकर जैसे ही घूमी थी कि ठीक उनके पास एक स्कूटर आकर रुका, उसने सिर उठाकर देखा, अरुण था और उसके पीछे वाली सीट से उतर रही थी आधे सिर तक पल्लू रखे एक दुबली-पतली औरत।

"प्रभा, ये मानसी है। मैंने तुम्हें बताया तो था।" अरुण ने परिचय करवा दिया था। न जाने उसने कुछ क्या बताया होगा!

सिर हिलाते हुए देखा था उस भद्र महिला ने मानसी को। मानसी भी बड़े गौर से देख रही थी उसे। यह अरुण की पत्नी है! अरुण के व्यक्तित्व, उसके तेज और बुद्धिमानी के आगे कितनी छोटी और साधारण लग रही थी वह औरत! शायद हाल ही में शादी हुई है उनकी। तब तक मानसी की दूसरी सन्तान का जन्म हो चुका था। जरा भी नहीं जँच रही थी अरुण के आगे, तब के युवा मन से सोचा था मानसी ने। उसकी और अरुण की जोड़ी जैसी बनी होती, क्या वैसी बन पायी? कुछ आम बातें करने के बाद वे लोग एक-दूसरे से विदा लेकर चले गये थे। किन्तु उस दिन काफी रात तक नींद नहीं आयी थी मानसी को। इतनी मामूली-सी लड़की से कैसे कर ली शादी अरुण ने?

कुछ ही दिनों बाद पुराने संगी-साथियों से उसने सुना था कि अरुण भौतिकी पढ़ाता है और माता-पिता की इच्छा से मैट्रिक पास एक गाँवली लड़की से शादी की है उसने।

अपने बढ़ते हुए परिवार की जिम्मेवारियों और उसके प्रति अपनी आसक्ति के बीच वह अरुण और उसकी मामूली-सी पत्नी को लगभग भूल चुकी थी। फिर शायद तकरीबन तीन बार यहाँ-वहाँ प्रभा से मुलाकात हुई थी। हर बार अकेली। एक बार साँवले रंग का छोटा बच्चा था साथ। शायद यही बेटा हो, जो बड़ा होकर हू-ब-हू अरुण-सा दिख रहा है। उस वक्त अरुण का हालचाल पूछा था मानसी ने प्रभा से। प्रभा ने रूखे भाव से जवाब दिया था कि वे तो बस रिसर्च के काम में जुटे रहते हैं, और...

एक-एक डग आगे बढ़ा रही थी मानसी। क्या कहे वह प्रभा से, समझ़ नहीं पा रही थी। उसने जल्दी से इधर-उधर निगाह फेरी। नहीं, अरुण तो नहीं दिख रहा कहीं। करीब पहुँचने पर प्रभा उसे कुछ-कुछ पहचानने-सी लग रही थी। उसके दुबले चेहरे पर दो उदास आँखें सहसा चमक उठीं; वह तुरन्त उठकर खड़ी हो गयी—

"ये तुम्हारा बेटा है? हू-ब-हू अरुण पर गया है।" कुछ मुस्कुराने की कोशिश की मानसी ने।

"मानसी बहन।" उसकी बात मानो सुन नहीं पायी थी प्रभा। आवेग से मानसी के दोनों हाथों को जकड़ लिया उसने अपने पतले-पतले झुर्रीदार हाथों से और जोर-जोर से रोने लगी।

"अरे-अरे..." कहते हुए एक सम्भावित घटित से काँप उठी मानसी।

उसके दोनों हाथों को जकड़कर पकड़े प्रभा की पतली-पतली कलाइयों में चूड़ियाँ नहीं थीं—उसने पहन रखी थी एक मटमैली-सी साड़ी। माथे या माँग में सिन्दूर नहीं था!

अरुण नहीं रहा! सचमुच कितनी अद्‌भुत बात है! इतनी बड़ी दुनिया में, इतने लोग हैं, अपना-अपना काम कर रहे हैं, जी रहे हैं; पर अरुण चला गया!

उसका अरुण—उसकी तरुणाई, सपने, प्रेम, कसमों इन सबका एकमात्र गवाह—सम्भव हुए हों या न हुए हों वे सब। वे सारे पल तो झूठे नहीं हो सकते—कितने जीवन्त हैं आज भी।

"दो साल पहले रिसर्च करने गये थे न्यूजर्सी। खबर आयी थी हार्टअटैक हुआ है—अभी महीने भर पहले खबर आयी, चल बसे। पन्द्रह दिनों से हम दिल्ली में हैं। बॉडी आने का इन्तजार कर रहे हैं—फैक्स आया है कि आज जरूर आ रही है..." पास खड़े युवक की आँखें छलछला आयी हैं। मानसी मानो कुछ सुन नहीं

रही थी।

सचमुच कितना जीवन्त है वह समय!...वे तमाम यादें!

"तुम जो कॉस्टल के लोग हो—जानती हो—कॉस्टल के लोग बड़े अविश्वासी होते हैं।"

थम चुकी बारिश की वे बूँदें अब एक-एक कर सप्तपर्णी पेड़ से उनकी बेंच पर टपक रही थीं जिन्हें पत्तों ने अब तक थाम रखा था। उनमें से कई बूँदें उस पर और अरुण के बालों पर भी चिपकी हुई थीं। उन्हीं नन्ही-नन्ही बूँदों को देखते हुए हथेली पर सप्तपर्णी फूलों को इधर-उधर करते हुए जवाब दिया था मानसी ने। "यह झूठ है—निरा झूठ। मनुष्य किसी स्थान विशेष के कारण विश्वसनीय या अविश्वसनीय नहीं होता।"

"ठीक है, देखते हैं। समय आने पर सब पता चल जाएगा।" उदासी भरे स्वर में कहा था अरुण ने।

"ठीक है। समय आने पर ही पता चलेगा; पर अभी से इतना सीरियस होने की क्या जरूरत है? अभी तो वक्त का तकाजा है कि पदन साहू की दुकान से दो कप गरमा गरम चाय हो जाए! काफी कुछ चाहता है वर्तमान समय, पर...इस वक्त तो दो कप चाय ही काफी है। चलो।" चपलता से आँखें नचाकर मुस्कुराते हुए जवाब दिया था मानसी ने।

मुस्कुरा उठा था अरुण भी। उसके चेहरे पर से उदासी भरे बादल छँट चुके थे। "नहीं, नहीं, तुम बैठो, मैं यहीं ले आता हूँ," उसने कहा था।

"अरे, उसके इतने छोटे-छोटे गिलास होते हैं कि हाथ जल जाएँगे।"

"नहीं, कुछ नहीं होगा। मैं ले आता हूँ।"

"तो फिर ये रूमाल ले जाओ, गिलास लपेटकर लाना।" मानसी ने पर्स से रूमाल निकालकर अरुण की ओर बढ़ा दिया था।

अरुण की बॉडी आ रही है। निर्जीव, निःस्पन्द अरुण को—शायद सफेद बड़ी चादर में लपेटा गया होगा—हाथ गरम न हो जाने के लिए बढ़ाये छोटे-से झीने सफेद रूमाल से कई गुनी बड़ी। अरुण की अन्त्येष्टि शायद यहीं हो—दिल्ली में।

कन्धे पर परिचित अँगुलियों का मृदुस्पर्श। न जाने सुधीर कब से पीछे खड़े हैं।

"मानू, फ्लाइट एनाउंस हो चुकी है। थोड़ा आगे चलते हैं।"

यन्त्रचलित-सी सुधीर के पीछे-पीछे चल पड़ी थी वह।

यही फ्लाइट ढोकर ला रही है उसके अपने अतिप्रिय लाडले को, उसकी आँखों के तारे को; जिसे देखने को व्याकुल है वह दो सालों से। सुधीर की तबीयत खराब होने की वजह से तीन-तीन बार टिकट बनकर कैंसल हुए हैं। आज सुबह

तो अधीरता के कारण उसने ब्रेकफास्ट भी नहीं लिया है।

इसी में आ रही है महीने भर तक सहेजकर रखी बर्फ से ढकी अरुण की बॉडी—उसके शोक-सन्तप्त परिवार के लिए कुछ राहतभरी धरोहर बन!

"क्या बात है मानू? क्या तबीयत ठीक नहीं? कब से कह रहा हूँ मैं, कुछ खा लो।"

"नहीं, कोई खास नहीं, यों ही कुछ...।" कॉर्डन एरिया की लोहे की रेलिंग पकड़कर कुछ आगे झुक गयी मानसी ताकि उसका चेहरा न दिखे सुधीर को।

कितनी जीवन्त हैं वे यादें! हर चीज यथास्थान रखकर सिर्फ समय को पीछे लौटा लेने से...

"सुनो, कहाँ जा रहे हो?"

"मुझे सुबह-सुबह लैबोरेटरी जाना था। क्या कोई खास बात है?"

"मुझे बहुत कुछ कहना है—समय चाहिए।"

"ठीक है, मैं एक बजे लौट रहा हूँ। उसके बाद फिर कोई क्लास नहीं है।"

"नहीं, तुम्हें अभी सुननी होगी। मैं इन्तजार नहीं कर सकती, इतनी देर..." पैर पटकते रुआँसी आवाज में कहा था मानसी ने।

"अच्छा, ठीक है, चलो।"

हमेशा की तरह सप्तपर्णी के नीचे सीमेंट की बेंच पर जाकर बैठ गये थे वे। आसमान में बादल थे या नहीं, धूप थी या छाया, कौन आ-जा रहा था, कुछ याद नहीं मानसी को। झुककर झड़कर गिरे कुछ फूल उठाकर नाखूनों से नोच रही थी वह। कुछ देर तक दोनों उसी तरह खामोश बैठे रहे थे।

"अरुण, मैं क्या करूँ बताओ?"—बोलते-बोलते रो पड़ी थी मानसी।

"अरे, अरे...क्या हुआ?" घबरा गया था अरुण। मानसी का रोना ज़रा भी नहीं सह पाता था वह।

"पिताजी ने कहा है—अब पढ़ाई नहीं करनी। बस इतना ही। बी.ए. पास हो गयी, और क्या!"

थोड़ी देर चुप रहे दोनों।

"जानते हो? मेरी शादी के लिए जुगाड़-जन्तर चल रहा है।" गला रुँध गया था मानसी का।

सिर झुकाकर बैठे अरुण ने क्षण भर देखा था उसकी ओर, फिर सिर झुका लिया था।

ओह! वह नजर! आज इतने सालों बाद भी उसी तरह दिख जाती है उसे। किसी अनजान-सी अलौकिक यातना से बिद्ध वेदना भरी वह करुण-दृष्टि!

"सुनो अरुण, तुम पिताजी से कहना—कहना कि मैं इन्तजार करूँ तुम्हारे

लिए।''

''क्या वे मानेंगे?''

किसी अवर्णनीय असहायता से सराबोर था वह स्वर।

''तुम इतने ब्रिलियंट हो—वे पहले से जानते हैं तुम्हारे बारे में—जरूर मान जाएँगे।''

फिर कुछ क्षणों के लिए अविच्छिन्न नीरवता।

''वरना जान लो, मैं जान दे दूँगी।''

चकित भाव से फिर एक बार सिर उठाकर देखा था अरुण ने उसे और उसकी हथेली को दोनों हाथों में भर लिया था—मानो अपार्थिव कुछ याचना कर रहा था!

उसके पिता ने इतना-सा प्रश्रय देना तक उचित नहीं समझा था। उस वक्त वे कटक के एक मशहूर डॉक्टर थे। माँ को बुलाकर कह दिया था—कह दो मानू से, ऐसे भिखमंगों के घर मैं रिश्तेदारी नहीं करूँगा। क्या इसीलिए इतना पढ़ाया-लिखाया था? अगर उसका मन है तो भाग जाए, पर अपने पिता का मरा मुँह देखेगी।

माँ ने पल्लू के छोर से आँख-नाक पोंछते हुए कहा था—''बहुत अच्छा घराना है उनका। सैकड़ों एकड़ उपजाऊ खेत हीराकुंड बाँध के लिए ले गयी सरकार। इसीलिए उनकी यह दुर्दशा है। अरुण पढ़ाई में बहुत तेज है—लड़का भी अच्छा है। दो साल बाद जरूर कोई अच्छी नौकरी मिल जाएगी उसे।'' पिताजी को समझाने के लिए बहुत मिन्नतें की थी मानसी ने अपनी माँ से।

''दो साल?'' दाँतों तले जीभ दबाकर सिर पर हाथ रख बैठ गयी थी मानसी की माँ। ''दो साल तक इन्तजार करने की बात कैसे कहूँ उनसे मानू—उन्होंने तो जिद पकड़ रखी है कि दो महीने में शादी कर देंगे।''

अरुण का एक छोटा-सा अनुरोध पहुँचा था मानसी के पास। परसों चार बजे फिजिक्स लैब के सामने मिलने के लिए—पाँच मिनट के लिए। शायद वह पहले से आकर इन्तजार कर रहा था।

''अरुण, मैं...''

''छोड़ो, कुछ भी न कहो मानसी, प्लीज़ कुछ मत बोलो।''

चकित-सी ताक रही थी मानसी उसकी ओर। कैसा दिखने लगा है अरुण? हे भगवान! क्या उसकी ऐसी हालत की जिम्मेवार उसे ही होना था!

''अरुण, परीक्षा सिर पर है...''

''मालूम है।''

करीब पाँच मिनट तक वे लोग चुपचाप खड़े रहे। मानसी का सिर नीचे झुका हुआ था। अरुण क्या कुछ कह रहा था, उसे नहीं मालूम।

"एक छोटा-सा वादा करोगी मुझसे, मानसी?"

मानसी ने सिर उठाकर देखा था उसे।

"तुम जहाँ भी रहो, जैसी भी रहो, मेरे मृत-शरीर के पास आकर जरा खड़ी हो जाना—पल-भर के लिए सही...।"

दोनों हथेलियों से मुँह ढँककर फूट-फूटकर रोने लगी थी मानसी। तीन-चार मिनट बाद जब उसने सिर उठाया, अरुण वहाँ नहीं था। मानसी अपने लिए खड़े रिक्शे में घर लौट गयी थी।

कच्ची उम्र की भावुकता की पतली-सी लीक प्रचंड जीवनानुभूति की बाढ़ में कहीं खो गयी थी। उस बारे में कभी अधिक सोचा भी नहीं था मानसी ने। सोचने का अवकाश ही नहीं मिला। अपनी गृहस्थी को सुन्दर रूप से सँवारने में व्यस्त रही वह साल दर साल, थके बिना।

प्लेन लैंड कर चुका है दस मिनट हुए। एरायवल प्रकोष्ठ में प्रवेश कर रहे हैं—उसकी बेटी और पीछे-पीछे दामाद गोद में नातिन को लिए। तुरन्त आकर लिपट गयी थी बेटी मानसी के कन्धे से—अपने बचपन के दिनों की तरह न जाने क्या कुछ कहते हुए—अँगुली दिखाकर नातिन की ओर। नातिन भी जानी-पहचानी मृदु मुस्कान बिखेर रही है, अपने पिता के कन्धों को दोनों हाथों से जकड़कर पकड़े हुए है। बड़ी प्यारी है यह तो—स्नेह भरी मुस्कान बिखेरी मानसी ने उसकी ओर देखकर।

"क्या बात है, माँ? तुम्हारी तबीयत तो ठीक है ना?" बेटी ने घबराते हुए पूछा।

"कुछ नहीं बेटी, सब ठीक है।"

दामाद इस बीच सामाऩ ले आये थे। चलने को उतावले थे सभी। कदम बार-बार रुक जाते थे मानसी के। मुड़कर बायीं ओर देखा उसने। लगेज कनवेअर बेल्ट के पास खड़ी थी प्रभा और उसका बेटा—दोनों एकाकी—और कोई नहीं था वहाँ, अपनी चीज के इन्तजार में।

"माँ, सब आ चुका है, चलो चलें।"

मानसी उसी तरह उन माँ-बेटे की ओर ताकती खड़ी है। वे लोग मानसी की ओर पीठ किये अन्दर खड़े थे।

"माँ? क्या बात है? कोई पहचान वाला है क्या?"

"चलो।" एक लम्बी साँस छोड़ी मानसी ने। एक्ज़िट में पहुँचने से पहले फिर एक बार पीछे मुड़कर देखा मानसी ने। माँ-बेटा उसी तरह खड़े हैं—उनकी चीज

अभी भी नहीं आयी है!

कार की पिछली सीट से टिककर आँखें बन्द कर लीं मानसी ने। आँखें बन्द करते ही समय लौट जाता है। वहीं रुक जाता है—फिजिक्स लैब के सामने तीस साल पहले जहाँ उसके पहुँचने से पहले उसका इन्तजार कर रहा था अरुण।

पहली बार वह ईर्ष्या करने लगी थी किसी दूसरी नारी से। एक मामूली-सी नारी से, उसकी मटमैली साड़ी के अधिकार और आभूषणहीन झुर्रीदार हाथों के अहं से—इतने बड़े एयरपोर्ट में उसके यकायक रोना शुरू कर देने की सहजता से।

आँसुओं की दो धार शायद बह आयी थीं मानसी की आँखों से।

"क्या बात है माँ? कोई तकलीफ है?"

"नहीं बेटी, यों ही।"

"तू क्या नहीं जानती? जब तेरी माँ बहुत खुश होती है, उसकी आँखों से आँसू बहने लगते हैं।" बेटी के पिता ने शरारतभरे स्वर में कहा।

"नहीं, नहीं पिताजी, जरूर कोई बात है। माँ का वही पुराना छाती का दर्द है क्या?" बेटी ने घबराकर पूछा।

"नहीं, यों ही थोड़ी-सी जलन है। ठीक हो जाएगी।"

"बिलकुल नहीं। चलो, मेडिकल होकर दिखाते हुए चलेंगे। वहाँ देर लगी तो मैं रुक जाऊँगा। तू दामाद और बिटिया को लेकर गेस्ट हाउस चली जाना।" सुधीर ने घबराये हुए स्वर में कहा।

"परेशान मत होओ तुम लोग—कुछ नहीं हुआ मुझे। बस यों ही ज़रा—चलो, गेस्ट हाउस चलो।"

"पर माँ—"

"नहीं, नहीं, यह धीरे-धीरे ठीक हो जाएगा। अरे कुछ नहीं।" आँसू पोंछकर मुस्कुराने की कोशिश कर रही थी मानसी।

अपने पापा की गोद से अगली सीट से उचकते हुए पीछे मुड़कर देख रही थी मानसी को उसकी नातिन। अपने पापा को झकझोरते हुए कह रही थी—"पापा, पापा सी क्राइंग!'''

पिंजरा

''कौन...प्रिया, तुम्हीं बोल रही हो ना? इतने दिनों से आयी हुई हो—एक फोन तक नहीं किया, घर भी नहीं आयी।''...

''क्या कहा, फोन किया था? पर मुझे तो नहीं बताया किसी ने। अरे नहीं, मैं कहाँ जाती हूँ घर से? चल फिर बात करूँगी तुझसे। हाँ सुन, अगर फिर फोन करना तो सखी कहकर मत बुलाना, प्रिया कहना, समझ गयी? इनकी सारी बहनें कॉन्वेंट की जो पढ़ी हुई हैं, यह सखी-वखी क्या है, ओल्ड फैशंड कहकर खिल्ली उड़ाएँगी। अच्छा सुन, घर आना तो यह मत कहना कि मैंने बुलाया था—कहना, बस यों ही चली आयी मिलने।''

''मेरे जाने की बात छोड़। सुन, तू क्यों नहीं आ जाती सोमवार की शाम। उस दिन घर पर लोग भी कम होंगे।''

''नहीं-नहीं, शनि या रवि नहीं। इनकी छुट्टी रहती है। प्लीज़ तू ही आ जा सोमवार को।''

''चल ठीक है। काफी देर हो गयी। आना जरूर। ढेर सारी बातें करनी है तुझसे।''

जब प्रिया ने रिसीवर रखा, काफी पसीना निकल आया था उसके चेहरे पर। सजग होते हुए उसने साड़ी के पल्लू से पसीना पोंछा। बरामदे से होकर दाहिनी ओर वाले कमरे में जाते हुए सामने दीवार पर बेसिन के ऊपर लगे आईने में चेहरा देखने के लिए एक सेकेंड रुकी वह। अगले ही पल सतर्क होते हुए चारों ओर देखा—उसे आईना देखते कहीं कोई देख तो नहीं रहा! कमरे में घुसते ही उसकी नजर टेबल के कॉर्डलेस रिसीवर की ओर चली गयी। अरे, रिसीवर तो नहीं है वहाँ! घबरा गयी वह। जरूर कोई सुन रहा था उनकी बातें। कौन होगा? क्या रूबी होगी? जरूर अपनी ब्लू नाईटी पहने होठों पर तिरस्कार भरी मुस्कान बिखेरे यह कहते हुए निकल आएगी वह...

''और क्या है, सखी...''

गुड़िया सो रही है आराम से। बड़ी मसहरी लगा दी है प्रिया ने उसके चारों

ओर। मसहरी उचकाकर अन्दर घुस गयी वह। गुड़िया ने पूरी चादर उघाड़ दी है—फिर से उढ़ाना होगा। बैठ गयी प्रिया। समीर के बुक-सेल्फ से दो किताबें निकली हुई हैं, टेबल पर रखी हैं।

उठाकर सेल्फ में सजाना होगा। अरे, रिसीवर तो यहाँ रखा है किताबों के ऊपर। शायद नहानघर से निकलकर समीर ने रखा दिया होगा। राहतभरी साँस निकली बाहर प्रिया की छाती को थर्राती।

उसका मन खुश था। इतने वर्षों बाद उसकी सहेली आयी है। लगभग चार वर्ष। एम.ए. का रिजल्ट निकलने के बाद अमेरिका गयी थी, अब लौटी है। पी-एच.डी. पूरी हो गयी उसकी। वहीं किसी यूनिवर्सिटी में असिस्टेंट प्रोफेसर बन गयी है। अपने एक सहकर्मी को चुना है शादी के लिए। हिमाचल प्रदेश का है—उसके माता-पिता बहुत सालों से अमेरिका में हैं—डॉक्टर दम्पती हैं वे लोग। जब घर पर कोई नहीं होता, तब प्रिया मौसी को फोन करके अपनी सहेली का हालचाल पूछ लेती है। चिट्ठी-पत्री का आदान-प्रदान बहुत दिनों से रुका हुआ है। उसकी शादी के बाद दो-तीन बार पत्र आये थे सखी के—प्रिया जवाब नहीं दे पायी थी। लेकिन सखी के अमेरिका चले जाने के एक महीने के भीतर ही शादी तय हो गयी थी उसकी। प्रिया का मन बहुत खराब हुआ। काश, एक महीने बाद चली गयी होती सखी! सखी ने भी बड़े अफसोस के साथ चिट्ठी लिखी थी। उसी सखी ने कल फोन किया था। घर पर सभी लोग थे। थोड़ी-बहुत हाँ-ना में बातें करके फोन रख दिया था प्रिया ने। आज सभी के अपने-अपने काम पर चले जाने के बाद उससे बात करनी चाही थी उसने। लेकिन रूबी अभी तक कॉलेज नहीं गयी थी। आखिर कितनी देर बगैर फोन किये रह सकती थी वह! गनीमत है किसी ने सुना नहीं—राहतभरी मुस्कान उभर आयी प्रिया के चेहरे पर।

आज कोई अच्छी सब्जी बनाने को मन कर रहा था उसका। खाना पकाना उसे अच्छा लगता है। एक लड़का नौकर है, मदद के लिए—सब्जियाँ वगैरह खरीद लाता है। मसाला पीसने एक तेलुगु महिला आती है, बर्तन माँजती है, झाड़ू-पोंछा करती है और कपड़े धो जाती है। उसका काम है घर के सभी लोगों के लिए मनपसन्द खाना बनाना। उसे इस काम से कोई तकलीफ नहीं। खुशी मन से रसोई में चली गयी प्रिया।

इतना अच्छा परिवार देखकर उसके माता-पिता बहुत खुश हुए थे। ससुर सुपरिंटेंडिंग इंजीनियर थे। यही इकलौता बेटा—बड़ा, दो छोटी बहनें और सास। अधिक झंझट नहीं है। ससुर जी की नौकरी और दो साल है। बड़ी ननद की शादी कब की हो चुकी है। छोटी की शायद इसी साल के अन्त तक होगी। घर ही में लोग चर्चा कर रहे थे—थोड़ी-बहुत भनक पड़ी थी उसके कान में। ऐसे परिवार

में उनकी बेटी जाएगी बहू बनकर, यह सोचकर बहुत खुश हुए थे उसके माँ-बाप। एम.ए. होम साइंस की परीक्षा खत्म हुई ही थी कि शादी का रिश्ता आ गया। रिजल्ट निकलते ही शादी हो गयी। सास, ससुर कई मर्तबा आये थे और खूबसूरत लड़की को बहू बनाकर ले जाने के लिए अड़ गये थे—उन्हें और कुछ नहीं चाहिए था। अपने सुन्दर चेहरे के कारण थोड़ा गर्व भी भर गया था प्रिया में। ये तो चार-पाँच बार आये होंगे। बिलकुल राजी नहीं हुई थी प्रिया उनके सामने निकलने के लिए, लेकिन माँ जबर्दस्ती भेज दिया करती थी। कुछ-न-कुछ उपहार भी उसके लिए लाया करते थे ये। कहा करते थे—प्रिया, मुझे केवल तुम्हारी जरूरत है। सिर्फ इसी एक साड़ी में तुम हमारे घर आना। बहुत अच्छी लगी थी उसे यह बात। यह महत्त्व उसका प्राप्य है, यह बात उसे विह्वल और चकित कर देती। उसके अध्यापक पिता ने तीनों भाई-बहनों की परवरिश बहुत अच्छी तरह की थी। यह सच है कि विलास-सामग्री से उसका परिचय नहीं हुआ था। लेकिन कहीं अधिक दहेज न देना पड़े, इस बात का खटका लगा रहता था उसके पिता को। सास, ससुर की बातें साहस और आश्वासन भरती थीं उनमें। सास कहा करती थी—केवल कुछ जोड़ी अच्छे-अच्छे कपड़े ही बिटिया के साथ भेजिएगा समधी जी, रिश्ते-नातेदारों को व्यवहार में देने के लिए। लिस्ट आयी थी छोटे-बड़े एक सौ तेरह लोगों के नाम की। उसके पिता हतोत्साहित नहीं हुए थे—बड़े घराने की बात जो है और कोई चीज देना न पड़ने के कारण वे बल्कि दुगुने उत्साह से साड़ी, पैंट, शर्ट के कपड़े, सलवार, कुर्ते इत्यादि खरीदने लगे। उसने भी कई बार पिताजी के स्कूटर पर पीछे बैठकर रंग-बिरंगे कपड़ों की मार्केटिंग की थी। खरीदते समय थोड़ा झिझकती भी रही प्रिया। इतना धनी परिवार है—यदि कपड़े वगैरह पसन्द न हुए? वह तो बहुत मामूली कपड़े पहनती है—बाजार में आने वाले तरह-तरह के कपड़ों के बारे में उसे जानकारी ही नहीं होती। अन्त में जब एक बड़े ट्रंक में सारा कुछ पैक हुआ, प्रिया ने आँखें मूँदकर एक मिनट तक देवी मैया को याद किया—देवी माँ, यह सारा कुछ वहाँ पसन्द आ जाए। आँखें खोलने पर उसने देखा कि घर के कोने में रखी भगवान जी की खटोली के सामने झुककर माँ प्रणाम कर रही है। क्या माँ भी यही गुहार कर रही होंगी जगन्नाथ जी के आगे? अचानक एक सिहरन-सी फैल गयी थी प्रिया के भीतर।

ससुराल में पहली मंजिल पर एक के बाद एक कमरा पार करते हुए उसे ले जाया गया एक अपेक्षाकृत बड़े कमरे में। उसके पति भी पीछे-पीछे उसी कमरे में घुसे। साथ थीं उसकी दोनों ननदें और सास।

"क्या ये बक्से लायी हो अपने साथ? क्या ऐसे बक्से इस्तेमाल करेंगी मेरी बहनें? अच्छी चीजें नहीं मिलीं?" खीझते हुए कहा था उसके पति ने। विवाह के

बाद उसके लिए यह उनका प्रथम सम्भाषण था। कुछ अवाक् होते हुए जरा-सा सिर उठाया था प्रिया ने। सिर थोड़ा घुमाकर दोनों बक्सों को देखा। कोई कमी दिखाई न देने के कारण उसे और भी ओछा लगा। शायद ठीक नहीं है, संकोच से आँखें झुका लीं प्रिया ने।

''मेरी माँ का बक्सा कहाँ है? उनके लिए बक्सा क्यों नहीं लायीं? साथ भेजा जाता है—क्या इतना भी नहीं मालूम तुम्हारे घर वालों को? माँ, मैंने कहा था ना, यही सब आभिजात्य न होने की बातें?''

पुनः खीझभरी आवाज सुनाई दी पति की। इस बार फिर चौंकी प्रिया। पर सिर नहीं उठा सकी। उसका नीचे की ओर झुका सिर शर्म से और भी नीचा हो गया। इतने में अन्दर घुस आयी थीं उसकी ससुराल और अब से उसके अपने घर की आत्मीय महिलाएँ—बहू का मुँह देखने। हर कोई कुछ न कुछ कहती; कुछ-कुछ उपहार भी देती जा रही थीं। उसकी बड़ी ननद सँभाल-सँभालकर बैग में रखती जा रही थीं—उसे कुछ ख्याल नहीं। न जाने क्यों काफी पहले घटित कोई घटना बार-बार याद आ रही थी उसे।

अरे, ये सब बातें आज क्यों याद कर रही हैं वह? ये तो बहुत पहले की बातें हैं। घर बसाते समय तो ऐसी अनेक छोटी-बड़ी बातें भूलनी होती हैं। आज तो उसके लिए खुशी का दिन है। थोड़ा मुस्कुरायी प्रिया और रसोई में चली गयी।

बचपन से ही वह शाकाहारी है। लेकिन ससुराल में सोमवार छोड़कर हर दिन मछली या मांस के बिना काम नहीं चलता। घर के सभी लोग उससे एक-एक मर्तबा कह चुके थे खाने के लिए। सास ने कहा था—जिस घर में जाना पड़ता है, वहीं के आचार-व्यवहार अपनाकर चलना होता है, यह सब क्या है? पति ने तो एक तरह से बाध्य ही कर दिया था। वह जैसे-तैसे थोड़ा-बहुत खा भी लिया करती थी, लेकिन अकसर उसे उलटी हो जाया करती थी। उसके बाद गुड़िया पेट में आ जाने के बाद से किसी ने बाध्य नहीं किया था। पर आज मछली की तरकारी जरूर अच्छी बनी होगी—बड़े जतन से बनायी है उसने। समीर के खुशी से लंच करने जैसा लगता था प्रिया को। ससुर के लिए हॉट केस में खाना जा चुका था। सास किटी पार्टी में गयी हैं, देर से लौटेंगी। रूबी तो चार बजे यूनिवर्सिटी से लौटकर खाना खाती है। प्रिया को इन्तजार था कि कब समीर खाकर उठे और रेस्ट करने बेडरूम में घुसे। तभी वह बताएगी वह बात।

''एक खुशखबरी देनी है तुम्हें।'' प्रिया पलँग से सटकर खड़ी थी।

''कैसी खुशखबरी? और सुनो, जब परसों अभिजीत और उसकी पत्नी आये थे, कैसी वेश-भूषा बना रखी थी तुमने अपनी?''

''क्यों? मैंने तो नयी सिल्क साड़ी पहन रखी थी। गन्दी-गन्दी पहनने के लिए

माँ जी ने मना किया है। शाम को सिल्क साड़ी पहनने को कहा है—न जाने कब कौन चला आये घर में..."

"साड़ी कौन देखता है?" समीर का बेसब्रीभरा स्वर प्रिया की बात काटते हुए सुनाई दिया, "और ब्लाउज? ब्लाउज के बारे में सोचा है? दाहिने कन्धे से ब्लाउज खिसककर ब्रॉ का स्ट्रैप दिख रहा था। क्या उस ओर नजर थी महारानी की?"

शर्म से छुईमुई हो गयी प्रिया—"दिख रहा था क्या, मुझे तो पता ही नहीं चला!"

"यही तो मैं कह रहा हूँ। पता कैसे नहीं चला? वह लुच्चा अभिजीत बार-बार उसी ओर खा जाने जैसी निगाह से देख रहा था, मानो स्साले ने ब्रेसिअर नहीं देखा कभी! मैंने कई बार तुम्हारा ध्यान खींचा। सभी ओर नजर हो तब ना। बस, बुद्धू-सी बातें करने में मस्त थी।" कुछ रुका समीर—"अभिजीत की बीवी मीता को नहीं देखा, कैसी टीप-टाप थी, कहीं कोई नुक्स नहीं था।"

संकोच और अपमान से बोझिल हो गयी प्रिया। समीर मुस्कुराते हुए मीता से उसके फिगर को लेकर मजाक करते-करते लोट-पोट हो गया। पर प्रिया को खामोश देख समीर ने कहा, "देख क्या रही हो? जाओ, जाकर कोल्ड ड्रिंक और थोड़ा-सा स्नैक्स लाने को कह दो नटवर को।" चुपचाप वहाँ से चली आयी थी प्रिया। गला भर आया था। पर कहाँ, उस बारे तो वह समीर से पूछ ही नहीं पायी? क्यों नहीं पूछ पाती वह? जब समीर इस तरह कोई आक्षेप लगाता है, तब क्यों मुँह बन्द हो जाता है उसका? छोड़ो, कोई जरूरत नहीं इनसे सखी के आने की बात बताने की। गुड़िया को गोद में लेकर सुलाने लगी प्रिया।

रोज की तरह साँझ झुक आयी। समीर ऑफिस से लौटकर ताश खेलने चला गया क्लब। उसके पीछे-पीछे सास और ससुर गाड़ी लेकर निकल गये, कहीं डिनर का इनविटेशन है। न जाने क्यों उसे अकेला समय बहुत पसन्द है। अकेले में वह गुड़िया के साथ खेला करती है और उसे बैट, रैट, कैट आदि सिखाती है। कभी-कभार कोई किताब लेकर बैठ जाती है। आज उसे समय है। वह सखी के साथ दुबारा फोन पर कुछ और बातें करेगी। बेडरूम की ओर जाते-जाते ठिठककर खड़ी हो गयी प्रिया।

"नहीं, आज नहीं, कल सुविधा होगी। हाँ, फर्स्ट शो। तुम मदन साहू चौराहे पर गाड़ी खड़ी रखना। मैं रिक्शे से वहीं उतरूँगी। सुनो, थोड़ी जल्दी आना। वहाँ अकेले खड़े रहना बहुत बोरिंग होता है...।"

प्रिया भीतर चली गयी। रूबी ने खट्ट से रिसीवर रख दिया। चेहरा पसीना-पसीना हो गया था उसका।

"क्या बात है रूबी? किसका फोन था?"

"ऐसे ही भाभी, कोई खास नहीं।"

"सब जानती हूँ मैं, ठहरो, आज तुम्हारे भैया को बताती हूँ।"

"क्या बताओगी भैया को, जाओ बता दो। सोचती हो मेरे पास कुछ नहीं है तुम्हारे बारे में बताने को? तुम बताओ तो सही, फिर देखो मैं क्या करती हूँ। गुमसुम दिखने वाले अकसर डुबकी लगाकर ही पानी पीते हैं, समझीं?"

प्रिया चौंकी। क्या जानती है रूबी उसके बारे में? क्या कुछ कहेगी वह अपने भैया को? कौन-कौन-सी भूल उसने कब-कब की है? उसी तरह खड़े-खड़े याद करने की कोशिश की उसने। उस दिन चन्द्रमाँ को पुरानी साड़ी दी थी उसने, कोई देख नहीं रहा सोचकर। रूबी ने शायद देख लिया हो। माँ को एकाध बार फोन करते समय वह रूबी के हाथों पकड़ी गयी है। समीर से कभी माँगे हुए काफी दिनों से सहेजकर रखे रुपयों में से पाँच सौ रुपये छोटे भाई को पिछले साल पूजा में पैंट-शर्ट सिलवाने के लिए देते वक्त रूबी उस कमरे में घुस आयी थी, अनजाने-सी कुछ माँगकर चली गयी। इसी तरह की छोटी-बड़ी बातें एक-एक करके याद आयीं प्रिया को।

लेकिन देर रात नशे में धुत्त घर लौटे समीर को कुछ कहने का उत्साह नहीं बचा था प्रिया में।

शायद रूबी जानती थी कि उसकी शान्त-शिष्ट भाभी इन सब बातों की चर्चा करने का दुस्साहस नहीं करेगी।

रविवार की सुबह सभी देर से उठते हैं। आलस, आनन्द और कर्महीन सुबह होती है वह सबों के लिए। लेकिन प्रिया अपने सुबह जल्दी उठने में कोई व्यतिक्रम नहीं करती। छुट्टी होने के कारण अकसर अलग-अलग तरह का नाश्ता बनाने को मन करता है उसका। दो-तीन तरह का बनाती है—सबकी पसन्द की अलग-अलग चीजें। न जाने क्यों आज कुछ बनाने को जी नहीं कर रहा था उसका। प्रेशर कुकर में मटर की रसेदार सब्जी चढ़ाकर उसने जटिया को भेज दिया पासवाली हलवाई की दुकान से गरम-गरम बड़े, समोसे और जलेबी लाने। घर खर्च के पैसे और हिसाब सासू जी ही रखती हैं, इसलिए उधार लाने को कह दिया। सबके जगने तक उसने डायनिंग टेबल सजा दी थी। सबसे पहले कैसरोल खोलकर देखा, तो जलेबियों पर नजर पड़ी सासू जी की। उनके चेहरे की रेखाएँ कुछ तन गयीं। दूसरे बड़े कैसरोल में बड़े और समोसे देखकर वे खीझ उठीं।

"यह सब कहाँ से आया? खुद तो बनाया नहीं होगा?"

प्रिया ने कोई जवाब नहीं दिया।

"दुकान से मँगवाया है ना? जानती नहीं कितने फालतू तेल में बनाते हैं ये सब? इतना खर्च करके फिर वह कोलेस्ट्रॉल 'स्वीकार' क्यों मँगवाया जाता है घर

में? खाने का मन था तो थोड़ी-सी उड़द और चने की दाल भिगो देतीं रात को, सुबह मिक्सी में पीसकर बना लेतीं। कौन खाएगा ये बाजार की चीजें?'' कैसरोल खोलते ही बन्द कर दिया उन्होंने।

''जटिया, हटा यहाँ से ये सब—सुबह-सुबह दुनिया भर की...जितना खाना हो खा लेना, चन्द्रमाँ को दे देना, बाकी बचे तो डाल देना डस्टबिन में।'' गर्दन घुमाकर देखा प्रिया की ओर, ''हाँ, तुम्हें भी जो खाना हो रख लो इसमें से। हमलोगों के लिए थोड़ा उपमा बना दो जल्दी। भूख लगी है सबको।''

रविवार और लोगों को इतना आनन्द क्यों देता है, वह समझ नहीं पाती। परन्तु उसके लिए यह दिन अन्य दिनों से अधिक लम्बा होता है। उसके अन्य दिनों के शान्त अखंड समय की शान्ति इस दिन बारम्बार टूटती है। उसे घबराहट होती है, त्रस्त भी हो जाती है। किसी तरह रसोई बनाकर वह पुतली के पास चली जाए, इसी मौके की तलाश में रहती है। बेडरूम में पुतली को लेकर दो-तीन घंटे रह जाती है वह, पुतली के साथ खेलने और उसे खिलाने में व्यस्त रहती है। कभी-कभार पूरे परिवार के साथ वह रिश्ते-नातेदारों के घर या शादी-विवाह में जाती है। अधिकतर तो ससुर के रिश्तेदारों को डिनर के लिए बुलाया गया होता है। उसमें भी व्यस्त रहकर समय कट जाता है प्रिया का।

सोमवार। दिन के 10 बजे हैं। सभी जा चुके हैं अपने-अपने काम पर। पुतली भी एक बोतल दूध पीकर सो रही है। बेडरूम की खिड़की खोलकर परदे हटा दिये प्रिया ने। अकेले में वह यहीं बैठा करती है, बेडरूम की खिड़की से वह अपनी दुनिया देखा करती है—पचीस मीटर दूर के लोहे के गेट के भीतर का लॉन, तरह-तरह के फूलों से भरा बगीचा। दिन-प्रति-दिन एक-सा दृश्य देखकर अकसर वह याद रखती है, किस कोने में बेगनवेलिया है, कहाँ ग्लॉडिवली और कहाँ कॉसमॉस इत्यादि। किन पौधों में कोंपलें निकलीं, किसमें कलियाँ, किसमें फूल बस खिलने ही वाले हैं। बगीचे में जाने की जरूरत नहीं पड़ती उसे। बगीचे के चारों ओर आठ फुट की दीवार और बदरंग लोहे के गेट के उस पार देखने की भी जरूरत नहीं पड़ती। इस बेडरूम की खिड़की से दिखनेवाले उनके मकान की चौहद्दी से घिरे उस बगीचे का दृश्य ही उसके लिए काफी है। हालाँकि उस लोहे के गेट में आड़ी-तिरछी कई छड़ें लगी हैं। उन छड़ों में कहाँ-कहाँ रंग छूटा हुआ है, यह भी आँखें बन्द करके बता सकती है प्रिया।

आज बगीचे की फूल-पत्तियों में उसका मन रम नहीं रहा है। बीच-बीच में उसकी और सखी की यादों के टुकड़े बह-बहकर आ जाते हैं। स्कूल में पढ़ते समय, कॉलेज में इकट्ठे बिताये दिन, एक-दूसरे पर भरोसा करके कही गयी यौवन के प्रारम्भ की ऊल-जुलूल हँसी-ठट्टा भरी अनेक बातें याद आ रही हैं। आज पूरे

दिन एक हल्की-सी मुस्कान चिपकी हुई है प्रिया के होठों पर।

मानो कॉलिंग बेल का ही इन्तजार था प्रिया को!

''माई डार्लिंग, ह्वाट ए सरप्राइज! तू एक बच्ची की माँ बन गयी है!'' उससे कुछ लम्बी सखी ने जोर से भींच लिया उसे और थोड़ा उठा भी लिया—पैर शायद दो अँगुली ऊपर उठ गया था प्रिया का।

''रुक, रुक, धीरे-धीरे बोल'' खुद-ब-खुद उसकी अँगुली चली गयी मुँह के पास।

''ह्वाय, बट् ह्वाय? ओ माय डियर।'' फिर से भींच लिया तनुश्री ने प्रिया को।

''नहीं, ऐसा कुछ नहीं, चल बता।''

''ओह!'' हँसते-हँसते बैठ गयी ड्राइंग-रूम के सोफे पर तनुश्री। ''क्या इसी तरह यहाँ बिठाये रखेगी या अन्दर चलें ढेर सारी बातें हैं करने को!''

''अन्दर चलते पर कमरा काफी बिखरा पड़ा है।'' कुंठित-सी बोली प्रिया।

''ठीक है। चल सुना, अपने हाल-चाल।''

''मेरा हाल-चाल तो देख ही रही है। बल्कि तू ही सुना, बड़ी इच्छा है सुनने की।'' उत्सुकता दिखाते हुए कहा प्रिया ने।

''अपनी क्या सुनाऊँ? पढ़ाई-पढ़ाई-पढ़ाई, सिर्फ पढ़ाई। तू तो कितनी चीजें एक्सपीरिएन्स कर चुकी, है ना?'' कुछ शरारतभरी निगाह से देखा प्रिया को तनुश्री ने।

''तू ज़रा भी नहीं बदली, बस थोड़ी गोरी हो गयी है। बता ना, अपने हिमाचल प्रदेश वाले छैले की बात। मौसी ने कबकी तारीख पक्की की शादी के लिए? और बता ना, अपने बारे में—जानने की बड़ी इच्छा हो रही है।''

''राजकिरण तो—हाँ'' मुस्कुरा दी तनुश्री—''बड़ी इच्छा थी उसकी मेरे साथ आने की—मैंने ही मना कर दिया—कहा, इकट्ठे रिसेप्शन में चलना—कौन लादे-लादे घूमेगा उसे यहाँ पीठ पर—इतने दिनों बाद तो मैं आयी हूँ। मेरे ही साथ पी-एच.डी. करता था। तीन साल से उसे जानती हूँ। लग तो ठीक ही रहा है। पिछले एक साल से तो हम इकट्ठे रहने भी लगे हैं। बड़ा ऑकवार्ड लगता था—न जाने कैसा साबित हो? पर ही हैज़ कम् आउट टू बी वंडरफुल। मैंने उससे कहा—प्रेम-फ्रेम की बातें छोड़ो। यह सब बहुत आसान है। घर के कामों में मुझे हेल्प करो—तब पता चल जाएगा तुम क्या कर सकोगे! रुटीन ऐसा होता है हमारा—आज मैं खाना पकाऊँगी तो डिस वह धोएगा, अगले दिन वह पकाएगा तो डिस मैं धो दूँगी।'' ठहाका मारकर हँसने लगी तनुश्री। ''क्या करूँ—गृहस्थी तो बसानी ही है। फोटो लायी हूँ उसका। घर में छूट गया है। तुझे मेरे घर आना होगा फोटो देखने। वरना मैं नाराज हो जाऊँगी, समझ ले।''

''जरूर जाती पर...'' किसी आहट की ओर ध्यान देते हुए कहा प्रिया ने।

सचमुच बाहर से अन्दर आये प्रिया के सास-ससुर। सिर पर पल्लू रखते हुए खड़ी हो गयी प्रिया।

''माँ जी, ये तनुश्री है। अमेरिका से आयी है चार साल बाद। मेरी बचपन की सखी है।''

''अरे वाह! अमेरिका से आयी है। बहुत सुन्दर जगह है अमेरिका। हमारे तो बहुत से रिलेशन्स हैं वहाँ। न जाने कब से बुला रहे हैं, पर जाना कहाँ हो पा रहा है? यों ही बिठाये रखी हो या कुछ खाने-पीने को दिया भी है?'' उसकी सास ने रुककर पूछा प्रिया से।

''आंटी, प्रिया को मेरे घर भेज दीजिए ना—सिर्फ एक दिन के लिए। बहुत दिनों से जी-भरकर बातें नहीं कीं हमने। मैं खुद शनिवार को आकर ले जाऊँगी और रविवार शाम को छोड़ जाऊँगी। अरे हाँ, तेरी नन्ही बिटिया कहाँ है?'' एक छोटी-सी गुड़िया निकाली हैंड बैग से तनुश्री ने।

''उसकी जहाँ इच्छा होती है वह जाती है बेटी, मैंने क्या कभी रोका है उसे? अच्छा, तुमलोग चाय पी लो।''

प्रिया की सास भीतर चली गयी। सोफे पर बैठ जाने के बाद कहा तनुश्री ने—''वाह, बड़ी ब्रॉडमाइंडेड महिला हैं ये तो!''

न जाने क्यों बगीचे के सामने वाला लोहे का बदरंगा गेट सहसा उभर आया प्रिया की आँखों के आगे एक सेकेंड के लिए।

''तू बैठ, मैं चाय लाती हूँ। नमकपारे बनाये हैं मैंने तेरे लिए, तुझे बहुत पसन्द हैं ना—'' कहते हुए अन्दर चली गयी प्रिया।

चाय पीते हुए हाथ में एक पेपरवेट नचाती जा रही थी तनुश्री। ''तू आ कभी अमेरिका अपने हज़बैंड को लेकर, मेरे पास रहना।'' तनुश्री के हाथ से फर्श पर गिरकर लुढ़क गया वह पेपरवेट आवाज करता हुआ...।

''मीना, मीना, मीना...''

ज़रा गौर से सुना प्रिया ने, मानो आदतन।

''मीना, मीना, मीना...''

''अरे, ये कौन है? किसकी आवाज है यह? कहीं तेरी बेटी की तो नहीं?''

''नहीं, बेटी तो सो रही है। चलकर खुद ही देख ले कौन है।'' तनुश्री को खींचकर अन्दर ले गयी प्रिया। ड्राइंग-रूम का पर्दा हटाते ही दिख गया बरामदे में ऊपर छत से लोहे की चेन से लटका एक पिंजरा, अन्दर चकचक साफ-सुथरा एक हरे रंग का चिकना तोता।

''ओ, बोलनेवाला तोता। ब्यूटीफुल।''

"मीना, मीना, मीना..."

उनको देखकर डैने फड़फड़ाते हुए पिंजरे में इधर-उधर डोलने लगा वह तोता।

"ये मीना कौन है?" तनुश्री ने प्रिया की ओर देखा।

"और कौन? मैं ही हूँ।"

"तू, प्रिया तू? तू कैसे?"

"और कैसे?" एक पतली-सी मुस्कान बिखेरी प्रिया ने।

मानो भर-भर मुट्‌ठी बिखर गयीं बचपन की चपल, चंचल, शैतानियाँ न जाने किन-किन कोनों से निकल-निकलकर!

"हाँ, बता ना कैसे?" तनुश्री और भी उत्सुक हो चली थी।

"क्या तू जानती है? शादी के समय ही मेरा नाम रख दिया गया था मीना। ऐसे में मेरा प्रिया नाम बड़े संकट में डाल देता था सबको—खासकर सास-ससुर अकसर कैसे पुकारते प्रिया कहकर।" साड़ी कन्धे पर लपेटते हुए पल्लू के छोर में एक गाँठ बाँध रही थी प्रिया।

भर-भर मुट्ठी बिखरी हुईं न जाने कब से चीकट पड़ चुकीं उन तमाम पुरानी चीजों को मानो फिर से गँठिया रही थी प्रिया, दुबारा उन कोनों में हमेशा के लिए भेज देने।

"बिटिया को देखेगी ना? रुक, मैं उसे जगाकर लाती हूँ।" प्रिया जाने लगी।

"नहीं, नहीं, छोड़, जगा मत।"

"तो फिर चल भीतर, ज़रा देखती तो जा उसे—"

"नहीं, नहीं, फिर कभी। यह डॉल उसे दे देना।" बाहर जाने को डग बढ़ाया तनुश्री ने अन्यमनस्क-सा।

"चल गेट तक छोड़ दूँ तुझे।" पीछे सिर घुमाकर अन्दर की ओर देखने के बाद तनुश्री की ओर चल पड़ी प्रिया।

उस बदरंगे लोहे के गेट को खोलकर तनुश्री के जाने का रास्ता छोड़ दिया प्रिया ने।

"बाय तनु। फिर आना। तू फोन मत करना, मैं करूँगी।"

"बाय" तनुश्री मुँह फेरकर आगे डग बढ़ा चुकी थी।

लोहे का बदरंगा गेट बन्द करके उसकी ओर ताक रही थी प्रिया।

उन ओनो-कोनों में भेजी हुई वे तमाम पुरानी चंचल चीजें मानो एक पतली पगडंडी से होकर उसकी नजरों के सामने से हमेशा के लिए ओझल हो रही थीं।

बयान

ट्रेन थी या बस मुझे कुछ याद नहीं रहा। कोई एक तेज रफ्तारवाली गाड़ी थी—उसमें तुम बैठे थे—तुम्हारा चेहरा बेहद काला और मुरझाया हुआ लग रहा था—अद्‌भुत रूप से काला। गाढ़े माँड़ में पिसी हुई हल्दी मिली होने जैसा लग रहा था तुम्हारी आँखों का रंग—पुतलियाँ जरा भी काली नहीं थीं। बहुत डरावने लग रहे थे तुम। अपनी सीट से उठकर तुम कुछ चले और लौटकर फिर से अपनी जगह बैठ गये। इतने में ही उचट गयी मेरी नींद। मैं थर-थर काँप रही थी—उबकाई-सी आ रही थी मुझे और सिर भी चकरा रहा था। मैंने दुबारा सोने की कोशिश नहीं की। डर लगा कि फिर तुम्हें कहीं उसी रूप में न देख लूँ। मैं दिन-भर बेचैन रही। क्यों देखा मैंने ऐसा सपना? क्या हो सकता है इस सपने का अर्थ? कहीं तुम्हारा कुछ बुरा तो नहीं हुआ? मैं तमाम सम्भावनाओं पर विचार करने लगी। रास्ते में जाते समय तुम्हें कुछ हो तो नहीं गया। तुम्हें हेलमेट पहनना अच्छा नहीं लगता। अखबार में प्रति-रोड एक्सीडेंट के बारे में पढ़ते समय मुझे ऐसा लगा। मैं यही मना रही थी कि रोज की तरह सब ठीक-ठाक चलता रहे।

उसके अगले दिन मंगलवार था—हम लगभग हर मंगल को मिला करते थे। मंगल की शाम तुम घर पर जरूर होगे, मैंने सोचा। तुम्हारे घर से एक किलोमीटर पहले जो पुल पड़ता है, वहाँ सड़क पर काम चल रहा था। रास्ता काटकर पक्की सड़क बन रही थी। इसलिए रिक्शा वहीं छोड़ना पड़ा। तुम्हारे घर तक पैदल पहुँचने में लगभग अँधेरा हो चुका था। बारिश की बूँदें गिरने लगी थीं। तुम्हारी पूरी गली में अँधेरा था—एक भी स्ट्रीट लाइट नहीं जल रही थी। मुझे एक टॉर्च लाना चाहिए था। लापरवाही के लिए खुद पर खीझ रही थी। तुम्हारे गेट पर पहुँचकर और भी आश्चर्य हुआ। तुम्हारे सारे घर में अँधेरा था—बरामदे में भी लाइट नहीं थी। अकसर मैं मंगल को ही आया करती थी। तुम्हारे न होने पर शरत मुझसे बैठने को कहता। तुम्हारे बाहरवाले दरवाजे पर ताला लगा था। तुम दोनों कहीं गये होगे। मैं बेहद निराश हुई। मेरे लिए अब सबसे अधिक दिक्कत थी मेरा घर लौटना। मैंने सोचा तक नहीं था कि तुम घर पर नहीं होगे। सड़क जहाँ से कटी थी वहाँ तक तो पैदल

ही जाना होगा। उसके बाद शायद रिक्शा मिल जाए। अभी भी रिमझिम बारिश हो रही थी—तेज भी हो सकती है। तुम्हारे बगलवाले घर से पूछने के लिए मैंने दरवाजा खटखटाया। वही लड़की दरवाजा खोलकर बाहर निकली जिसे तुमने मुझे यह बताते हुए एक-दो बार दिखाया था कि तुम्हारे बरामदे में खड़े होकर दातून करते समय वह अपनी खिड़की से तुम्हें देखा करती है।

"ये लोग कहाँ गये हैं? ताला बन्द है..." तुम कहाँ गये हो यह पूछना चाहा था।

"वे तो घर छोड़कर कबके जा चुके हैं। करीब सात-आठ दिन हुए होंगे।"

तुम्हारे बरामदे से मुझे चूने-चूने-सी महक आने-सी लग रही थी। करीब दो हफ्ते हुए होंगे तुमसे मुलाकात नहीं हुई। पर मुझे बताये बिना तुमने मकान बदल लिया!

"कहाँ गये, जानती हो?" मैंने पूछा।

"उनका तो तबादला हो गया यहाँ से।" उसने बड़े सहजभाव से कहा और कुछ मुस्कुरायी। मानो वह यह पहले से जानती हो कि उसे यह बात मुझे बतानी होगी। "मैं ठीक-ठाक तो नहीं जानती, पर उनका ट्रान्सफर उड़ीसा से कहीं बाहर हुआ है।"

मैं ठीक से समझी नहीं, वह क्या कह रही है। ऐसा तो नहीं होना चाहिए। तुरन्त सपने में देखा तुम्हारा चेहरा मुझे दिखा। उसे बताना उचित होगा या नहीं, यह सोचने से पहले मैं बोल पड़ी, "मैं घर कैसे लौटूँगी? मैंने सोचा था कि वे होंगे।" मेरी आवाज निश्चित ही घबरायी हुई-सी लगी होगी। वह समझ जाने-सी बोली, "हमारे घर में भी कोई नहीं है। मेरा भाई छोटा है, ट्यूशन गया है।"

तुम्हारे मकान के पीछेवाले घर में हाल ही में विवाहित तुम्हारे दोस्त की याद आयी। पति-पत्नी ने कई जगह हमें साथ-साथ देखा भी है।

"तुम्हारे पिछवाड़े वाले लोग मुझे जानते हैं। जरा चलोगी मेरे साथ?"

मेरे बुलाने पर तुम्हारे दोस्त की बीवी बाहर निकल आयी। पहले मैंने उन्हें जैसा देखा था, इस समय वह वैसी नहीं लग रही थीं।

"हमारा नौकर तो है नहीं, ये भी घर नहीं हैं।" उन्होंने होठ दबाकर कहा। तुम्हारे बारे में उनसे फिर पूछने को मन नहीं हुआ।

"आपके साथ मैं कुछ दूर चलूँ!" इस बार उस लड़की को दुःख होने-सा लग रहा था।

"रहने दो, तुम भी तो परेशान होओगी। मैं चली जाऊँगी।" मैं मुड़कर चली आयी।

रास्ता मुझे बहुत लम्बा लग रहा था। ऐसा लग रहा था जैसे एक बड़ा पहाड़

चढ़ रही हूँ मैं। चढ़कर उतर गयी तो उस ओर अपने इलाके में पहुँच जाऊँगी। मैं तुम्हारे बारे में जबरन नहीं सोच रही थी। हमारे घर की भीनी-भीनी महक याद करने की कोशिश कर रही थी। सड़क कटी होने के ठीक बाद रास्ते में कई लोग बैठे थे। शायद मजदूर लोग होंगे। पूरा रास्ता घेरे बैठे थे वे लोग। पेट्रोमैक्स जल रहा था। महिला-पुरुष इकट्ठे होने-जैसा लग रहा था। वे लोग घेरा बनाकर बैठे थे। बीच में ब्लाउज न पहने तथा बाल खोले बैठी एक अधेड़ औरत जोर-जोर से हाथ हिलाकर कुछ कह रही थी। मैं उन्हें पार करके जा रही थी कि वह जोर से चिल्लायी—''ठहर जा!''—उसने झट मेरा हाथ पकड़ लिया। उसका हाथ गीला-गीला लग रहा था। ''क्या बात है?'' मैंने खीझते हुए कहा।

''बैठ यहाँ!'' उसने मुझे वहीं जमीन पर बिठा दिया। वहाँ बैठे सभी औरत-आदमी मेरी ओर कुतूहल भरी निगाह से देखने-से लगे।

''ले, पकड़ इसे!'' उस औरत ने आदेश देने-सा कहा। बगैर फ्रेम का एक आईना वह मेरी ओर बढ़ा रही थी। ''इसे एक बार सूँघ और इस आईने में एक बार देख!''

मैंने अड़हुल का फूल उसके हाथ से ले लिया। फिर एकाएक, ''यह सब क्या बकवास है? रखो अपना यह सब।'' मैंने खड़े होने की कोशिश की।

''एक बार देखती तो जा, तब समझेगी क्या है।''

मैंने बाध्य होकर अड़हुल का फूल सूँघा और आईने में देखा। आईने का काँच मानो खूब बड़ा हो गया। अभी आधे घंटे पहले मेरा तुम्हारे घर पहुँचना और उसके बाद की घटनाएँ मैंने उसमें साफ-साफ देखीं। मेरा बदन सिहर उठा। ''कौन हो तुम?'' अवाक्-सी मैंने उससे पूछा। वह किला फतह करने-सी बैठी थी।

''देख, देख और एक बार देख।'' उसने मुझे आदेश दिया। मशीन-सी मैंने फिर से अड़हुल सूँघा और आईने में देखा। ताला लगे किसी अँधेरे मकान के आगे मैंने खुद को खड़ा पाया। वह मकान तुम्हारे मकान जैसा नहीं लग रहा था। पास वाला रास्ता या पेड़-पौधे कुछ भी पहचाने-से नहीं लग रहे थे। आईने में मुझ जैसी लग रही प्रतिच्छाया कतई मेरी नहीं थी, यह समझ गयी।

''उस वक्त भी मैंने तुझसे यही कहा था।'' सबकुछ जानने-सी उस औरत ने कहा। ''दुबारा जन्म लेने से तुझे कोई लाभ नहीं। तुझे इसी तरह बन्द दरवाजों से लौटना होगा। एक बार नहीं, दो बार नहीं, जितनी बार जन्म लेगी, उतनी बार। लेकिन तब तूने नहीं सुना। क्या सोचा था तूने, जैसा तू चाहेगी सारा कुछ वैसा ही होता चला जाएगा? इस बार दरवाजा तेरे लिए खुला होगा ना?'' उसने खिल्ली उड़ाते हुए कहा।

दु:ख और अपमान-से मेरा चेहरा तमतमा उठा था। मैं कुछ नहीं बोल पायी।

खड़ी हो गयी।

"रुक जा लड़की, जा कहाँ रही है और एक बार देखती जा।" वह चिल्ला उठी।

हथेली से मुँह ढँककर मैं सुबक-सुबककर रोने लगी। "मुझे छोड़ दो, भगवान के लिए मुझे छोड़ दो। मुझे ऐसा क्यों कह रही हो? मैंने तुम्हारा क्या बिगाड़ा है?" मैं रोते हुए रुक-रुककर बोलने लगी।

"लो सुनो! यह मुझसे बोल रही है, मैंने तुम्हारा क्या बिगाड़ा है? अरे तू मेरा बिगाड़ ही क्या सकती थी?"

मुझे अब किसी भी तरह चलकर ही जाना होगा—मुझमें घर लौटने की प्रबल इच्छा हुई। मैं भीड़ को धकेलती हुई बेतहाशा दौड़ने लगी। हमारे घर की ओर जानेवाले सीधे रास्ते को गलती से मैं पीछे छोड़ आयी। घर देर से पहुँचने के लिए जिस घुमावदार रास्ते से हम अकसर लौटा करते थे, मैं उसी रास्ते पर दौड़ने लगी। मुझे लगा, यह रास्ता कभी खत्म नहीं होगा। मुझे बहुत थकान लग रही थी। दौड़ते समय मैं रास्ते के दोनों ओर देखती जा रही थी—घासवाली जगह या सीमेंट का पुल हो तो थोड़ी देर सुस्ता लूँ। लेकिन बैठने का साहस नहीं हो रहा था। ऐसा लग रहा था मानो कालिसी (जिस पर देवी सवार होती है) जैसी दिखनेवाली वह औरत हवा की रफ्तार से मेरे पीछे दौड़ रही है।

विविध अस्वप्न

अब तक घटी घटनाएँ पूरे रास्ते मन-ही-मन दोहराते समय सीमा खीझ उठती थी। दाहिने हाथ में अटैची लिये हुए जरूरत से अधिक तेजी से वह प्लेटफॉर्म पर कूद पड़ी। बड़ी शान से जल्दी-जल्दी डग बढ़ाते हुए स्टेशन से बाहर आकर उसने रिक्शा लिया। रास्ते की शिरा-प्रशिराओं को बड़े ध्यान से देखने की तरह वह सामने की ओर देख रही थी। बीच-बीच में दाँतों से नाखून भी कुतरती जाती। बायें हाथ से साड़ी पकड़े हुए तर्जनी की मदद से सहेजती जा रही थी। मायके की परेशानी की बात तो वह पूरी तरह भूल चुकी थी। गेट खोलकर अन्दर घुसते ही उसे याद आया कि कुनू भैया, रीना भाभी और बबलू यहाँ पाँच-छह महीने से आये हुए हैं—माँ ने चिट्ठी में लिखा था—पर इस बात को भी काफी दिन हो चुके थे। फोन पर कोई खास बात नहीं बतायी थी उन्होंने। लिखा था कि कुनू भैया को पागलपन के दौरे पड़ रहे हैं और वे मेडिकल ट्रीटमेंट में हैं। यह सच है या झूठ! रोजमर्रा की जिन्दगी से जरा-सा भी इधर-उधर हुए नहीं कि माँ को पागलपन का दौरा-सा पड़ने लगता है। वैसा ही कुछ हुआ होगा।

कार नहीं है। शायद पिताजी कहीं निकले होंगे। अन्दर चली गयी सीमा। अरे ये कुनू भैया ही तो हैं! अखबार लिये बैठे हैं—कितने कमजोर हो गये! चेहरे की ओर देखे बगैर नहीं कहा जा सकता कि वे ही हैं! "कुनू भैया!" सीमा ने विस्मय और खुशी से पुकारा।

"अरे, तू कैसे? सुबह-सुबह? अकेले ही? खैरियत तो है?" कुनू भैया एक हाथ में अखबार लिये हुए हैं।

"कौन? सीमा? शुभेन्दु कहाँ है? क्या अकेले ही आयी है? अकेले क्यों? फोन क्यों नहीं किया? पिताजी स्टेशन चले गये होते? क्या बात है?" माँ पल्लू से हाथ पोंछती हुई बाहर आयी।

"ओहो, रुको ना माँ—इकट्ठे इतने सवाल क्यों कर रही हो—सुभाष को बोलो जरा पानी गरम करे, मुँह-हाथ धो लूँ। पिताजी कहाँ गये? रीना भाभी हैं ना? कहाँ हैं? और बबलू?"

"हाँ, हाँ—सभी हैं। तू जा, बाथरूम जा—वो पानी दे देगा। सामान वहीं छोड़ दे।" माँ ने भीतर जाने के लिए रास्ता छोड़ दिया। रीना भाभी रसोई-घर से दौड़ आयी, "सीमा! खबर भी नहीं दी! क्या बात है? अकेले आयी है?"

"हाँ, अकेले आयी हूँ।" किसी की ओर देखे बगैर गम्भीर होते हुए बोली—यह जवाब सब के लिए था।

"देख, ब्रेड है या नहीं। सीमा के लिए दो-चार पीस फ्रेंच टोस्ट बना दे। चाय का पानी भी चढ़ा दे।" माँ ने रीना भाभी से कहा। मुँह-हाथ धोकर आने तक सीमा का नाश्ता लग चुका था टेबल पर।

"रात को ही तो खायी होगी?" माँ ने पूछा।

"हाँ।" सिर हिलाया सीमा ने।

भाभी रसोई के किवाड़ से टिकी खड़ी है—सामने कुर्सी पर बैठी माँ सीमा की ओर देख रही है।

"क्या बात है? इस तरह चली आयी?"

सीमा ने फिर इस प्रश्न को टाल दिया।

"कुनू भैया कितने कमजोर हो गये हैं? उन्हें हुआ क्या है? तुमने इस तरह संक्षेप में क्यों लिखा था? साफ-साफ क्यों नहीं लिखा सबकुछ? तुमने लिखा था कि मेडिकल ट्रीटमेंट में हैं।"

"हाँ, ट्रीटमेंट चल तो रहा है। पहले उसे दफ्तर में दौरा पड़ा, दफ्तर के लोगों ने सँभाल लिया। उसके बाद चार-पाँच दिन छोड़कर फिर पड़ा। रीना ने घबराकर फोन किया। कुनू के दोस्तों ने भी वहाँ काफी मदद की। खबर पाकर तेरे पिताजी और मुनू वहाँ गये और इन लोगों को लिवा लाये। उसी दिन से यह सब चल रहा है। तीन बार राँची ले जा चुके हैं—दो बार राउरकेला। मुनू ने लिखा था कि हैदराबाद में अच्छे स्पेशलिस्ट हैं। सब वहाँ भी गये थे। कोई भी पूरी तसल्ली नहीं दे रहा। फॉरेन में ठीक हो सकता है या नहीं, यह भी ठीक-ठीक नहीं बताते। डॉक्टर को दिखाया तो जा रहा है—देखें, क्या होता है..."

"क्या दौरा था—कैसा? तसल्ली क्यों नहीं दे पा रहे डॉक्टर—ठीक-ठीक कुछ कह क्यों नहीं रहे?" सीमा अधीर हो उठी, "कुनू भैया तो जरा कमजोर ही लग रहे हैं।"

"धीरे-धीरे बोल, कुनू सुन लेगा।" माँ ने फुसफुसाकर कहा। उसकी अटैची जरा किनारे खिसका दी—फिल्टर से एक गिलास पानी लाकर माँ फिर बैठ गयीं। थोड़ी देर चुप्पी छायी रही। सीमा आखिरी पीस ब्रेड हाथ में लेकर इधर-उधर घुमा रही थी। "वे लोग इनसान को न जाने क्या समझती हैं? जितनी भी देर कमरे में रहेंगी मुझसे एक शब्द तक नहीं कहेंगी—बस हँसी-ठट्ठा करती रहेंगी आपस में।

यदि मैं उस कमरे में चली गयी तो तुरन्त चुप हो जाएँगी—जैसे कि सिर्फ मेरे ही बारे में बात कर रही हों।'' सीमा का चेहरा तमतमा उठा था।

''किन की बात कर रही है?''

''और किन की—उन्हीं माँ-बेटी की। उन्हें देखते ही दिमाग खराब हो जाता है। फिर भी सबकुछ चल रहा था। बैठी-बैठी बोर हुआ करती थी तो सोचा गिटार ही सीख लूँ। वहीं बगल में एक स्कूल है। मैंने शुभेन्दु को आहिस्ता से कहा, उसने जाकर सासूजी और रीमा को जोर-जोर से सुनाकर कहा, ''जो कुछ सीखकर आना था वह सब तो मायके से सीख-साखकर आयी ही हो—और ज्यादा सीखने की जरूरत नहीं है।''

सीमा ने पानी पिया। ''अपमानित करने की भी एक हद होती है। वे लोग ऐसा क्यों सोचते हैं कि जो उनकी इच्छा होगी वे वही करेंगे, कहेंगे—मैं सिर्फ सुनती-सहती चली जाऊँगी? शादी के छह महीने पहले से लगातार आता-जाता था शुभेन्दु। उसका यह गुण नहीं मालूम पड़ा कभी,'' सीमा की आवाज कुछ तेज हो गयी थी।

''इसीलिए तू बगैर खबर किये चली आयी? शुभेन्दु को बताकर आयी है या नहीं?''

सीमा चौंक उठी, ''बताकर आने का मतलब? जब वह कहीं आता-जाता है क्या मुझसे इजाजत लेता है? हाँ, कभी-कभार कह भर देता है कि जा रहा हूँ—जाऊँ या न जाऊँ कहकर भला पूछता है कभी? और जब मेरी बात आती है—'' सीमा अपनी बात निगल गयी। ''ओह, कैसी लगने लगी हो, माँ!'' अब तक उसने माँ की ओर ठीक से देखा नहीं था। मानो किसी ने उनके बदन से खून निचोड़कर पीला कर दिया हो उनका चेहरा। आँखों में सिर्फ एक सूनापन है—मानो देखने को और कुछ नहीं। होठ सफेद पड़ गये हैं। चेहरे पर एक ऐसा भाव—अन्दरूनी चोट से पीड़ित किसी घिसटते हुए आदमी की मुस्कुराहट के पीछे छिप न पा रही यन्त्रणा इकट्ठी करके मानो पोत दी गयी हो। कितनी बदल गयी है माँ इन कुछ ही दिनों में! क्या हुआ है उसे? बड़ी नौकरी करने वाला बेटा, खूबसूरत बहू, बुद्धिमती बेटी, सज्जन और कर्मठ पति—साफ-साफ दिखती सम्पन्नता के बीच वह माँ को यहाँ छोड़ गयी थी! ऐसा क्या बदल गया छह महीनों में! माँ को पता चल गया कि सीमा ध्यान से देख रही है! ''तुम लोग तो बड़े-बड़े हो गये हो। जैसी तुम्हारी इच्छा,'' वे रसोई की ओर चली गयीं।

इधर-उधर डोलकर, बातचीत करके, छत के ऊपर से लेकर पूरे बगीचे में टहलते हुए सीमा का दिन बीत गया। रात में सभी ने साथ बैठकर खाना खाया। टी.वी., सिनेमा, राजनीति हर चीज के बारे में कुछ-कुछ चर्चा करने में काफी देर

हो गयी डायनिंग टेबल पर। इस बीच सीमा के कमरे की साफ-सफाई हो चुकी थी। किवाड़ बन्द करके पहले सीमा ने अपनी ड्रेसिंग टेबल, अलमारी, किताब की ताक, खटिया सबको बारी-बारी से छुआ। मानो कुछ भी पुराना नहीं लगता—बदल जाने-सा नहीं लगता। पूरी खाट पर चाँदनी बिखरी हुई है। बिस्तर पर लेटकर, दीवार से गाल सटाकर सीमा ने खिड़की से आसमान की ओर देखा—चाँद अपना-सा लगता है मानो अपना कहकर सीने से लगाया जा सकता है! बाहर की दीवार से सटे पौधे से शेफाली की महक मानो दीवार भेदकर भीतर आ रही हो। हवा बह रही है या नहीं—पर गुनगुनी ठंड है। सीमा को देर रात की ऐसी शान्त निस्तब्धता बहुत अच्छी लगती है। मन को भाने वाली घटनाएँ याद आने लगती हैं। ऐसा लगता है जैसे कोई उसके पास बैठा मधुर स्वर में गीत गा रहा हो! सारा कुछ वैसा ही तो है, जैसा पहले था—वह नाहक सोच रही है कि कुछ इधर-उधर हो गया है। सीमा की आँखें मुँदने लगी थीं।

तेज शोर-शराबे से सुबह-सुबह उसकी नींद चट्ट से खुल गयी। कहाँ हो रहा है यह शोर, वह सहसा समझ नहीं पायी। कमरे से बाहर निकल आयी। यह क्या हालत बना रखी है कुनू भैया ने! पिताजी, सुभाष, माँ, ड्राइवर ने उन्हें तीन ओर से पकड़ रखा है। वे लटके होने-सा हाथ-पैर पटक रहे हैं। उनका एक पैर खाट पर, और दूसरा नीचे है। बदन पर बनियान नहीं है, सिर्फ पैजामा पहने हुए हैं—पँजरे की हड्डियाँ गिनी जा सकती हैं। लेकिन वे सिर्फ उठते...गिरते हैं। एक ओर के बाल बिखरकर बायीं आँख को ढके हुए हैं। एक अजीब-सी तेज आवाज में वे चीख-चिल्ला रहे हैं। चक्-चक् जलने-सी है उनकी एक आँख की दृष्टि—बीच-बीच में वे सीमा की ओर देख लेते हैं। सीमा तो किवाड़ के पास खड़ी काठ हो गयी। हाथ-पैर सुन्न पड़ने लगे। सीमा कोई भूत देखने की तरह ताक रही थी उन्हें।

"रस्सी लाओ बहू।" पिताजी चिल्लाये। निश्चल मुद्रा से सीमा ने जरा सिर घुमाया। रीना भाभी ने बबलू को गोद में ले रखा है। एक तरह की सूनी निगाह से भैया को ताक रही हैं। बबलू ने अपनी माँ को दोनों हाथों से भींचकर पकड़ रखा है। चेहरा रुआँसा-रुआँसा-सा है।

दिन भर कुनू भैया उसी तरह बँधे पड़े रहे। दोपहर को पास वाली दवा की दुकान का कम्पाउंडर आकर इंजेक्शन लगा गया। घर में एक तरह का थमा-थमा-सा माहौल था। दिन भर सीमा ने सिर्फ रीना भाभी की छटपटाहट ही देखी है। रात को खाने के समय पिताजी ने यकायक कहा, "अब शायद कुछ नहीं होगा। डॉक्टर कहते हैं अब ऐसा फ्रीक्वेंटली होगा। अधिक भयंकर भी हो सकता है। यदि घर पर कोई नहीं होगा, बहू, बबलू होंगे या तुम्हारी माँ अकेली होंगी, न जाने क्या

होगा? आज तो सुबह-सुबह काँच का गिलास उसने मेरी ओर फेंका। सौभाग्य से खाट पर लगकर फूट गया वह।'' पिताजी का स्वर धीमा पड़ गया, ''मुनू कहता था—गवर्नमेंट में न हो तो ना सही, प्राइवेट केयर में रखने के लिए, पैसे लगते हों तो लगें। महीने में नौ सौ या हजार, यदि अच्छा होना होगा तो हो जाएगा वरना नहीं।'' पिताजी का हाथ थाली में रुक गया था।

सीमा बिस्तर पर करवटें बदल रही थी। वह किसी भी तरह इस स्थिति को स्वीकार नहीं कर पा रही थी। क्या यह सचमुच सम्भव है? बार-बार वह खुद से यही सवाल कर रही थी। कुनू भैया उनके परिवार के गौरव थे। उनके साथ बीते सारे स्नेह भरे मधुर पल याद आने लगे थे सीमा को। सपना देखने-सा लग रहा था उसे। कुनू भैया फिर से पागल हो गये हैं, यह बात अपनी कल्पना के परिसर में आने देने में भी उसे कष्ट हो रहा था।

दूसरे दिन सुबह धीरे-धीरे डग बढ़ाते हुए कमरे से बाहर निकल रही थी वह।

''क्या महारानी जी की आदत अब तक नहीं छूटी? नौ बजने जा रहे हैं।'' सीमा चौंक उठी—कुनू भैया कह रहे थे बेसिन के पास से। सीमा उन्हें अवाक् देखती रह गयी।

''इस तरह देख क्या रही है? चल जा, ब्रश कर ले।'' कुनू भैया ने अपने स्वाभाविक स्वर में कहा।

क्या कल की घटना वे भूल गये? कहीं कोई आभास तक नहीं। बड़ी बेचैनी-सी लग रही थी सीमा को। कोई कुछ नहीं कह रहा था भैया से, इधर-उधर आ-जा रही माँ, रीना भाभी, सुभाष सभी अपने-अपने कामों में जुटे थे चुपचाप। मानो कुछ अनजान लोग इकट्ठे हुए हों कहीं और अपना काम जल्दी-जल्दी खत्म करके कहीं भी चले जाएँगे। किसी नयी जगह पहुँचने-सा लग रहा था उसे। दिन अविश्वसनीय रूप से लम्बा और गर्म होते चले जाने-सा लग रहा था सीमा को।

उसके सोने वाले कमरे में चली आयीं रीना भाभी। सीमा सकपकाकर उठ बैठी।

''मैंने सोचा सो गयी हो।'' उसकी खाट की पाटी पर बैठ गयी भाभी। ''सात-आठ दिन पहले शाम को माँ आचार्य मौसा के घर गयी थीं। पिताजी बाजार गये थे सुभाष और बबलू को लेकर। मैं रसोई में नारियल करोर रही थी। लगा तुम्हारे भैया मेरे पीछे खड़े हैं। मैं बहुत डर गयी। चूल्हा चल रहा था, मैं भी कोरना लिए बैठी थी। पीछे मुड़कर देख न सकी साहस करके। लगा वे उसी तरह खड़े हैं। लगभग पाँच मिनट बीत गये, उन्होंने पूछा, ''बबलू कहाँ है?'' मैं जवाब न दे सकी। थोड़ी देर बाद उन्होंने फिर कहा—''मेरी तबीयत तो खराब चल रही है। तुम लोगों का गुजारा कैसे हो रहा है?'' रीना भाभी चुप हो गयीं। अँधेरे में सीमा

उनका चेहरा देखने की कोशिश कर रही थी। दोनों आमने-सामने बैठी थीं। कौन शामिल होगा उन दोनों के बीच? चाँद, हवा, आकाश या बगीचे के फूल! अब तक घटी सारी घटनाएँ जादू की तरह लग रही थीं सीमा को।

दुर्भाग्य किस तरह आ दबोचता है जीवन को? इतनी बेरहमी से! सच या कल्पना—विश्वास अविश्वास में उलझते हुए—कहीं कुछ हो गया है, कल सब ठीक हो जाएगा—सोचते-सोचते बदनसीबी किस तरह फैल जाती है खुल-खुल कर जिन्दगी की साफ-सुथरी जगहों में? कभी हार न मानने की शपथ लेने वाला जीवन सचमुच कितना लाचार हो जाता है! हिसाब-किताब, नाप-तौल, साज-सँवर सब हहाकर ढह जाते हैं मनमाने रूप से!

"कुछ कहती क्यों नहीं सीमा?" भाभी उसी की उम्र की हैं। उस जैसी ही एक। "आपके सभी भाइयों की कमाई बहुत अच्छी है। परिवार भी धनी है। बबलू को माँ यहाँ रख लेंगी। आप की शादी को अभी ढाई वर्ष ही तो हुए हैं। हमारे घर आने के समय आप जैसी लगती थीं—फूल-सी—अब भी वैसी ही हैं। अपने घर लौट जाइए। कुछ समय बीतने पर सब ठीक हो जाएगा। जीवन को नये सिरे से देखना चाहिए आप को।" सीमा अपनी बातों से खुद ही चकित हो रही थी।

भाभी मुस्कुरायीं और बहुत ही धीमे स्वर के साथ बोलीं, "जानती हो, जब पढ़ा करती थी तब क्या किया करती थी? किताब के पन्ने में शब्द पर नजर टिकाये जरूर रहती थी, लेकिन एक बहुत बड़ी दुनिया बनाने में लगभग जुट जाती थी। मकान, बगीचा, रास्ते, नदी, पहाड़ सब जहाँ-तहाँ भर दिया करती थी। खुद को भी उसमें रख देती थी अपनी इच्छा से। पसन्द न आने पर दूसरी तरह रह जाती खुद ही। जिन लोगों को अपना समझ लिया था उन्हें भी अलग-अलग जगहों में सजा देती, जैसा मुझे सुहाता। दरवाजा अन्दर से बन्द करके आईने में देखती—गुदगुदी करने, हँसने, रोने, गुस्सा या मान-मनौवल करने पर मैं कैसी लगती हूँ। कितना निश्चिन्त चलता था यह सब! मानो कोई कहीं से देख रहा हो! परन्तु कोई देख जरूर रहा था, मेरी स्पृहा देखकर मुस्कुरा रहा था मन-ही-मन। कितनी जल्द आँख में अँगुली कोंचकर दिखा दिया कि इतने दिनों तक मैं तमाम बेकार के कामों में विभोर थी!"

कुछ रुककर बोलीं, "अब दुबारा क्या करूँ जो कह रही हो—जरा-सा सपना देखना भी मेरे लिए उचित नहीं था, यह जान चुकने के बाद, क्या करती मैं? इसी तरह सबकुछ ठीक-ठाक चल तो रहा है। अब तुम्हारे भैया को लेकर मुझे कोई परेशानी नहीं होती। दाल, तरकारी बनाने की तरह उनका भी काम कर लेती हूँ।" भाभी खड़ी हो गयीं, "सो जाओ—सुबह पुरी जाने को कह रही थी माँ।"

सीमा बड़ी बेचैन हो उठी। क्या कह गयी भाभी! भाभी कह सकती थी कि

वह भैया को बहुत चाहती हैं—या फिर कह सकती थीं कि कम से कम पत्नी का कर्तव्य कर रही हैं। कहती हैं...भैया का काम उन्हें दाल और तरकारी बनाने जैसा लगता है। सीमा का सिर दुखने लगा। कहाँ से सीखी भाभी ने ये सब बातें? किसने कहा उनसे ये सब इस तरह सोचने के लिए? काश, वे अपने शब्द लौटा लेतीं! यह सब सोचते-सोचते शायद वह रात-दर-रात सो नहीं सकेगी।

—फर्ज करो रीना भाभी शुभेन्दु की पत्नी होतीं और वह रीना भाभी होती—एक झोंके की तरह यह बात उसके मन में आयी। अपनी सोच से खुद ही सिहर उठी थी सीमा।

आरण्यक

उन लोगों के वन विभाग के विश्राम-गृह पहुँचने तक दोपहर का एक बज चुका था। हालाँकि वे सुबह छह बजे चले, बीच में चाय-नाश्ते के लिए आधा घंटा रुके थे चाईबासा में। उसके बाद जंगली रास्ता। दो जिप्सियों में सारे लोग और कुछ सामान वगैरह। एक दिन पहले ही जीप में खाने-पीने की चीजें और रसोइया वहाँ पहुँच चुके थे। जब वे वहाँ पहुँचे, शामियाना लग चुका था, एक बड़ी दरी और छह प्लास्टिक की कुर्सियाँ उनके थके-मादे शरीर का इन्तजार कर रही थीं। सड़क भले ही ऊबड़-खाबड़ और जंगली थी, पर उसका एक विशेष आकर्षण था। प्राची को बहुत अच्छा लग रहा था प्रकृति के इतने करीब आना। जंगल काटकर सड़क बनायी गयी थी। गाड़ी में जाते समय लग रहा था मानो छोटे-बड़े सारे पेड़-पौधे उसके साथ-साथ चल रहे हों। तरह-तरह की चिड़ियाँ भी। बीच-बीच में कारो नदी घूम-फिरकर बार-बार आकर मिलती है उनसे। जाड़े के दिनों के पेड़-पौधों की महक और कुरेई फूलों की भरमार के बीच विभोर हो उठती थी प्राची। थोड़ी-थोड़ी दूर पर गाड़ी से उतरकर फोटो खींच लेते थे वे लोग।

सरंडा वन का भीतरी दृश्य बदलता जा रहा था। जंगल घना होता चला जा रहा था और लगभग बारह-चौदह फुट दूर की चीजें दिख नहीं रही थीं।

पिछले दस दिनों में प्राची की दुनिया बिलकुल बदल-सी गयी थी। चौबीस तारीख शुक्रवार अपराह्न में वह फाइल लेकर सम्बित के कमरे में गयी थी। सम्बित कुछ खोया-खोया-सा लग रहा था। उसके 'सर' कहकर बुलाने पर उसने मुड़कर देखा प्राची की ओर। सम्बित की नजर ऐसी थी मानो वह प्राची के पीछे किसी और को देख रहा हो। तुरन्त पीछे मुड़कर देखने से खुद को किसी तरह रोका प्राची ने।

बैठो, सम्बित ने कहा था। जबकि उसके बैठने के पाँच मिनट तक सम्बित ने कुछ नहीं कहा और प्राची द्वारा लाई गयी फाइल पलटने लगा। प्राची समझ रही थी कि वह ध्यान से फाइल नहीं देख रहा है। वह फाइल काफी महत्त्वपूर्ण थी और उस पर उस दिन निर्णय लेना ही था।

"प्राची, तुमसे एक बात कहनी थी।" इस बार सम्बित उसकी ओर सीधे देख

रहा था।

कहो, क्या कहना है? की मुद्रा में प्राची की आँखों ने उसे प्रत्युत्तर दिया।

"मैं तुमसे शादी करना चाहता हूँ। तुम्हारी क्या राय है?" सम्बित का स्वर साफ और ताजा था।

एक अद्‌भुत प्रश्न-भरी दृष्टि से उसकी ओर देखती रही प्राची। भला यह भी कोई बात हुई, वह भी इतने अचानक! वाकई उसने उम्मीद ही नहीं की थी ऐसे प्रश्न की। वह उसी तरह भौंचक-सी देखती रह गयी सम्बित की ओर।

"क्या सोच रही हो?" कुछ मुस्कुराया सम्बित। "थोड़ा वक्त चाहती हो?" पुनः सवाल किया प्राची से। अब वह सहज लग रहा था और प्राची की घबराहट का आनन्द ले रहा था।

"घर में..., मम्मी, पापा..., मुझे कुछ सूझ नहीं रहा..." ऐसे ही कुछ टूटे-फूटे वाक्यांश निकले थे उसके मुँह से।

"ठीक है, मैं अपने मम्मी-पापा से कहूँगा, आज तुम्हारे घर जाने को। अभी यह बात किसी और को मत बताना। हम पहले की ही तरह काम करते रहेंगे—ठीक है ना!" सम्बित ने कहा था और सिर हिलाकर हामी भरते हुए उसके कमरे से बाहर चली आयी थी प्राची।

काफी देर तक उसी तरह अवाक् बैठी रही वह। सम्बित ने शादी का प्रस्ताव ही इस तरह से रखा था। पहली बार किसी ने उससे शादी की बात इस तरह कही थी—वह भी एक सु-पुरुष। क्या होनी चाहिए उसकी प्रतिक्रिया? उसे लग रहा था कि काश, दृश्य और स्थान काल पात्र अलग होता। पर कैसे होता वह समझ नहीं पा रही थी। वैसे कोई स्पष्ट विचार भी नहीं थे उसके मन में अपनी शादी को लेकर। एक तरह से धुँधला और अबूझ था वह क्षेत्र, ऐसा वह सोचा करती थी। उस बारे में उसकी इच्छा अब तक परिपक्व रूप से कोई आकार नहीं ले पायी थी।

सम्बित और उसके मम्मी-पापा उनके घर गये थे। सम्बित की पसन्द ही उनकी पसन्द है, यह बात उन्होंने बड़ी ही शालीनता से कही थी। प्राची की माँ और पिता भी खूब खुश थे। उन्होंने कहा था, प्राची के लिए सम्बित अति उपयुक्त पात्र है। शादी अप्रैल में हो जाए तो अच्छा होगा, यह उन्होंने तय किया।

उसके अपने भीतर की हतप्रभता और माँ-बाप की विह्वलता से कहीं अधिक थी ऑफिस के सहकर्मियों की प्रतिक्रिया। टिस्को की उस यूनिट में सम्बित जैसे छह इंजीनियर थे और उनके साथ प्राची जैसे सात रिसर्च असिस्टेंट। सबने बधाई दी प्राची को। लंच के समय उसके सहकर्मी जबर्दस्ती उसे खींच ले गये सम्बित के कैबिन में। सम्बित के टेबल पर तरह-तरह की मिठाइयों के डिब्बे सजे थे। मिठाइयाँ खाने-खिलाने की खुशी में कुछ समय बीत गया। उस दिन सम्बित ने

उसे एकान्त में बुलाकर सगाई तक छुट्टी ले लेने को कहा। उसने कहा, चूँकि उनकी शादी तय हो गयी है, ऐसे में ऑफिस में उसकी जूनियर बनकर काम करना उसे शोभा नहीं देगा। सम्बित और उसका परिवार चाहता है कि जितनी जल्दी हो सके प्राची नौकरी छोड़ दे। अगले महीने की पहली तारीख से दो महीने का नोटिस दे देना ठीक होगा। प्राची को भी नौकरी करने में कोई खास दिलचस्पी नहीं थी।

''किन खयालों में हो प्राची दीदी? हम भी तो जानें?'' उसकी अन्यमनस्कता भाँपते हुए प्रज्ञा ने कहा।

सामनेवाली सीट पर बैठा सम्बित पीछे की ओर मुँह घुमाकर मुस्कुराया। इस समय वह सिर्फ सम्बित और अपनी शादी की ही बात सोच रही है। सच तो है। उसे जीप से उतारने के लिए सम्बित ने अपना दाहिना हाथ बढ़ा दिया और प्राची उसका हाथ थामकर उतर आयी। एक ऊष्म सिहरन फैल गयी प्राची के बदन में। सम्बित का यह व्यवहार अच्छा लगा उसे।

''फुल शू पहन रखी हो ना? यहाँ सिर्फ लाजवन्ती लता का जंगल है। काँटे चुभ सकते हैं।'' सम्बित ने प्राची के पैरों की ओर देखते हुए कहा।

सम्बित के कहे अनुसार डेनिम जीन्स और सफेद टी-शर्ट पहन रखी थी प्राची ने—पैरों में फुल शू भी। घर से निकलते समय तिरछी नजर से देख लिया था सम्बित ने और प्राची को सम्बित की वह अदा अच्छी लगी थी।

''सिर्फ प्राची दीदी के ही पैरों में काँटा चुभ जाएगा, हमारे नहीं?'' पुनः मुस्कुराते हुए चुटकी ली प्रज्ञा ने। प्राची का चेहरा लाल पड़ गया शर्म से और सम्बित भी मुस्कुराया।

लंच से पहले कुछ पीने की व्यवस्था। पहले से ही बर्फ के बक्से में रखी गयी हैं बीयर की बोतलें। गर्म-गर्म चिकन पकौड़े भी आ गये। लड़कियों के लिए सॉफ्ट ड्रिंक। तीनों युवकों ने बीयर का मग उठाया ''ओ! चीयर्स'' एक साथ कहा सबने। सम्बित ने प्राची की ओर देखा।

''विथ द परमिशन ऑफ माई फिआन्सी।'' कहते हुए बीयर का मग होठों से लगाया सम्बित ने। प्राची कुछ मुस्कुरायी। सबने तालियाँ बजायीं।

''क्या अब हर काम भाभी के परमिशन से ही होगा?'' सम्बित के सहकर्मी और मित्र अविनाश ने चुटकी ली। फिर से ठहाका फूट पड़ा। चिकेन पकोड़ा, सॉफ्ट ड्रिंक और ठंडी बियर।

उसके बाद खाना खाने की इच्छा किसी को नहीं थी। वैसे भी भात और मटनकरी अभी तैयार नहीं था। पक रहे मटन की महक पूरे इलाके में फैल गयी थी।

''चलो जरा जंगल घूम आएँ।'' किसी ने प्रस्ताव रखा। सबको यह बात पसन्द

आयी। एक स्थानीय लड़का कन्धे पर बड़ा-सा बैग डाले उन्हें रास्ता बताता जा रहा था। सभी बातचीत करते चले जा रहे थे। सम्बित प्राची के साथ-साथ चल रहा था। प्राची को एक तरह की निश्चिन्तता लग रही थी चारों ओर।

अचानक कुछ सरसराहट सुनाई दी। ठिठककर खड़े हो गये सभी। अगले ही क्षण सू-सू-सू की आवाज। किसकी आवाज हो सकती है यह? कौन-सा जीव होगा? क्या कोई खूँखार जानवर है? चकित हो कान लगाकर सुनने लगे सभी। एक अद्‌भुत-सी आवाज थी वह। उनकी जानकारी से परे तथा दूसरों की अनुभूति में भी मौजूद नहीं था वह शब्द। प्राची खूब डर गयी, सम्बित उसके करीब आ गया और उसका दाहिना हाथ पकड़ लिया।

''हाय राम!'' किसी के कुछ समझने या देखने से पहले चीखती हुई लगभग चार फुट कूद पड़ी प्रज्ञा। उसके मुँह से शब्द नहीं फूट रहे थे—देह पीपल के पत्ते-सी काँप रही थी। उसकी आँखों के इशारे से अन्य पाँच लोगों ने जो कुछ देखा, उससे आतंकित होकर बुत बन जाने के सिवा और कोई चारा नहीं था उनके पास। सू-सू की आवाज का कारण अब समझ गये थे वे। प्रज्ञा के जरा-सा आगे दाहिनी ओर बाँस का एक झुरमुट था। उस झुरमुट से अलग निकले एक बाँस से लिपटा हुआ था एक बड़ा-सा साँप! गुस्से से उसकी दोनों आँखें जल रही थीं और उसके थोड़े से खुले मुँह से सू-सू की आवाज निकल रही थी। मुँह में अँगुली लगाकर सबको चुप रहने का इशारा किया सम्बित ने। सभी अपनी-अपनी जगह मन्त्रमुग्ध से खड़े उस अजगर की ओर एकटक ताकते रहे। अजगर ने धीरे-धीरे अपना मुँह दूसरी ओर फेर लिया। सू-सू की आवाज कुछ धीमी हो गयी और अपने क्रोध को अपने ही भीतर दबाये धीरे-धीरे सरकने लगा अजगर जंगल की ओर, जहाँ वे लोग स्तम्भित हो खड़े थे उसकी विपरीत दिशा में। स्कूटर के टायर एक पर एक रखे होने की तरह उसके बदन की छह-सात कुंडलियाँ धीरे-धीरे बाँस से निकलकर सीधी होने लगीं। साँप को उनकी नजरों से दूर होने में लगभग पन्द्रह मिनट लग गये।

''अजगर के मुँह से जो सू-सू की तेज हवा निकल रही थी, उससे उड़कर मैं ऐसे जा गिरी।'' प्रज्ञा ने सँभलने की कोशिश की और, ''हाय मेरा पैर!'' कहते हुए अपना दाहिना पैर पकड़कर वह वहीं बैठ गयी। फर्स्ट-एड डिब्बे से डोलोरव मलहम निकालकर प्राची उसके पैर में मलने लगी। ''सम्बित, हम इस तरह चुपचाप खड़े न रहकर दो शॉट दाग देते तो अच्छा होता। बहुत मजा आता।'' अविनाश ने सम्बित की ओर देखकर कहा।

''नहीं-नहीं, तू नहीं जानता। ये हिंस्र जन्तु हैं और फिर कितना खतरा बढ़ जाता, कौन जानता है! यदि गोलियाँ निशाने पर न लगतीं तो खूँखार होकर वह हम

पर धावा बोल देता। फिर क्या हुआ होता, कहा नहीं जा सकता। ऐसे जन्तुओं से छेड़खानी ठीक नहीं। बहुत अच्छा हुआ वह अपने रास्ते चला गया।'' सम्बित ने समझाने की तरह कहा।

''अब जंगल की सैर इतना ही रहने दो, चलो लौट चलें।'' सम्बित की ओर देखते हुए प्राची ने कहा।

''अरे मैं हूँ ना! इतना डरने की क्या बात है? कैसे जंगली जानवर से किस तरह का बर्ताव करना चाहिए, मैं अच्छी तरह जानता हूँ। अभी तो यह शुरुआत है। आगे-आगे होता है क्या, देखते जाओ। भला असली मजा लिये बिना यों ही लौट जाएँगे! बेफिक्र घूमो।'' प्राची की ओर देखते हुए अति नर्म स्वर में कहा सम्बित ने।

सच तो है। जंगल में अभी काफी कुछ जानने-समझने को है। प्राची ने सोचा और वे लोग आगे की ओर बढ़ गये।

आधा घंटा चलने के बाद एक छोटा-सा मैदान दिखाई दिया। प्रज्ञा अपना पैर पकड़कर बैठ गयी, ''अब मैं एक कदम भी नहीं चल सकती।'' उसने कहा। स्थानीय बालक ने एक दरी बिछा दी थी और तीनों लड़कियाँ वहीं बैठ गयीं। उस लड़के को लड़कियों के पास छोड़कर तीनों मित्र आगे चल पड़े।

''प्राची दीदी, जरा अपनी प्रेम कहानी सुनाओ, ना! पहले किसने किससे—आई लव यू कहा?'' उम्र में कुछ छोटी सुपर्णा ने पूछा। कुतूहल से चमक रहा था उसका चेहरा।

प्राची थोड़ी देर चुप रही। क्या कहे वह? ऐसा तो कुछ नहीं हुआ। पर शादी में अभी छह महीने बचे हैं। क्या-क्या होगा इस बीच? सोचते हुए मुस्कुरा उठी वह।

''इस तरह मुस्कुराकर टाल देने से नहीं चलेगा, बताना ही पड़ेगा आपको।'' प्रज्ञा पीछे पड़ गयी।

''सचमुच मुझे कुछ मालूम नहीं था। यह सब अचानक...'' प्राची ने धीरे-से कहा।

''हमलोगों में से भी किसी ने नहीं सोचा था। सबको कम आश्चर्य नहीं हुआ। हम सब सोचते थे कि सम्बित भाई अपूर्वा दीदी को...'' न जाने क्या सोचकर प्रज्ञा चुप हो गयी। शायद समझ गयी कि अचानक यह बताना ठीक नहीं था।

''अपूर्वा दीदी नहीं आयीं। बहुत मजाकिया हैं वे। उनके बिना मजलिस ठीक से जम नहीं रही है...'' सुपर्णा ने माहौल को सहज करने के लिए कहा...हालाँकि यह कहते समय वह प्राची की ओर देखती जा रही थी।

सहसा तीन-चार मिनट चुप हो रहे सभी, जैसे कि कोई छिपी हुई चीज

अचानक आँखों के सामने आ जाने पर जिस तरह मनुष्य प्रतिक्रियाहीन हो जाता है। सुपर्णा ने खामोशी तोड़ी और पर्स से चुइंगम निकालकर सबको दी।

तीनों मित्र दिख गये उनको। वे लोग तेजी से चले आ रहे थे, पर आपस में बातचीत नहीं कर रहे थे। उनका चेहरे पसीने से चकचक और उत्तेजना से चमकते दिखाई दे रहे थे।

''चुप रहो, बातें मत करो—जल्दी चलो यहाँ से—शोर मत मचाओ।'' इतना कहते-कहते सम्बित प्राची के पास गया और उसका हाथ पकड़कर उसे उठाया। अँगुली से स्थानीय लड़के को साथ चलने का इशारा करके प्राची को एक तरह से खींचता हुआ-सा ले जाने लगा सम्बित।

पाँच-सात मिनट चलने के बाद अचानक उनकी आँखों के आगे एक अपूर्व दृश्य दिखाई दिया। दस-बारह मोर और मोरनी! मोर पूँछ उठाकर धीरे-धीरे इधर-उधर भाग रहे थे। मोर-मोरनी का पूरा समूह निश्चिन्त डोल रहा था—निर्भय और स्वच्छन्द। खुशी से उछल पड़ी प्राची और पहली बार अपनी ओर से सम्बित का दाहिना हाथ अपने दोनों हाथों में जोर से दबाकर पकड़ लिया उसने। लगभग आठ-दस मोरनी और दो मोर थे उस झुंड में। इस तरह जंगल में उन्हें इकट्ठे देखना प्राची के लिए पहला अवसर था। अचानक प्राची से अपना हाथ छुड़ाकर पीछे मुड़ गया सम्बित और पलभर में फिर उसके पास लौट आया। उसके हाथ में शिकारी-बन्दूक थी। छिन में समझ गयी प्राची और डर से उसकी आँखें बड़ी-बड़ी हो गयीं। उसके मुँह से कोई शब्द निकलने से पहले उसके गले में पीछे से बाँह डालकर, उसका मुँह अपनी हथेली से दबा लिया सम्बित ने। जबर्दस्ती बिठा दिया उसे और खुद घुटनों के बल उसके पास बैठ गया।

सम्बित की बाँह में कैद हो गया प्राची का चेहरा और उसके मुँह पर सम्बित की हथेली थी। सिर्फ आँखें फाड़-फाड़कर वह उन निडर मोर और मोरनियों की ओर ताकती रही।

''हमारी शर्त लगी है—मैंने कहा है कि एक ही शॉट में तीनों को यहीं ढेर कर दूँगा। रुको, दिखाता हूँ।'' प्राची के कान में फुसफुसाकर कहा सम्बित ने।

अगले ही क्षण शिकारवाले बन्दूक से निशाना साधकर ट्रिगर दबा दिया। अँगुली दबाते ही गोली चलने की आवाज सुनाई दी और प्राची की दोनों आँखें बन्द हो गयीं। कुछ सेकेंड तक सबकुछ शान्त रहा। उसके बाद सहसा कें-कें के शोर से जंगल, पेड़-पत्ते सब दहल उठे मानो। प्राची ने आँखें खोलीं, वाकई खेलने में मग्न तीन मोरनी नीचे गिरकर पंख फड़फड़ाते हुए छटपटा रही थीं। बाकी के शोर मचाकर इधर-उधर भाग रहे थे। प्राची को सहसा याद आ गयी, लगभग दो-तीन साल पहले टिस्को दिवस की शाम की वह घटना। किसी कारण से मेले की भीड़

में पुलिस ने अचानक एक राउंड खाली फायर किया और कुछ दूरी पर लोगों का एक झुंड इसी तरह बदहवास-सा इधर-उधर भागने लगा था। सम्बित ने प्राची को अपनी बाँहों से मुक्त किया और सन्तुष्ट-सा उठकर खड़ा हो गया। प्रज्ञा और अविनाश जमीन पर पड़ी मोरनियों की ओर दौड़े।

''हुर्रे, बिलकुल खत्म।'' प्रज्ञा का उत्तेजित स्वर सुनाई दिया।

''तुम जीत गये सम्बित।'' प्रशंसाभरा स्वर सुनाई दिया अविनाश का। ''क्या करें इनका? कहते हैं मोर का मांस खाया जाता है! ले जाकर रसोइये को दे देते हैं, वह इनका शोरबा बना देगा।'' अविनाश ने कहा।

''नहीं, रहने दो। मटन के साथ इसका स्वाद नहीं बनेगा। मोर का मांस कसैला होता है। इसी तरह छोड़ दो इन्हें। भेड़िये के लिए आहार हो जाएगा।'' अविनाश से जोर से कहा सम्बित ने।

''ऐसी नर्म-रसीली प्राची के होते पूछता कौन है मोर का मांस!'' प्राची के कान में फुसफुसाकर बोला सम्बित।

''बहुत हो गया एक्साइटमेंट। अब लौट चलते हैं। भूख भी लग रही है।'' अविनाश ने घोषणा की और वे लोग लौटने लगे।

''इनकी वजह से कोई प्रॉब्लेम तो नहीं होगा? आजकल वाइल्ड लाइफ मारने पर पाबन्दी जो लग गयी है।'' पलटकर मोरनियों की ओर देखते हुए प्रज्ञा ने पूछा।
''डोंट वरी। पापा ने फॉरेस्ट गार्ड को पहले से कह रखा है। मैं उनके साथ कई बार आया हूँ शिकार पर। इस जंगल को अच्छी तरह जानता हूँ। आज शाम तक ये सब यहाँ नहीं होंगे।'' पूरे विश्वास के साथ कहा सम्बित ने।

लौटने के रास्ते में दस मिनट चलने के बाद एक चौरस्ता आया, जहाँ से एक और पगडंडी निकलकर दाहिनी ओर के जंगल में गयी है। वहीं रुक गया सम्बित क्षण भर।

''तुम लोग चलो। मैं जरा प्राची को यहीं पासवाला झरना दिखा लाता हूँ।'' इतना कहते हुए उसने प्राची का हाथ पकड़ा और बड़ी फुर्ती से पगडंडी पर चल पड़ा।

''ओ.के., ओ.के.।'' प्रज्ञा सबकुछ समझ जाने की तरह मुस्कुरा उठी और दूसरे लोग भी उन दोनों को छोड़कर तुरन्त आगे बढ़ गये।

''दस दिन हो गये तुमसे ठीक से बात तक नहीं कर सका, प्राची। एक अजीब-सी बेचैनी हो रही है।'' गम्भीर स्वर में कहा सम्बित ने। ''जानती हो, मैंने तुम्हें क्यों पसन्द किया? मैं जानता हूँ कि तुम एक नर्म मिजाज वाली लड़की हो।

पत्नियों का शान्त और नर्म होना नितान्त आवश्यक है। पूरे परिवार को सँभालती हैं वे। तुम्हारे और हमारे परिवार का स्टेटस लगभग एक-सा है। जब मैं पूरा परिवार चलाने में हर तरह से समर्थ हूँ, मेरी पत्नी नौकरी करने बाहर क्यों जाए? मुझे इस बात की खुशी है कि मेरा प्रस्ताव तुमने और तुम्हारे परिवार ने आसानी से और खुशी-खुशी स्वीकार कर लिया।'' मानो सम्बित बहुत पहले से यह सब कहना चाहता था और एक ही बार में कह डालने पर उसे राहत मिली। एक तरह का आत्मविश्वास भी था उसकी बातों में।

सामने के झरने पर प्राची की नजर टिकी थी।

''वाह! कितना सुन्दर है!'' गले से विह्वल स्वर फूट पड़ा प्राची के। सुनसान जंगल और पेड़-पत्तों के बीच सामनेवाले पहाड़ के बीच से बह रहा था झरना। प्रशान्त जंगल ने उसे और भी रहस्यमय बना दिया था। प्राची दोनों आँखों से पीती जा रही थी उस सुन्दरता को।

''तुम बहुत सुन्दर हो प्राची।'' प्राची के कन्धे पर पीछे से हाथ रखा सम्बित ने और झरने की ओर से कुछ अपनी ओर घुमा लिया उसे।

''इस घड़ी का मैं दस दिनों से इन्तजार कर रहा था।'' भारी-भारी सुनाई दे रही थी उसकी आवाज। इससे पहले कि प्राची कुछ सोच पाती, बीयर की तेज गन्ध समा गयी उसकी नाक में और उसके होठों पर मृदुस्पर्श।

क्या ऐसा पहली-पहली बार लगता है?—कुछ अजीब-सा लग रहा था प्राची को।

सम्बित के अधीर होठ और अस्थिर हाथ उसके शरीर के अनेक हिस्सों का स्पर्श कर रहे थे और रुक-रुककर प्राची की नाक में समाती जा रही थी बीयर की गन्ध। सम्बित के सामने से मुँह घुमाकर उसके कन्धे पर सिर रखा प्राची ने।

—क्या यह वही कन्धा है, जिसके सहारे जीवन का दुर्गम पथ पार करेगी वह? प्राची अन्यमनस्क होने लगी थी।

पास पड़े दो पत्थरों पर बैठे थे वे लोग। हाथ में पकड़े कुरेई फूल का गुच्छा इधर-उधर घुमा रही थी प्राची।

''क्या सोच रही हो?'' प्राची का हाथ पकड़कर उसकी ओर देखते हुए पूछा सम्बित ने।

''अपूर्वा दीदी...'' प्राची के मुँह से निकल पड़े दो शब्द।

''ओ! अपूर्वा! सी इज़ जस्ट ए फ्रेंड। उससे शादी नहीं करनी थी मुझे।'' सम्बित ने कहा।

''मुझे बराबरी की नौकरी करनेवाली फूहड़ लड़कियाँ कतई पसन्द नहीं। हर बात पर तर्क करेंगी, जिद्द करेंगी, कभी समझौता नहीं करेंगी। और हर वक्त बराबर

होने का दावा करती रहेंगी। ऐसी लड़कियाँ दोस्ती के लिए तो ठीक हैं, पर शादी के लिए नहीं।'' सम्बित ने उत्तेजित होते हुए कहा।

''मुझे देखो प्राची। मैं बहुत खुले स्वभाव का हूँ। मैं चाहता हूँ तुम मेरी माँ की तरह बनो। मैं तुम्हारी हर माँग, हर इच्छा पूरी करने की कोशिश करूँगा। बदले में तुम कोशिश करना हमारे परिवार के साथ एडजस्ट करने की, स्मार्ट गृहिणी और अच्छी बहू बनने की। ठीक है ना?'' बड़े प्यार से हाथ पकड़कर प्राची को खड़ा किया सम्बित ने।

''चलो, चलें अब। खाने पर इन्तजार कर रहे होंगे सभी।'' सम्बित ने कहा और घूमकर अपनी बाँहों में भर लिया प्राची को।

पलटकर आखिरी बार झरने की ओर देखने की चेष्टा की प्राची ने। ''प्लीज प्राची—रिलेक्स—आज के लिए अन्तिम बार।'' सम्बित अनुनय कर रहा था।

प्राची को फिर से बीयर की गन्ध आयी।

''सिर्फ मैं ही कहता चला जा रहा हूँ। क्या तुम्हें कुछ नहीं कहना हमारी शादी के बारे में?'' सम्बित ने पूछा।

''तुम्हीं कहो, अच्छा लग रहा है सुनने में।'' मुस्कुराते हुए कहा प्राची ने।

उनके तम्बू तक पहुँचकर हाथ-पैर धोते-धोते प्लास्टिक की प्लेट में गर्म-गर्म भात और तरीदार मांस परोसा जा चुका था। सभी चाव से खाने लगे।

''प्राची दीदी खा क्यों नहीं रहीं? इस तरह चख क्यों रही हैं? बात क्या है? क्या कोई जादू कर दिया सम्बित भाई ने?'' प्रज्ञा ने पूछा।

''हाँ, सच तो है! मैं सोच रहा था सम्बित, तेरा पेट भर गया होगा, तुझे बिलकुल भूख नहीं होगी। पर यहाँ तो भाभी का पेट भी भरा हुआ है।'' अविनाश की बात खत्म होते-होते फिर से हँसी का ठहाका फूट पड़ा।

वे लोग लौटने की तैयारी करने लगे। जंगल में शाम होना अद्‌भुत होता है। इतनी गहराई और घनिष्ठता के साथ प्रकाश और अन्धकार एक-दूसरे को विदा और आह्वान करते हैं कि उसका अहसास करनेवाला व्यक्ति कुछ देर के लिए स्तब्ध रह जाता है। उस अगाध आन्तरिकता का एकमात्र गवाह मानो वह स्वयं होता है। एक अद्‌भुत उपलब्धि है वह! प्राची सोच रही थी।

दोनों जीप चल पड़ीं। प्रज्ञा और अविनाश गीत गुनगुनाने लगे। बीच-बीच में सम्बित भी साथ दे रहा था। वे लोग जंगल से निकलकर बाहर पहाड़ी सड़क पर आ गये। सम्बित ने इशारे से पिछली जीप को रोका और अपनी जीप रुकवाकर उतर गया।

''चलो उतरो। आज की इस सुन्दर अनुभूति और इस जंगल से विदा लें।''

''बॉय!'' कहकर शोर मचाया सबने।

"कुछ कहो ना प्राची। मैं बहुत खुश हूँ। क्या दूँ तुम्हें? कहो, क्या चाहती हो?" प्राची की ओर देखते हुए मिठास भरे स्वर में पूछा सम्बित ने।

सबने घेर लिया प्राची को। प्रज्ञा उसके करीब गयी और उसके कान में बोलने लगी ताकि सम्बित सुन न सके—"यह अच्छा मौका है प्राची। माँग ले कोई जबर्दस्त तोहफा। टानिस्क की कोई सुन्दर और कीमती हीरे की अँगूठी।"

खामोश रही प्राची।

"बोलो प्राची, तुम्हें क्या चाहिए?" सम्बित ने दोहराया।

एक पल देखा प्राची ने सम्बित की ओर। मुँह घुमा लिया जंगल की ओर। आँखें बन्द कर लीं। बन्द आँखों के नीचे मँडराने लगीं पीले पंख पसारतीं बन्द करतीं छोटी-छोटी तितलियाँ, सू-सू करता अजगर...। उसकी नाक में एक अद्‌भुत-सी गन्ध आ टकरायी। बीयर की गन्ध है, या जाड़े में घने जंगल की शाम की महक? तीव्र थी वह, पर किसकी महक थी? फिर से अन्दर की ओर अच्छी तरह साँस खींची प्राची ने और उस महक को याद करने की कोशिश की। सहसा बिजली कौंध गयी उसके बदन में। इस मधुर, आकर्षणीय महक के साथ कोई और गन्ध भी समाई हुई है। जंगल के मिले-जुले फूलों की महक के साथ रिसते रक्त की महक! चौंककर आँखें खोलीं प्राची ने और सम्बित की ओर देखकर बोली, "उन तीन मोरनी को जिन्दा कर सकते हो मेरे लिए?" सम्बित की ओर सीधे-सीधे देखकर सवाल किया प्राची ने। उसकी आवाज साफ थी। पहली बार समझ पायी थी वह कि उसे क्या कहना है।

एक झटके में सारा उत्साह ठंडा पड़ गया सभी का। जंगल का अँधेरा धीरे-धीरे गहराने लगा था।

"ह्वाट रबिस।" सम्बित की खीझ भरी आवाज सुनाई दी अँधेरे में।

मुँह घुमाकर फिर जंगल की ओर देखा प्राची ने। उसकी आँखों में आँसू छलछला आये थे।

चन्द्रशिला

किन्हीं अपरिहार्य कारणों से ट्रेन अनिश्चित विलम्ब से चल रही है।

थोड़ी-थोड़ी ठंड लगने लगी थी। शायद बाहर कुछ धुन्ध थी। सफेद चाँद आकाश में था और चारों ओर उसकी मोहक चाँदनी छिटकी हुई थी। मुस्कुरा उठी सिकता। सारा बदन सहज और सरल होने लगा उसका। आज तो चाँदनी रात है! सहसा कुछ डर भी लगा उसको। चाँदनी रात का जादू छाने लगा-सा महसूस हुआ। रात के साढ़े आठ बजे होंगे। अब क्या करे वह? चार घंटे का रास्ता। अब घर लौटा नहीं जा सकता। रास्ता खतरे से खाली नहीं। किसे मालूम था ट्रेन इतनी लेट होगी? पहले से पूछताछ कर ली होती तो अच्छा होता। शंकर ने जिस होटल में कमरा बुक किया है, क्या उसमें ठहरना ठीक होगा? अमर भी नहीं हैं, पूछना भी सम्भव नहीं—सिकता कुछ दुविधा में पड़ गयी।

"मैडम, साफ-सुथरी जगह है। मैं खुद देख आया हूँ। इस ट्रेन से जानेवाले कुछ अन्य लोग भी वहीं टिक रहे हैं। वो देखिए, वह रहा होटल। काफी भीड़ थी। किसी तरह एक कमरा बुक कराने में सफलता तो मिल गयी, किन्तु मैनेजर ने सिर्फ एक घंटा इन्तजार करने को कहा है।" कार की अगली सीट पर बैठा शंकर यह सब कहता जा रहा था। उसने सिकता के इस दौरे की पूरी जिम्मेवारी सँभाल रखी थी।

शहर की साफ और खाली सड़क पर उनकी कार चली जा रही थी। इसे शहर का निचला इलाका कहा जा सकता है। दोनों ओर धान की क्यारियों में पूनम के चाँद की रुपहली आभा, एक लय में चली जा रही कार, लगभग सुनसान सड़क और उसके साथ गुलाबी ठंड रोमांचक लग रही थी उसे। ऐसी हालत में खुद होटल ढूँढ़कर कभी एक रात वह ठहरी हो, ऐसा कभी नहीं हुआ था उसके जीवन में। एक नया अनुभव होगा लेकिन—स्मित मुस्कान फैल गयी उसके चेहरे पर। दूसरे ही क्षण लगा, न जाने क्या होगा—ठीक होगा या नहीं। यदि फिर कोई परेशानी हुई...यह भय अपने मन से निकालने के लिए वह शंकर से बातें करने लगी—"तुम कहाँ रहोगे शंकर? और ड्राइवर?"

''मैडम, मैं होटल की लॉबी में सो जाऊँगा। पचास रुपये दे देने से काम चल जाएगा—प्रदीप गाड़ी में सो जाएगा। एक ही रात की तो बात है। सुबह दस बजे तक ट्रेन आने की सम्भावना है।''

''कैसे? घोषणा तो हो रही थी कि अनिश्चित लेट है।''

''जी मैडम। किन्तु मैं अन्दर जाकर पूछ आया था। रेलवे ट्रैक में कहीं कोई मालगाड़ी पलट गयी है। उसे क्रेन से उठाने के बाद यह ट्रेन आएगी। दो स्टेशन पहले रुकी हुई है। दस से ज्यादा नहीं होगा। मैं सुबह फिर पूछ आऊँगा।''

शंकर बहुत अच्छा लड़का है। स्नेह से खिल उठा सिकता का चेहरा। तीन महीने पहले ज्वाइन किया है—अमर का नया सेक्रेटरी। लेकिन सिकता के भले-बुरे की चिन्ता उसे हमेशा रहती है। दरअसल, उसके रहते सिकता को इतना चिन्तित होने की जरूरत नहीं। इसलिए इस सम्पूर्ण नयी अनुभूति को पूरी तरह अपना लेने को तैयार हो गयी वह।

होटल का कमरा उसकी उम्मीद से बेहतर था। चल जाएगा इससे—सोचा सिकता ने—एक ही रात की तो बात है। कम से कम साफ तो है और सबसे अच्छी बात तो यह है कि इसमें एक छोटी-सी बालकनी भी है, जहाँ चेयर पर बैठकर पूर्णमासी का आकाश देखा जा सकता है।

''आप फ्रेश हो जाइए मैडम, मैं चाय मँगवा देता हूँ।'' कहते हुए शंकर धीरे से दरवाजा उढालकर बाहर चला गया।

बुरी नहीं—एक ऐसी एकाकी रात, सिर्फ अपने लिए। वैसे भी घर पर और है ही कौन? अमर तो सिंगापुर में है—लौटने में दो-तीन दिन लगेंगे। हो सकता है फोन करके यह भी कह दे कि चार दिन और रहना पड़ रहा है और वह बहुत व्यस्त है अपने कामों में—वह यह भी कहेगा कि बैंक को फोन कर देगा, उसके पर्सनल एकाउंट से ज्वाइंट एकाउंट में पैसा ट्रांसफर हो जाएगा, सिकता को चिन्तित होने की जरूरत नहीं।

खिड़की से पर्दा हटा दिया सिकता ने। तीसरी मंजिल का यह रूम चाँदनी से आलोकित हो उठा। साड़ी बदले या नहीं, यह सोच ही रही थी कि किसी ने दरवाजे पर दस्तक दी। शायद शंकर या चाय लेकर वेटर आया होगा। अन्दर आने को कहा सिकता ने। ''तुमलोग खाना खाकर सो जाओ। जल्दी उठना है। मैं सोचती हूँ कुछ नहीं खाऊँगी।'' उसने शंकर से कहा।

''थोड़ा-बहुत आप भी खा लीजिए। पूरा दिन तो यों ही बीत गया। न जाने कल क्या कैसा रहे! थोड़ा कुछ मँगवा देता हूँ, मैडम!'' अति विनीत भाव से शंकर बोला।

''वेजीटेबल स्वीट कॉर्न और वेज नूडल्स—इतना ही काफी होगा।''

सिकता की बात खत्म होते न होते कमरे से निकल गया शंकर, लेकिन दो-तीन मिनट बाद लौट आया।

''मैडम यहाँ रूम-सर्विस नहीं है। नीचे जाना होगा, केवल पन्द्रह मिनट के लिए—डायनिंग हॉल फर्स्ट फ्लोर पर है'' ...उदास होते हुए बोला शंकर।

''ठीक है, तुम चलो, मैं आती हूँ।''

सिकता ने चाय पी ली। बेसिन के पास जाकर ठंडे पानी से मुँह धोया और कंघी से ऊपर-ऊपर बाल बना लिये। अन्दर होटल में उतनी ठंड नहीं है—ओढ़ी हुई चादर हटाकर स्लीपर पहनकर वह बाहर निकल आयी।

लम्बा डायनिंग हॉल। हॉल के बीचों-बीच टेबल से टेबल जोड़कर एक आयताकार डायनिंग स्पेस बना है, जिससे कि एक साथ लगभग चौबीस लोग बैठकर खाना खा सकें। एक ओर पाँच-छह चेयर खाली हैं—बाकी सारे लोग लगभग बैठ चुके हैं। सिकता चेयर खींचकर बैठ गयी। बैठते ही वेटर आकर ऑर्डर ले गया।

अचानक उसे लगा कि कोई गरम तरल पदार्थ उसकी गोद में गिरा और वह हड़बड़ाकर खड़ी हो गयी।

''सॉरी मैडम, सॉरी। आई एम वेरी सॉरी। ओह! कैसे गिर गया यह सब! गरम तो होगी ही कॉफी—साड़ी भी खराब हो गयी।'' निकट ही कोई सज्जन घबराहट भरे स्वर में कहते चले जा रहे थे।

अपने बैठने के लिए एक चेयर खींचकर लाने के बाद जैसे ही वे सज्जन पीछे मुड़े, सिकता के लिए खाने की ट्रे लेकर आये वेटर के रू-ब-रू हो गये। सिकता के सिर के ऊपर से टेबल पर रखी जा रही ट्रे में शायद उस सज्जन का हाथ लग गया था—सम्भवत: जोर से लगा था—सूप की कटोरी डगमगा गयी और गरम सूप जा गिरा सिकता की गोद में।

मन-ही-मन खीझ उठी थी सिकता—शायद चेहरे पर भी उभर आयी थी वह खीझ। उस घबराहट भरी कैफियत का कोई सौजन्यभरा उत्तर नहीं दिया उसने। बल्कि खड़ी होकर सोचने लगी कि ऊपर कमरे में जाकर साड़ी धो ले या बदल ले।

''आई एम रियली वेरी सॉरी। थोड़ी-सी असावधानी से न जाने कैसे गिर गया। आपको खामखाह परेशान किया।'' अधिक विचलित, अपराधबोध-सा सुनाई दे रहा था उस आदमी का स्वर।

इस बार सिर घुमाकर उसकी ओर देखा सिकता ने। होठों पर जबर्दस्ती मुस्कुराहट लाते हुए बोली, ''इट इ़ज ओके। अनजाने ही तो हुआ। शायद मुझे बदलकर आना होगा।''

''हाँ, साड़ी बर्बाद हो गयी। आप किस फ्लोर पर हैं? चलिए मैं छोड़ आता हूँ।''

''नहीं, नहीं, आप खाइए—मैं चली जाऊँगी।'' सिकता ने कहा।

''आप भी तो खाएँगी। वापस लौटने में देर हो जाएगी। वेटर को कह देने से वह खाना ऊपर ले आएगा। चलिए।''

सिकता ने पूरे डायनिंग हॉल में नजर दौड़ायी। शंकर नहीं दिख रहा था। शायद बाहर खाने चला गया है। न जाने यह कौन है? क्यों जाऊँ इसके साथ रूम में? क्या अकेली नहीं जा सकूँगी? मन-ही-मन कुछ कुंठित हुई सिकता।

''मैं श्रीमन्त दास हूँ। इफ आई एम करेक्ट—आप मिसेज़ मिश्रा हैं—मिसेज अमर मिश्रा।'' उस आदमी ने कहा।

इस बार सचमुच कुछ मुस्कुरायी सिकता और सीधे उस आदमी की ओर देखा। हामी भरते हुए जरा सिर हिलाया और कुछ चकित भी हुई, ''हाँ, पर आपने मुझे पहचाना कैसे?''

''लगभग बारह-तेरह साल पहले सन् '86-87 में आप लोग एक बड़े दुमंज़िले मकान में रहा करते थे। पास ही एक छोटा-सा पार्क भी था...''

''हाँ, हाँ, तब हमारा अपना मकान बन रहा था...और आप...''

''उस पार्क के दूसरी ओर कुछ प्राइवेट मकान थे। उसके बाद सरकारी क्वार्टर शुरू हो जाते थे...अब उन दोनों ने सीढ़ियाँ चढ़नी शुरू कर दी थीं...। उन प्राइवेट मकानों में से एक में मैं रहता था किराये पर। अभी पाँच वर्ष हुए हैं मकान बदले।'' श्रीमन्त नामक वह आदमी सिकता के साथ सीढ़ियाँ चढ़ते हुए बतियाता चला जा रहा था।

''हमने करीब सन् '87 के आखिर में छोड़ दिया था...।'' कुछ पुरानी बातें याद हो आने जैसे आग्रह से बोल पड़ी सिकता और वे लोग साथ-साथ सीढ़ियाँ चढ़ते रहे।

''हाँ, उसके बाद आप लोग कहाँ गये, मैं जान नहीं पाया। लगभग हर रोज मैं आपके घर के सामने से गुजरा करता था—उस वक्त मैंने नया-नया व्यापार शुरू किया था। पार्क से करीब एक किलोमीटर होगा मेरा शो-रूम।''

सिकता और श्रीमन्त—सिकता के कमरे के सामने पहुँच चुके थे। सिकता ने अपना छोटा पर्स खोलकर उसमें से रूम की चाबी निकाली और खोलने के लिए दरवाजे में लगायी।

श्रीमन्त की बातों का प्रवाह न जाने कैसे रुक गया। सिकता ने सुनने के लिए कान लगाया। श्रीमन्त ने फिर कहना शुरू कर दिया। इस बार उसका स्वर कुछ बदला-सा लग रहा था और पिछली बातों की तुलना में प्रवाह कुछ धीमा पड़ गया

था—"ठीक आपकी उस दुर्घटना के वक्त—मैं अपनी फीएट कार में आपके घर के आगे से गुजर रहा था..."

कमरे की चाबी घुमाने को आगे बढ़ा सिकता का हाथ वहीं रुक गया—धीरे-से सिर उठाकर उसने श्रीमन्त की ओर देखा। सहसा अद्‌भुत और अटपटा लगा सिकता को।

क्षण-भर चुप रहा श्रीमन्त। फिर "आपकी नौकरानी इस तरह गेट खोलकर मेरी गाड़ी के आगे दौड़ आयी कि यकायक ब्रेक लगाने से मेरी गाड़ी उससे सटती हुई खड़ी हो गयी। हाथ हिला-हिलाकर घबरायी हुई-सी न जाने वह क्या कुछ कहती चली जा रही थी। इसलिए मैं डोर खोलकर बाहर निकल आया। वह एक तरह से मेरा हाथ खींचते हुए ले गयी—आपके मकान की प्रथम मंज़िल तक..." श्रीमन्त का स्वर और धीमा सुनाई दे रहा था, "आपके बेडरूम में...आप..." एक-एक शब्द साफ-साफ कहने-सा इन शब्दों को बड़े आहिस्ता कहा श्रीमन्त ने। इस बार सिकता ने स्थिर दृष्टि से देखा श्रीमन्त को, जैसे कि कोई विचित्रता ढूँढ़ रही थी या देख रही थी उसकी आँखों में। कोई एक अद्‌भुत, असहज स्थिति धीरे-धीरे वश में करती जा रही थी सिकता को—पैरों से बढ़ती चली आ रही थी ऊपर की ओर, देह और अंग-प्रत्यंगों की ओर। सम्मोहित होने-सी सिकता ताकती रही श्रीमन्त की ओर। वह होटल, जबरन बिताने जा रही बाकी की रात, सिलवट पड़ी साड़ी, चाबी के साथ रूम के दरवाजे से लगा उसका दाहिना हाथ—जैसे वह उन सबसे अलग होती चली जा रही थी...

चुप हो गया था श्रीमन्त। वह सिकता की विह्वल मन:स्थिति कुछ समझ रहा था। ऐसी बात याद दिलाने के कारण उसे भी अटपटा लग रहा था।

"आपको हॉस्पिटल में एडमिट कराते ही अमर बाबू आ पहुँचे थे और मुझे सीने से लगाकर रो पड़े थे—मुझे याद है।" थोड़ा मुसकुराकर अपने पहले जैसे स्वर में कहने की कोशिश की श्रीमन्त ने। लेकिन उसकी बातें बेसुरी लग रही थीं।

"उसके बाद अमरबाबू के साथ कई मर्तबा मुलाकात हुई है। किन्तु आपसे फिर मुलाकात नहीं हो पायी थी..." बात की लीक पकड़ने का प्रयास कर रहा था श्रीमन्त। लेकिन सिकता उसके चेहरे की ओर उसी तरह ताकती खड़ी थी। उसे देख रही थी या नहीं, पर उसी तरह असहज स्थिति में ही थी।

"आप रिलैक्स कीजिए, मैं वेटर से खाना भिजवा देता हूँ। अच्छा, गुड नाइट। सुबह होगी मुलाकात।" श्रीमन्त उसके जवाब का इन्तजार किये बगैर नीचे उतरने लगा।

रूम में साड़ी बदले बिना ही बेड पर लेट गयी सिकता। तो यह है वह आदमी! जिसने उस दिन उसे उठाकर हॉस्पिटल में एडमिट कराया था। उस दिन

यदि तुरन्त एडमिट न कराया गया होता तो शायद ही वह बच पाती। तब से बारह-तेरह वर्ष के अन्दर कभी-कभार यह बात बिजली-सी कौंधी है उसके मन में—कई बार कृतज्ञता जागी है उस सज्जन के प्रति। उस अनजान व्यक्ति की मंगल कामना की है कई बार। किसी विशेष परिस्थिति में गुस्सा भी आया है—क्या जरूरत थी इस तरह आगे बढ़कर मदद करने की? वह मर रही थी तो मर जाती—अच्छा होता, ठीक ही होता यदि वह मर गयी होती...

वेटर धीरे से दरवाजा खट-खटाकर अन्दर आया और उसकी ओर देखे बिना टेबल पर खाने की ट्रे रखकर चुपचाप बाहर चला गया। सिकता उसी तरह बेड पर लेटी रही।

हाँ, मर गयी होती तो शायद बेहतर होता। न जाने कितनी स्लीपिंग पिल्स खा गयी थी उसने उस रात। घर में तो कोई था नहीं—बबलू पाँच साल का था और बंटी तीन की। उन दोनों को वह कब का सुला चुकी थी।

वह रात भी इसी तरह पूनम की रात थी।

एक तरह से निश्चिन्त थी वह। कैसा लग रहा था सचमुच उसे, जब उसने यह सोचा था कि कल सुबह अब वह नहीं उठेगी, किसी के लिए भी नहीं उठेगी। किन्तु फिर से अस्पताल, सेलाइन, इंजेक्शन के चंगुल में पड़ने तथा तीन दिन-तीन रात मौत के साथ लड़ने के बाद वह घर लौट आयी थी।

अमर का खीझ और बेचैनी भरा स्वर सुनाई पड़ रहा था—"यह क्या पागलपन है? किस चीज की कमी है तुम्हें? सोचने पर शर्म आती है। बताओ तो, क्या कमी है तुम्हें? एक बार भी नहीं सोचा मेरे मान-सम्मान के बारे में—बबलू, बंटी के बारे में भी नहीं सोचा? बड़ा आश्चर्य है!"

कौन जाने; न मर पाने की हताशा या जिन्दा रहने की इच्छा किसका प्रभाव उसे भीतर ही भीतर साल रहा था कि वह काफी दिनों तक बाहर नहीं निकली थी।

"यह भी कोई बात हुई। जानती हो तनु दीदी—भला ऐसे कोई मरता है? ऐसा कौन-सा आसमान गिर पड़ा कि.......आजकल तो यह सब आम बात है। बाहर अमर मिश्र न जाने किस-किसके साथ रहता था। हमारे 'ये' कहते थे, एक साल से लगातार झगड़ा कर रही थी सिकता अपने पति से"—यह स्वर था रीना का—अमर की बिजनेस पार्टनर दिनेश पात्र की पत्नी।

"क्या सचमुच किसी को घर ले आया था अमर मिश्र या कहीं किसी के घर चिपक कर रह गया था कि यह सब करना पड़ा सिकता को? बाहर कोई क्या करता है, क्या फर्क पड़ता है उससे? उसने सिकता के लिए क्या कमी रखी थी और फिर देखो, दो छोटे-छोटे बेटे"—शायद तनु दीदी ने ऐसी टिप्पणी की थी।

"अरे नहीं, यह सच नहीं था। यह एक धमकी थी। आत्महत्या कर रही थी तो बची कैसे?" न जाने यह किसका स्वर था। बहुत दिनों बाद पहली बार अपनी सहेलियों की किसी पार्टी में शामिल होने गयी तो बाहर दरवाजे पर ही रुक गयी थी सिकता। उन सबकी प्रतिक्रियाओं ने स्तब्ध कर दिया था उसे।

दरअसल, छोटे-बड़े कई सबूत पाकर वह पिछले डेढ़-दो वर्षों से लगातार अमर से तर्क-वितर्क करती आ रही थी। अमर अकसर खीझ उठता, कभी-कभी शान्त हो सुनता रहता तो कभी उस ओर ध्यान न देकर दूसरे कामों में व्यस्त रहता। कई मर्तबा कहता—"ऐसी ही है मेरी जीवनधारा। तुम्हारी इच्छा हो तो रहो, वरना नहीं।"

बैग खोलकर तौलिया निकाला सिकता ने। पॉकेट नोट-बुक नीचे गिर पड़ी। नोट-बुक कहीं घर पर ही न भूल जाए, सोचकर उसने तौलिए में लपेटकर रख ली थी। उसमें क्रम से लिखा है साधुबाबा से क्या-क्या सवाल करने हैं। अमर ने बार-बार कहा है, अपने तीनों कांट्रेक्ट्स के शुरू के अक्षर भी लिखवा दिये हैं और कहा है कि इन तीनों का भाग्य और उनकी परिणति क्या होगी, उस बारे में किसी भी तरह पूछने के लिए। ये सब व्यापार की बातें साधुबाबा से पूछने में लाज आ रही थी सिकता को। वह चाहती थी अपने दोनों बच्चों के बारे में कुछ पूछना—उनका भवितव्य आदि। दरअसल, वह क्या पूछना चाहती है, खुद भी तय नहीं कर पायी है। नोट-बुक को फिर से सहेजकर रख लिया सिकता ने। इतने पहुँचे हुए और प्रख्यात बाबा के दर्शन करने भर की इच्छा थी उसकी। आज ट्रेन के सभी यात्री शायद उन्हीं के पास जा रहे हैं। शंकर कह रहा था कि यह स्पेशल ट्रेन चलायी गयी है। शायद यह श्रीमन्त भी बाबा के ही पास जा रहा है। आज ट्रेन लेट न हुई होती तो कल सुबह-सुबह वह आश्रम के पासवाले स्टेशन गयी होती।

उसे नींद नहीं आ रही थी। बालकनी का दरवाजा खोलकर वह बाहर निकली और आरामकुर्सी में बैठ गयी। इस छोटे-से शहर की कार्यव्यस्तता कब की समाप्त हो चुकी थी। सुनसान था चारों ओर। घर-दुकान, पेड़-पत्तों पर कोहरे की लगभग न दिखने-सी झीनी पर्त पूर्णिमा की चन्द्रकिरणों पर चमचम चमक रही थी। खुले आसमान और शीतल चाँदनी में काफी देर से बैठी वह दूर, बहुत दूर ताक रही थी। धीरे-धीरे उसकी पलकें शायद बोझिल हो चली थीं।

चम-चम साफ देह, सनई जैसे लम्बे केश और दाढ़ी, उदास गम्भीर दृष्टि—देह पर गेरुए रंग का वस्त्र—ये ही तो हैं साधुबाबा! मानो सचमुच चाँद से साक्षात् उतर आये हैं! साष्टांग प्रणाम करने को तत्पर हुई सिकता।

आशीर्वाद सूचक हथेली उठायी बाबा ने। दया से कितनी भरी हुई है उनकी दृष्टि! तरल करुणा जैसे झर रही हो उनकी हथेली से। अभिभूत होती जा रही थी

सिकता। विरल कंठस्वर से सुनाई दिया, "आयुष्मती भव।"

"आयु?" अस्फुट स्वर के साथ नास्तिसूचक सिर थोड़ा हिला सिकता का।

मृदुल भाव से कुछ मुस्कुराते हुए प्रश्न किया बाबा ने, "नहीं चाहती? तो फिर क्या प्रश्न है तुम्हारा?"

कुछ घबरा गयी सिकता।

"संकोच मत करो, बेटी। दुविधा छोड़ो, खुलकर प्रश्न करो।" वह अभय मुद्रा और करुणा की मूर्ति सम्मोहित कर रही थी सिकता को।

"बाबा, कब मिलेगा..." अनुच्चरित रह गया सिकता के वाक्य का शेषांश।

"क्या ढूँढ़ रही हो बेटी? क्या चाहती हो?" शीतल चाँदनी और चारों ओर की निस्तब्धता-सा शान्त व निर्मल था वह कंठ-स्वर।

"बाबा, पूरे दिन और पूरी रात की विश्वसनीयता—कब मिलेगी मुझे, बाबा?" व्याकुल कंठ-स्वर शरीर के कोणों-अनुकोणों से विच्छिन्न हो बह आया मानो—सिकता चकित हो रही थी—क्या यह कंठ-स्वर उसका है!

साधुबाबा की उदास-गम्भीर दृष्टि फैल गयी थी क्षितिज तक। वह दृष्टि एक शान्त, निस्संग करुणा से धुली हुई थी।

"बेटी!" एक गम्भीर स्वर लहरा आया उसी क्षितिज से। "वे लोग कोई नहीं जानते। अनजाने ही सभी तलाश करते भटक रहे हैं। विभिन्न स्थानों, मन्दिरों में—भिन्न पात्र, अपात्र में, स्थिति-अस्थिति में, स्वप्न, दुःस्वप्न में—जबकि कोई नहीं जानता, वह किस चीज की तलाश में है। बेटी, ऐसा नहीं है कि तुम जो तलाश रही हो वह नहीं है—है, इस तरह से है—इस नरम, झिलमिल चाँदनी रात की तरह फैली हुई है एकाकी, स्तब्ध, निस्संग। इस तलाश में ही मिट चुकी है दुनिया—लेकिन लहू-लुहान, उदास, निराश हो उसे पहचान नहीं पा रहा कोई...। बेटी, समाप्त होती जा रही है वह, पिघलती जा रही है—निश्चिह्न हो जाएगी शायद बहुत जल्द..." अस्पष्ट होने लगा कंठ स्वर साधुबाबा का, अस्पष्ट होने लगी बर्फ-सी सफेद चकमक उनकी आकृति भी।

सिकता को लगा वह भी उसी चन्द्रशिला-सी है—पिघलती जा रही है, समाती चली जा रही है चन्द्र-किरण में!

सुबह-सुबह कॉलिंग बेल सुनकर दरवाजा खोला सिकता ने। सामने शंकर खड़ा था। जल्दी तैयार होने को कहा उसने, ट्रेन आठ बजे तक आ जाएगी।

आलस तोड़ने की मुद्रा में सिर फेरकर बालकनी की ओर देखा सिकता ने। शंकर को क्या मालूम कि सारी रात सिकता ने वहीं बैठकर बितायी थी! "हम तैयार

हो जाते हैं शंकर। ड्राइवर से कहो गाड़ी रेडी करे—घर लौट जाएँगे।''

''लौट जाएँगे, मैडम? क्यों? अब और लेट नहीं होगी ट्रेन। अभी आठ बजे बैठने से शाम तक पहुँच जाएँगे। वहाँ सारा इन्तजाम किया गया है दो दिनों तक रहने का...'' शंकर घबरा रहा था।

''छोड़ो, फोन करके मना कर देना।'' स्थिर सुनाई दे रहा था सिकता का स्वर।

''किन्तु मैडम, साधुबाबा के साथ एप्वाइंटमेंट? बहुत मुश्किल से जो मिला है।''

''अब साधुबाबा से मिलने की जरूरत नहीं रही—छोड़ो, लौट चलते हैं।'' शंकर की ओर से मुँह फेरकर अन्दर चली गयी सिकता।

भंगुर

आरती बाथरूम से बाहर निकली ही थी कि अनिता कमरे में घुसी।

''गीज़र ऑन कर दिया था—गरम पानी लिया था ना! आज सुबह थोड़ी ठंड थी।'' आरती की ओर बड़ा तौलिया बढ़ाते हुए अनिता ने कहा—''उस दिन से बड़ा तौलिया और बचा ही नहीं घर में, ढूँढ़ते-ढूँढ़ते आज मिला है एक।''

थोड़ी देर चुप रही वह।

आरती तौलिया लेकर सिर पोंछते हुए खिड़की के पास चली गयी।

''गीज़र भी उन्हीं ने लगवाया था। घर बनवाते समय तो ये सारे प्रॉवीज़न थे नहीं। परेशान रहते थे वे अकसर मेरे साइनस को लेकर—गरम पानी मुझे चाहिए साल में आठ महीने।''

आरती ने खिड़की की ओर से मुँह फेरकर अनिता की ओर देखा और मृदुभाव से मुस्कुरा दी।

''तेरा बगीचा तो बड़ा सुन्दर है, अनु। छोटा पर इतना सुन्दर बगीचा मैंने तो नहीं देखा।''

''बगीचे का इन्हें बहुत शौक था। बहुत प्यार से एक-एक पौधा रोपा था। सुबह उठकर लॉन से सूखे पत्ते बटोरा करते थे। माली इनकी बात बहुत मानता था। अकसर कहा करते थे—अनु, रिटायरमेंट के बाद हमारा आधे से ज्यादा समय यहीं बीता करेगा—अभी से इसकी देखभाल न की तो कैसे होगा? हम यहीं नाश्ता, चाय, लंच, डिनर करेंगे—सिर्फ रात को सोने अन्दर जाएँगे। मैं कहती—और वो जो किताबें हैं? किताबों की जो ढेरियाँ लगाते जा रहे हो, उनका क्या होगा? वे कहते तुम पढ़ना, मैं सुनूँगा। नॉवेल हुआ तो हम दोनों मिलकर पढ़ेंगे।'' छलछलायी आँखों से अनिता ने आरती को देखा, ''पर देख तो नसीब का खेल! मैं अकेली रह गयी—हमने जो-जो कुछ साथ-साथ करने की सोची थी, सपने ही रह गये।''

आरती खिड़की से हटकर पलँग के पास चली आयी। अनिता के पास बैठ गयी और उसके दाहिने हाथ की हथेली को अपनी मुट्ठी में भींच लिया।

आँसुओं की धार बह चली अनिता की आँखों से। लम्बी साँस ली उसने,

"चलो, आज हम बगीचे में बैठकर चाय पीएँगे।"

अनिता के घर में हर जगह उसकी परिष्कृत रुचि की छाप थी। आरती प्रशंसाभरी निगाह चारों ओर डाल रही थी। पहले भी दो-तीन मर्तबा वह अनिता के घर आ चुकी है, लेकिन इतने ध्यान से देख पाने का अवसर कभी नहीं मिला। पिछले दस सालों में तो नहीं। उससे पहले वह जब भी कहीं जाती—जल्दबाजी में लौट जाती—हमेशा श्रीकान्त का कार्यक्रम उसके सिर पर सवार रहता—श्रीकान्त ने कहा है, यहाँ पन्द्रह मिनट से ज्यादा नहीं, उसे दूसरे काम हैं। दस मिनट बीतते ही वह घड़ी देखने लगती और श्रीकान्त की ओर ताकने लगती—शायद उसका संकेत मिले। किन्तु श्रीकान्त अपनी बान्धवी और बान्धवी के पति के साथ बातचीत में इतने डूब जाते हैं—उनकी ट्रेनिंग की बातें—पिछले साल वह बड़ा पुल बनने के छह महीने बाद ढह गया—इसी को लेकर उनकी खीझ आदि। आरती कुछ अन्यमनस्क-सी यह सब सुनती रहती—कोई राय नहीं देती। लगभग आधे घंटे बाद श्रीकान्त उसकी ओर ध्यान देता और खड़े होते हुए कहता—फिर मिलते हैं।

विदा करते समय वह बान्धवी आरती की पीठ पर धीरे से हाथ रखते हुए कहती—आरती तुम्हारे हज़बैंड एक्सेलेंट आदमी हैं। आरती भी अपनी मुस्कान से प्रत्युत्तर देती।

इतने वाक्पटु हैं श्रीकान्त फिर भी भुवनेश्वर से सम्बलपुर तक खामोश बैठे रहते हैं। आरती सजग हो कान लगाये बैठी रहती है उनके पास, शायद श्रीकान्त कुछ कहें। काफी देर बाद आरती खुद ही से सवाल करने लग जाती है—लेकिन कोई जवाब नहीं मिलता। उसे लगता मानो श्रीकान्त उसके अस्तित्व को पूरी तरह भूल चुके हैं—वह जो रक्त-मांस का शरीर लिये उनसे सिर्फ पाँच-छह इंच की दूरी पर एम्बेसेडर कार में पिछले कई घंटों से बैठी है, उस ओर ध्यान ही नहीं उनका!

इतने लम्बे सफर के दौरान और क्या करती आरती? वजह ढूँढ़ती रहती—आखिर क्यों नहीं कर रहे श्रीकान्त उससे बातें? मन में आशंका होती, क्या वे उसे अपने योग्य नहीं समझते? न जाने किस दिन क्या गलती हो गयी हो, वे नाराज हो गये हों—उसी बात को याद रखा हो या कुछ और? घर लौटकर आने पर अपनी सूझबूझ से वह श्रीकान्त को खुश करने की कोशिश करती—उम्मीद लगाये रहती—शायद वे तारीफ के दो शब्द ही कहें! किन्तु उसका कोई प्रयास श्रीकान्त की नजर में नहीं पड़ता—नहीं पड़ता या वे जान-बूझकर उसे नजरअन्दाज कर जाते हैं! एक अजीब-सी बेचैनी होती उसे।

—किन्तु क्यों? किसलिए?

—क्यों है श्रीकान्त ऐसा?

ऐसा व्यवहार सिर्फ उसी के साथ है, जबकि दूसरों के साथ वे सचमुच बड़े

आराम से समय बिताते हैं!

—यह किस अज्ञात आक्रोश का बोझ वे लाद रहे हैं उस पर?

खुद को बहुत छोटा समझने लगती है आरती।

कहीं किसी चीज का कोई अभाव नहीं था। अत्यन्त सुन्दर न होने पर भी आकर्षक थी आरती। उम्र कम थी—घर को सजा-सँवारकर रखने की इच्छा भी थी उसमें। श्रीकान्त की मनपसन्द चीजें रसोई में बनाने को वह तत्पर रहती। खुद को विभिन्न रंगों में सजाने का आग्रह भी था। तेज धूप में गाँव की अमराई की छाया, पूर्णिमा के गोल चमचमाते चाँद और चाँदी-सी झरती चाँदनी, आषाढ़ की पहली रिमझिम बारिश की मतवाली गन्ध के प्रति भी उसमें खिंचाव था। ढेर के ढेर रंगीन फूलों का सम्भार फागुन में! पर इनका कोई असर नहीं पड़ता था उन दोनों के सम्मिलित जीवन में!

घर में काम करनेवाले छोटू को चाय और नाश्ता लाने को कह, आगे-आगे चलते हुए बगीचे में जाने के लिए राह बनाती जा रही थी अनिता। बगीचे में उतरने से ठीक पहले एक छोटा-सा कमरा—ग्रिल लगा है सामने—फर्श पर पतला कार्पेट बिछा है—एक कोने में तानपुरा रखा है—कपड़े के कवर में—धूल वगैरह नहीं, साफ, मानो उसे बजाकर कोई रोजाना रियाज करता हो!

''क्यों, कौन गीत गाता है? तुम्हारा बेटा तो कब का चेन्नई जा चुका है।'' आरती ने आग्रहपूर्वक पूछा।

''और कौन? मैं ही सीखती थी। इनकी बड़ी इच्छा थी—कुछ तो सीख लो—एक ही बेटा है, बड़ा हो जाएगा, फिर क्या करोगी? बैठी-बैठी बोर हो जाओगी। मैंने ही कही थी उनसे गीत सीखने की बात। बचपन से बहुत इच्छा थी मेरी। क्या करती, मुझसे छोटे चार भाई-बहन—सिर्फ पिताजी की आय। उस समय जो तनख्वाह हुआ करती थी वह तो तुम जानती हो, इसलिए बेहद इच्छा होते हुए भी उनसे कभी कह न सकी। जब तुम गीत गाया करती थी हॉस्टल में, बहुत अच्छा लगता था मुझे।'' थोड़ा रुकी अनिता—घूमकर देखा आरती को—''सुना है श्रीकान्त बड़े सज्जन थे। तूने तो निश्चय अपना शौक अब तक बनाये रखा होगा। कितनी खूबसूरत पेंटिंग भी बनाया करती थी तुम! मेरे जन्मदिन पर वह जो आदिवासी लड़की के नहानेवाली पेंटिंग तुमने दी थी—चल देख ले, अब भी लगी है मेरे बेडरूम में।''

किसी ने मानो आरती के अन्दर तानपुरे के जंग लगे तार को छू दिया! धीरे-धीरे ध्वनित-प्रतिध्वनित हो उठी वह, पूरी तरह।

अनिता के आग्रह से खिल उठे चेहरे को देख आरती अन्यमनस्क हो गयी थी। हाँ, गाना गाती थी वह। उसके शिक्षक पिता किसी तरह घर पर मास्टर रखकर गाना

सिखवाते थे उसे—खुश होकर अपने संगी-साथियों से कहा करते थे कि उनकी लड़की प्रतिभा सम्पन्न है। शादी के समय लाने-ले-जाने में तानपुरा कहीं टूट न जाए, सोचकर उन्होंने तानपुरा अपने ही घर पर रख लिया था—बाद में श्रीकान्त को क्वार्टर मिलने पर ले जाएँगे। फिर धीरे-धीरे पलँग, डाइनिंग टेबल, स्कूटर, फ्रिज, टी.वी., इत्यादि घर में आये। वे लोग क्रमश: ऐशो-आराम से रहने लगे—किन्तु वह तानपुरा फिर नहीं आया—उसे लाने की आवश्यकता भी फिर महसूस नहीं की आरती ने। श्रीकान्त को गाना-वाना भी पसन्द नहीं था। उनकी राय में यह सब महिलाओं का ढकोसला है, पुरुषों को आकर्षित करने का। घर-गृहस्थी के कामों से फुर्सत ही कहाँ जो तानपुरा लेकर गीत गाएगी! आगे-आगे बेटी और बेटा पैदा हुए—पेंटिंग करने का शौक भी जाता रहा।

"इस तरह उदास क्यों हो गयी? चल बजाएगी तानपुरा—कोई गीत गा ले, अच्छा लगेगा।" अनिता ने उसकी ओर देखकर कहा।

"नहीं, रहने दे, अब भला मैं कहाँ गाती हूँ।" लम्बी साँस ली आरती ने।

"क्या श्रीकान्त की याद आ रही है?" उसे टटोलते हुए पूछा अनिता ने।

"हाँ, कह सकती है, याद आ रहे हैं।" मुरझायी-सी मुस्कान के साथ आगे बढ़ गयी आरती।

भुवनेश्वर में आरती का जो छोटा-सा प्लाट था उसे बेचने आयी है वह। पिताजी ने विवाह के समय दिया था। वह उसी तरह पड़ा था। जो दस-पन्द्रह दिनों का काम है, क्या उतने दिनों तक अनिता के घर रुक सकती है, उस बारे में पूछा था आरती ने। अनिता ने बड़े आग्रह से स्वागत किया था उसका।

चाय-नाश्ते के बाद जब वे बगीचे से उठे, लगभग दस बज चुके थे। अनिता के पीछे-पीछे ड्राइंग-रूम में चली गयी आरती।

"लगता है, समय वहीं उसी तरह रुक गया है। ये बैठे थे ड्राइंग-रूम में यहीं, जिस चेयर पर तू बैठी है। मानो कह रहे हों, अनु! दो कप चाय मँगाओ, साथ बैठकर पीएँगे—तुम यहाँ बैठो, राधेश्याम से कहो वह लाएगा।" कहते हुए आरती के सामने सोफे पर बैठ गयी अनिता। "सचमुच, मैं जी कैसे रही हूँ! वही मकान! उनके बिना! हमेशा कहा करते थे, अनु, कितना सुन्दर एक छोटा-सा नीड़ है हमारा—मानो यहीं रहेंगे अनन्तकाल तक। पर कहाँ गये वे? यदि इस तरह अकेले छोड़कर जाना ही था, इतनी मोहमाया, इतनी चाहत क्यों उँड़ेला करते थे वे?" रुआँसी हो उठी थी अनिता। "आरती, तेरे आने से बड़ा अच्छा लग रहा है। वरना, यह घर नहीं, जेल जैसा लगता है मुझे।"

जेल!!

श्रीकान्त के प्रति एक तरह का भय धीरे-धीरे घेर लेता था आरती को। उसकी

अद्भुत उदासीनता क्रमश: मौन करती जा रही थी उसे। उसे लगता था श्रीकान्त के बड़े बँगले में वह एक बिन बुलायी निवासी हो। उसे ऐसा लगता था जैसे कि कोई उसके पैर बाँधकर एक बहुत ऊँची सिलिंगवाले कमरे में डाल गया हो। कमरा सभी ओर से बन्द—सिर्फ ऊपर के छोटे स्काइलाइट से थोड़ी-सी रोशनी आ रही है—जो उस तक पहुँच ही नहीं पा रही है। बच्चों के कुछ बड़े होने पर उनके साथ व्यस्त रहकर, मिलकर, इस अद्भुत एहसास से बीच-बीच में निकल आया करती थी वह।

अनिता अकेली है। दु:खी है, आँसू बहाती है, इसके लिए। पर आरती तो हमेशा से अकेली है। तब थी—अब भी है। फर्क महज इतना है कि अब उसके हाथ-पैर खुले हैं। तो भी वह अपना घर छोड़कर दस सालों में पहली बार बाहर निकली है।

चौंक/उठीं आरती और अनिता।

कोई आवाज सुनाई दी!

शायद किसी के हाथ से कुछ गिरकर फूट गया—यह उसी की आवाज थी। खाली या भरी बोतल है शायद।

दोनों कुर्सियाँ छोड़कर उठने को हुईं, किन्तु फिर बैठ गयी आरती। तेजी से अन्दर कमरे में चली गयी अनिता।

ऐसी आवाज!!

उस दिन रात काफी बीत चुकी थी। बिस्तर पर करवटें बदल रही थी आरती। चौबीस घंटों में बस यही समय असह्य हो उठता है उसके लिए। दिन भर की थकान मानो घेर लेती है उसे। बिस्तर छूते ही आँखें मुँदने लग जाती हैं—चेतना शक्ति खोने लग जाती है...। किन्तु चाबुक मारने जैसा कोई निर्देश मानो चौंका देता है उसे। उसे जागते रहना होगा, श्रीकान्त के आकर सोने तक। उसके बाद वे उसकी देह चाह सकते हैं या नहीं भी। यदि उनकी चाह हुई तो अर्धचेतन रूप से आरती को साथ देना होगा शायद और आधे घंटे तक। उसके बाद दो मिनट में श्रीकान्त सो जाएँगे, परन्तु आरती की आँखों से नींद उड़ चुकी होगी—सिलिंग की ओर देखकर कई बार लम्बी साँसें छोड़ेगी वह—मन-ही-मन नींद के लिए मन्नतें करती जा रही होगी।

''सिगरेट केस और माचिस कहाँ है? आधे घंटे से ढूँढ़ रहा हूँ।'' श्रीकान्त आ गये थे।

''वहाँ ड्राइंग-रूम में नहीं है क्या?''

"अगर होता तो क्या मैं अन्धा हो गया हूँ जो मुझे नहीं मिलता? क्या कभी कोई चीज सही जगह मिली है इस घर में?"

आरती चुपचाप उसी तरह लेटी रही।

"उठकर दे रही हो या नहीं?"

आज शरीर बिलकुल नहीं मान रहा इस निर्देश को। किसी तरह जबर्दस्ती उठाया खुद को आरती ने। डायनिंग टेबल के पास सेल्फ में नहीं है। डायनिंग रूम में अखबार वगैरह बिखरे पड़े हैं। खाना खाने से पहले यहाँ बैठकर दो घंटे तक श्रीकान्त पी रहे थे। यहाँ-वहाँ ढूँढ़ा आरती ने। नहीं, यहाँ भी नहीं है। न जाने कहाँ रख दिया श्रीकान्त ने? रात डेढ़ बजे उनींदी आँखों से कहाँ तक ढूँढ़े वह! बड़ी खीझ हो रही थी उसे। स्टोर-रूम की चाबी खोलकर भीतर घुसी वह। लाइट ऑन करते समय वह मन-ही-मन प्रार्थना कर रही थी—हे भगवान, एक पैकेट विल्स फिल्टर जरूर हो—माचिस तो होगी ही। दूसरे ही क्षण वह झेंप गयी। आधी रात को भगवान से प्रार्थना कर रही है वह एक पैकेट सिगरेट के लिए! "यह लो अपना सिगरेट और माचिस। स्टोर-रूम खोलकर ढूँढ़कर लाना पड़ा। तुम्हारा वाला पैकेट तो मिला नहीं।" श्रीकान्त के अधीर चेहरे की ओर देख नीचे लटकती मच्छरदानी खिसकते हुए जाते समय न जाने किस चीज से उसका हाथ टकरा गया—कुछ टकराया और गिर गया—उसके साथ ही एक आवाज। बोतल फूटने की आवाज! किसी पॉलीथिन में शायद दो-तीन बोतलें थीं—उसने पहले नहीं देखा था—किताबों की ताक में किनारे ही रखी थीं—जरूर श्रीकान्त ने ही इस तरह लापरवाही से रखी होंगी।

फर्श पर बहती रम और ह्विस्की की धार को अविश्वसनीय आँखों से ताक रही थी वह। श्रीकान्त की ओर देखने का साहस नहीं हो रहा था उसमें।

श्रीकान्त ने एक सिगरेट जलायी। पासवाली कुर्सी पर बैठकर उस धार की ओर ताकने लगे। आरती सशंकित थी कि शायद कुछ होगा—पर समझ नहीं पा रही थी कि क्या हो सकता है। सिगरेट खत्म होने के बाद श्रीकान्त ने शान्त भाव से उठकर गोदरेज की अलमारी खोली और चार-पाँच साड़ियाँ हैंगर से खींच लाये। शराब की मिश्रित धार, जो अब तक फैलकर एक बड़ा रूप धारण कर चुकी थी, वे उसी के पास बैठ गये। साड़ियाँ उलट-पलटकर उसमें भिगोने लगे। उसके बाद उन्होंने उसी तरह शान्तभाव से माचिस खोलकर एक तीली जलायी...तुरन्त माजरा समझ गयी आरती। हे भगवान! यह क्या करने जा रहे हैं श्रीकान्त! उसने तुरन्त हाथ पकड़ लिया और किसी तरह माचिस की तीली बुझा दी। बेडरूम—मच्छरदानी लगी है। कमरे में कागजात, किताबें और कपड़े भरे हुए हैं!—श्रीकान्त ने हाथ छुड़ाकर दूसरी तीली जलायी। इस बार भी पहले की तरह कोशिश करके उसे बुझा दी आरती ने।

मानो श्रीकान्त की जिद बढ़ती जा रही थी। दाँत भींचकर उन्होंने फुसफुसाते हुए कहा था—जाए, सब भस्म हो जाए यहीं।

इस बार आरती उनका हाथ पकड़ ही रही थी कि जलती हुई तीली उसके ऊपर फेंक दी श्रीकान्त ने। तीली किसी तरह बुझा दी आरती ने। फिर उसी तरह जलायीं और दो तीलियाँ श्रीकान्त ने। आरती कुछ समझ पाने की स्थिति में नहीं थी। दौड़कर बच्चों के बेड-रूम में घुस गयी थी वह और दरवाजा अन्दर से बन्द कर लिया था।

सबकुछ खत्म नहीं हो गया था वहीं। इस घटना के पाँच-छह साल बाद इसी तरह बेहोशी की हालत में मारुति ड्राइव करते समय सड़क किनारे पेड़ से टकरा गये थे। अस्पताल तक भी जिन्दा नहीं पहुँचाया जा सका था श्रीकान्त को।

उस वक्त बेटी की उम्र ग्यारह साल थी और बेटे की साढ़े चार।

''ज़रा देखो तो इस नौकरानी का साहस! इधर-उधर देखती तक नहीं। चार बोतलें स्कॉच की—खाली हुईं तो क्या—इनकी प्रिय ब्रांड तो थी—उनके टेबल पर सजाकर रखा था मैंने। थोड़ी-सी डस्टिंग भी नहीं कर सकती ढंग से, जैसे बहुत बड़ा काम कर रही है। अरे तुम्हें तो धूल झाड़नी है, बोतल उठाने की क्या जरूरत थी?'' अस्त-व्यस्त-सी कमरे में घुसते हुए कहा था अनिता ने।

''स्कॉच की बोतल टूटने-सा लगा मुझे।'' धीरे से कहा आरती ने।

''तुझे कैसे मालूम? क्या तेरे यहाँ भी ऐसे टूटा है?''

''भंगुर चीज है—टूटेगी ही कभी न कभी—हर किसी के जीवन में किसी न किसी तरह...''—धीरे-धीरे कहा आरती ने।

''क्या हुआ?''

''हाँ टूटा तो है—पर इस तरह नहीं—दूसरी तरह से''—अनिता की ओर देखकर उदासी भरी मुस्कान से कहा आरती ने।

छिन्न मल्लिका

"मोना दीदी! बहुत सुन्दर हैं तुम्हारे इयर रिंग!"

"अच्छे लग रहे हैं? जानती है, ये नक्षत्र वाले हैं।" मूल्यवान वस्तु का स्वत्वाधिकार जताती मोना ने जवाब दिया कुछ अहं भरे अन्दाज में।

"काफी कीमती होंगे?" मल्लिका के स्वर में विस्मय और जिज्ञासा थी।

"हाँ, उन्नीस हजार।" स्थिर भाव से कहा मोना ने।

"उन्नीस ह-जा-र-!" दोनों आँखें और आवाज विस्फारित हो गयीं मल्लिका की।

जरा उसकी ओर देखा मोना ने, कुछ मुस्कुरायी भी। "क्या कर रही है आज शाम तू? चल मेरे साथ चॉपस्टिक्स। बढ़िया चायनीज बनाता है। डिनर करेंगे।" मोना ने आग्रहपूर्वक कहा मल्लिका से।

"पर मोना दीदी! वो तो बहुत कीमती रेस्तराँ है।" मल्लिका के स्वर में झिझक थी।

"अरे छोड़ ना—आज मेरी गेस्ट होगी तू। मैं दूँगी ट्रीट। तू मेरी छोटी बहन है या नहीं?" मल्लिका की पीठ थपथपाते हुए बोली मोना।

कृतज्ञता से सिर झुकाते हुए खुशीभरी मुस्कान बिखेर दी मल्लिका ने।

चॉपस्टिक्स रेस्तराँ में जब वे पहुँचीं, रात के आठ बजे थे। रेस्तराँ के भीतर की सजावट इतनी सुन्दर होगी, इसकी कल्पना तक नहीं की थी मल्लिका ने। ऐसे रेस्तराँ में खाना तो दूर, देखने तक का मौका कभी नहीं मिला था उसे। चारों ओर फूलों के बड़े-बड़े मटके—चायनीज स्टेच्यू—कागज के लैंपशेड।

मृदु संगीत और प्रकाश। एक सुन्दर महल के अन्दर-जैसा था वहाँ का माहौल। चार लोगों के बैठनेवाले टेबल की ओर मल्लिका को ले गयी मोना। उसे बिठाकर खुद उसके सामने बैठ गयी। "बोल, क्या खाएगी? चल, पहले सूप और स्टार्टर लेते हैं। क्या लेगी, प्रॉन या चिकेन या कोई और सी फूड?" मोना उत्साहित स्वर में पूछ रही थी मल्लिका से।

शब्द नहीं फूटे मल्लिका के मुँह से। वह सामने रखा मेनू कार्ड पढ़ रही थी,

खाने की चीजों के नाम से कुछ अन्दाजा नहीं लगा पा रही थी।

"बोल ना, क्या खाएगी?" मोना ने अपना सवाल दोहराया। "मैं क्या जानूँ मोना दीदी, जो तुम्हें अच्छा लगे।" विनम्र कातर स्वर में अपनी असमर्थता प्रकट की मल्लिका ने। वाकई वह क्या जाने ये सब? चिकन, स्वीट कॉर्न सूप और प्रॉन पेपर साल्ट।" हाथ के इशारे से होटल-बॉय को बुलाया मोना ने और खाने का ऑर्डर दिया। इतनी सहजता से उसने यह सब कहा कि सुनकर मल्लिका को आश्चर्य हुआ, जैसे कि मोना दीदी रोजाना यहीं आकर खाना खाती हैं।

"हाय मोना, वंडरफुल टू सी यू" मल्लिका ने सिर उठाकर देखा, उनके टेबल के पास खड़ा एक सुदर्शन युवक मोना दीदी से यह सब कह रहा है।

"ओ! हलो मोहन, हाउ आर यू?"

मोना दीदी उठकर खड़ी हो गयी और उस युवक की ओर अपना दाहिना हाथ बढ़ा दिया। मोना का हाथ जरा छूने के बाद मल्लिका की ओर मुखातिब हुआ वह युवक। "क्या तुम्हारी सहेली इस प्रिटी प्रिंसेस का परिचय जान सकता हूँ?" उस युवक की नजर मल्लिका के चेहरे पर टिकी रही। उसके होठों पर मृदु मुस्कान और निगाहों में मुग्ध प्रशंसा थी। मल्लिका ने क्षण में यह सब ताड़ लिया और उसका चेहरा लाल पड़ गया—उसने पलकें झुका लीं।

"मेरी छोटी बहन समझ सकते हो। इज़ नाट सी ए ब्यूटी?" मोना दीदी ने अपनी स्नेहभरी निगाह डाली मल्लिका पर।

"देयर इज़ अबसोल्यूटली नो डाउट।" मल्लिका के चेहरे पर प्रशंसाभरी नजर टिकाते हुए कहा युवक ने। मल्लिका शर्म से सिमट गयी।

"ओ मल्लिका, सॉरी! ये हैं मोहन चोपड़ा—स्नोडस्ट ग्रूप ऑफ़ कम्पनीज़ के मैनेजिंग डायरेक्टर—तू तो देख ही रही है, एक डैसिंग यंगमैन।" मोना मल्लिका को बता रही थी। मल्लिका सिर उठाकर मोहन की ओर देख तक नहीं सकी।

"कैन आई ज्वाइन यू यंग लेडीज़?" मल्लिका के चेहरे पर उसी तरह नजर टिकाये हुए कहा मोहन ने।

"ओ स्योर, यह भी कोई पूछने की बात है? इतने दिनों बाद मुलाकात हुई है तुमसे। बैठो, प्लीज़ बैठो।"

सपने-सा लग रहा था यह सब मल्लिका को। कुछ-कुछ बातें याद रह रही थीं और कुछ हवा में बिला जाने-सी लग रही थीं। मोना दीदी ने तरह-तरह की चीजें मँगवायीं। मोहनबाबू मल्लिका को बाध्य कर रहे थे खाने को—उसकी दायीं ओर जो बैठे थे! मल्लिका यन्त्रचालित-सी या सपने में खोयी हुई-सी खाती जा रही थी! क्या-क्या खाया उसने उसे याद तक नहीं। उस खाने में भी अपूर्व स्वाद था। सिर्फ उसे इतना याद है कि जब-जब उसकी आँखें मोहन से मिल जाती थीं,

मोहन की निगाह में एक अजीब-सी गहराई, और सम्मोहन का अहसास होता था। लगता था, मानो वे सचमुच परियों के देश में ही डोलते रहते हैं।

मोहन ने उन्हें हॉस्टल तक छोड़ने का प्रस्ताव रखा। उसकी बड़ी-सी लांसर गाड़ी में बड़े आराम से हॉस्टल पहुँच गयीं मल्लिका और मोना।

"डिनर कराकर ऋणी कर दिया आप लोगों ने मुझे, अब मेरा निमन्त्रण रहा, अगले शुक्रवार को डिनर के लिए। मैं खुद यहाँ आकर ले जाऊँगा आप लोगों को, जरूर चलना होगा।" मल्लिका की ओर ताकते हुए कह रहा था मोहन। मल्लिका ने कोई जवाब नहीं दिया।

"चलिएगा ना?" पुनः उसकी ओर देखकर कहा मोहन ने।

"अरे मल्लिका, इतनी शर्म कैसी! हाँ कह दे ना।" मोना ने अपनी कोहनी से टुनकाया मल्लिका को।

कुछ मुस्कुराती हुई सिर उठाकर मोहन की नजर से नजर मिलायी मल्लिका ने और सिर हिलाया हामी भरने की मुद्रा में।

"थैंक्यू!" कृतार्थ होने का भाव उभर आया था मोहन के चेहरे पर। "शुक्रवार शाम के सात बजे, गुड नाइट।" मल्लिका को इतना कह मुड़कर चला गया मोहन।

देर रात तक नींद नहीं आयी मल्लिका को। मोहन का चेहरा और शाम की घटनाएँ एक-एक करके घूम रहे थे उसके मन में। सुन्दर, सुडौल है मोहन। कितना सौहार्दपूर्ण भी है, सम्मानजनक व्यवहार! और उसकी निगाहें! जितनी भी बार उसकी ओर देखा है, उसकी सम्मोहक दृष्टि से शरमा गयी थी मल्लिका।

"प्रिटी प्रिंसेस!" अँधेरे में हॉस्टल की छत की ओर ताकते हुए फुस-फुसाकर कहा मल्लिका ने और सहसा लजाकर मुस्कुरा उठी। शुक्रवार आने में तो अभी पूरा हफ्ता पड़ा है! ओह!

शुक्रवार की शाम ठीक सात बजे हॉस्टल के सामने लैंसर गाड़ी से टिके खड़ा था मोहन—गेट के पास पहुँचने के काफी पहले से मल्लिका की ढूँढ़ती नजर ने उसे पहचान लिया और वह उल्लसित हो उठी।

"गुड ईवनिंग" मोना और मल्लिका के प्रति सम्बोधन था मोहन का।

"यू लुक अमेज़िंग इन साड़ी" मल्लिका को बड़ी संजीदगी से कहा मोहन ने। शरमाकर सिमट गयी मल्लिका। ज़रा-सा 'थैंक्यू' तक नहीं बोल पायी। खुद ड्राइविंग सीट पर बैठने के बाद बगलवाला दरवाजा खोलकर पकड़े रहा मोहन। मल्लिका को धकियाते हुए उस दरवाजे की ओर करके खुद पिछली सीट का दरवाजा खोलकर बैठ गयी मोना। कार में एक अनजान पर पुलक भरी भीनी-भीनी परफ्यूम की महक फैली हुई थी।

जिस तरह का सम्मान, स्नेह और अपनापन दिखाया था मोहन ने उन दोनों के

प्रति, उससे अभिभूत हो उठी थी मल्लिका, खासकर मोहन की जो मुग्ध दृष्टि थी उसके लिए—मल्लिका के लिए असाध्य था उसका आकलन कर पाना। बार-बार उसे बाध्य करके खिलाया था मोहन ने और उसकी पसन्द-नापसन्द भी पूछता जा रहा था।

उस जैसी कम उम्र की सामान्य-सी लड़की के प्रति कितना लगाव है मोहन में! और उसकी निगाह! कितनी स्निग्ध, कितनी मुग्ध! कितना स्नेहपूर्ण! पुनः बाध्य किया अगले शुक्रवार के लिए उन दोनों को—उसे और मोना को।

एक सप्ताह बड़ी मुश्किल से कटा मल्लिका का, न जाने क्यों बड़ी अधीर होती जा रही थी वह! दिन और रात बढ़ते ही चले जा रहे थे और उसे लगता था कि बीत ही नहीं रहे हैं। शुक्रवार को सुबह से ही उतावली थी मल्लिका।

''आज तो मोहन ने डिनर के लिए बुलाया है ना, मोना दीदी?'' मल्लिका का बेसब्र सवाल था।

''हाँ, बुलाया तो है, पर मेरी तबीयत कुछ ठीक नहीं है। पेट में मरोड़ है कल से, और सुबह से तीन बार जा चुकी हूँ।'' उदास निस्पृह स्वर में जवाब दिया मोना ने। मल्लिका के उत्साह, उद्वेग में मानो भाटा पड़ गया।

''मोहन ने फोन किया तो मना कर दूँगी, सोचती हूँ।'' मल्लिका की ओर देखते हुए मोना ने कहा।

मल्लिका का मुँह सूख गया।

''क्यों, क्या सोचती है—क्या तू अकेली जा सकती है?''

मल्लिका चुप रही।

''ऐसा कर, तू ही चली जा आज, मेरे हिस्से का भी खा लेना।'' कुछ मुस्कुराते हुए कहा मोना ने।

खुश हो गयी मल्लिका। हालाँकि किसी अनजान सम्भावना को लेकर शाम तक कई बार अस्थिर हो उठती थी वह।

मोहन की बगलवाली सीट पर बैठकर जाते समय मोहन ने मोना के नहीं आ पाने के कारण दुःख प्रकट किया। इस समय वे बहुत सहज रूप से बातचीत कर रहे थे और मल्लिका की झिझक भी टूटने लगी थी। काश, उन दोनों के खाने का समय और खाने के बाद कुछ दूर तक ड्राइव का समय कभी खत्म न होता—मल्लिका सोच रही थी। उसके छोटे-से जीवन की ये ही श्रेष्ठतम घड़ियाँ हैं, इस बारे में कोई दुविधा नहीं थी उसे।

हॉस्टल करीब हो आने पर अपनी बायीं हथेली में मल्लिका की दायीं हथेली पकड़ ली मोहन ने।

''बुरा मत मानना। तुम्हारा हाथ पकड़ने की इच्छा किसी भी तरह दबा नहीं

सका।'' मोहन ने विनीत स्वर में कहा।

मल्लिका चुप रही—उसके बदन में फैल गया शत-सहस्र रोमांच!

''तुम जैसी शान्त, छुईमुई, मृदुभाषी लड़की से मैं आज तक नहीं मिला, भले ही सारी दुनिया घूम चुका हूँ!'' इस बार मुँह घुमाकर मल्लिका को देखा मोहन ने। ''तुम किसी भी आदमी को पागल कर दोगी।'' संजीदा होते हुए कहा उसने।

मल्लिका को लगा यह उसकी उपलब्धि का सर्वोत्तम वाक्य है!

''लो, तुम्हारा हॉस्टल आ गया। अब तुम चली जाओगी अपनी सहेलियों के बीच। ईश्वर मेरी मदद करें।'' एक लम्बी साँस ली मोहन ने और दोनों हथेलियाँ अपने चेहरे पर फेर लीं।

स्नेह और प्रेम भरी निगाह से मोहन को सराबोर करके उतरकर चली गयी मल्लिका। वह चल नहीं रही थी, चाहत भरी नर्म हवा मानो उसे बहाये लिये जा रही थी, आगे की ओर।

अगले दिन शाम को छह बजे हॉस्टल के दरबान के बार-बार उसका नाम लेकर पुकारने पर उसे आश्चर्य हुआ। कौन आया होगा? आज तो नहीं आना था किसी को। अगले ही क्षण पुलकित हो उठी वह। वह जिसके बारे में सोच रही थी, क्या वही होगा! जल्दी-जल्दी दुपट्टा डालकर लगभग दौड़ती हुई-सी गेट पर जा पहुँची मल्लिका और वहाँ मोहन की उत्सुक आँखों से उसकी आँखें जा टकरायीं।

''थोड़ा-सा समय दे सकती हो? सिर्फ आधा घंटा''—मोहन का स्वर कातर सुनाई दे रहा था।

''चलिए'' धीरे से कहा मल्लिका ने।

''नक्षत्र'' ज्वेलर्स के सामने रुक गये वे लोग। हीरे के एक जोड़ी अति सुन्दर कनफूल बढ़ा रहे थे मोहन मल्लिका के हाथ में। मल्लिका को तो अपनी आँखों पर विश्वास ही नहीं हो रहा था।

''प्लीज, इसे लेकर मुझे अनुगृहीत करो।'' नम्रतापूर्वक अनुरोध किया मोहन ने।

''पर ये तो...'' अभी तक आँखें चौंधियायी हुई थीं मल्लिका की।

''ये तो कुछ भी नहीं। प्लीज़, देखो, दुकानदार किस तरह ताक रहा है हमारी ओर, चलो।'' गम्भीर होते हुए आगे बढ़कर कैश काउंटर पर पैसे देने लगा मोहन।

''मैं देखना चाहता हूँ तुम्हारे कानों में कितने फबते हैं ये। काश, मैं पहना पाता—''

जवाब में शरमाकर मुस्कुरा उठी मल्लिका।

''मैं पहनाऊँगा तुम्हें और जी भरकर देखूँगा।'' थोड़ी जिद की मोहन ने और

मल्लिका की हथेली भींचकर पकड़ ली। उसके बाये कन्धे पर अपना सिर धीरे से टिका दिया मल्लिका ने। खुशी और आस्था से आँखें मूँदे रही वह कुछ क्षण। कार चली जा रही थी। थोड़ी ही देर बाद जाकर रुक गयी एक खूबसूरत बँगले के आगे।

"कुछ देर जरा एकान्त में समय बिताएँगे—" मोहन का स्वर टूटा-टूटा-सा सुनाई दे रहा था।

कुछ भी मना कर पाना सम्भव नहीं था मल्लिका के लिए। मोहन को चाहने लगी है, यह जान चुकी थी वह।

हॉस्टल के गेट तक पहुँचने में काफी देर हो चुकी है, यह बात सहसा याद आयी मल्लिका को।

"घबराओ मत, कुछ टिप्स दे देंगे दरबान को।" इतना कहते हुए सौ का नोट निकालकर दरबान की ओर बढ़ा दिया मोहन ने।

"सुनो मल्लिका!" मुड़कर देखा मल्लिका ने।

"तुम बहुत सुन्दर हो।" मोहन की आवाज भारी-भारी सुनाई दे रही थी। जवाब में मुस्कुरा उठी मल्लिका, मोहन का हाथ छुआ और बोली, "आना।"

"बिना आये गुजारा कहाँ?" पहले जैसी आवाज में कहा मोहन ने।

"अरे, मल्लिका, बैठ-बैठ। काफी दिनों से तुझसे मुलाकात ही नहीं हुई।" मोना को बेहद आश्चर्य हुआ रात साढ़े दस बजे मल्लिका को अपने रूम में देखकर। "मैंने तो कई बार तुझे ढूँढ़ा है शाम को, पर तू मिली ही नहीं। तू भी तो इस मोना दीदी को भूल गयी।" मोना ने अभिमान भरे स्वर में कहा यह सब।

"ऐसी बात नहीं है मोना दीदी...दो महीने हो गये हैं—मोहन से मेरी पिछली मुलाकात को—" मल्लिका रुक-रुककर बोली, मानो वह कुछ कहना चाहती थी, पर समझ नहीं पा रही थी।

"हाँ, क्या हुआ? मोहन से तेरी अच्छी दोस्ती हो गयी है, सुना था। कैसा है वह?" मोना ने पूछा।

"मोना दीदी, एक महीने से उनकी कोई खबर नहीं है। जो मोबाइल नम्बर उसने मुझे दिया था, वह सर्विस में नहीं है, ऐसा बार-बार फोन कहता है।" मल्लिका मायूस हो उठी थी।

"इतनी-सी बात है—बिजनेसमैन है—बिजी आदमी है, तरह-तरह के काम होते हैं और फिर फैमिली भी तो देखनी पड़ती है। गया होगा कहीं। लौटकर तुझसे कॉन्टेक्ट जरूर करेगा।" मोना ने आश्वासन भरे स्वर में कहा।

''फैमिली?'' मल्लिका के स्वर में सौ सवाल थे।

''हाँ, चार साल पहले शादी हुई थी उसकी। बेटा दो साल का हो गया है। काम से या फैमिली लेकर कहीं गया होगा। इसीलिए तुझे फोन नहीं कर पाया।''

''मोहन विवाहित है...! मैं तो, मैं तो नहीं जानती थी''—रुक-रुककर कहा मल्लिका ने—बोल नहीं फूट रहे थे उसके मुँह से।

''क्या कहा, नहीं जानती थी? या तूने पूछा ही नहीं?'' मोना ने जोर देकर कहा।

''नहीं,'' इस बार रुआँसा-रुआँसा-सा सुनाई पड़ा मल्लिका का स्वर। ''मोना दी, मैं क्या करूँ?'' दो धार आँसू बह चले मल्लिका की दोनों आँखों से। प्रश्नभरी दृष्टि से मोना ने देखा मल्लिका की ओर।

''मैं शायद, शायद—प्रेग्नेंट हूँ।'' बड़ी मुश्किल से इतना निकला मल्लिका के मुँह से और दूसरे ही क्षण दुपट्टा से मुँह ढककर फूट-फूटकर रोने लगी वह।

''अरे, अरे, चुप हो जा, रोती क्यों है—कोई सुनेगा तो क्या सोचेगा? घबरा मत। कल शाम को क्लास के बाद मैं तुझे अरूप शाह की क्लिनिक में ले चलूँगी। किसी को पता तक नहीं चलेगा। थोड़ी भी तकलीफ नहीं होगी, सिर्फ चींटी काटने की तरह—बस। एक दिन बेडरेस्ट—कल किसी से कुछ कहना मत।'' मोना समझा रही थी।

''मोना दीदी, यदि कोई जान गया!'' मल्लिका को जितना आश्चर्य हो रहा था, उतना ही डर लग रहा था।

''पगली है क्या? कोई कैसे जानेगा? और फिर यह तो कानूनी प्रॉवीज़न है। ऐसी फैसिलिटी आखिर दी ही क्यों गयी है?''

''पर क्या सोचेंगे सभी, यदि जान गये—'' मल्लिका के स्वर में डर और झिझक दोनों थे।

''किस-किस के नाम बताऊँ—कौन नहीं गया होगा उस क्लिनिक में जो जानेगा! यह कौन-सी बड़ी बात है—चल जा, जाकर चुपचाप सो जा। सब सँभाल लूँगी मैं—मेरी प्यारी बहना है ना, घबराना मत।'' मोना ने जम्हाई ली और शान्त मन से उसके पास से चली आयी मल्लिका।

लाइब्रेरी में सिर के पीछे एक हल्का-सा स्पर्श पाकर मुँह उठाया, ''मोना दीदी...'' खुशी से भरा हुआ था मल्लिका का स्वर।

''इतने ध्यान से क्या पढ़ रही है? चल, कॉफी पीते हैं।'' मोना एक तरह से जबर्दस्ती खींच ले गयी मल्लिका को।

''कब तक इस तरह मुँह सुखाये, मुँह छुपाये रहेगी?''

''नहीं मोना दीदी, थोड़ा पढ़ रही थी, परीक्षा जो है सिर पर!'' मल्लिका ने शान्त स्वर में जवाब दिया।

''पढ़ेंगे तो जरूर हम। पर इसका मतलब यह कतई नहीं कि हम जीवन का उपभोग ही करना छोड़ दें? एक ही तो जीवन है, एक ही जन्म तो मिला है।'' मोना कुछ देर चुप रही। ''इतनी सुन्दर लड़की है तू—अगर तुझे छोड़कर मोहन किसी और के पास चला गया—तू क्या कुछ कम है? तुझे कौन-सा अभाव है मर्दों का?'' मोना के स्वर से स्नेह और अपनापन फूट पड़ा था। मल्लिका चुपचाप बैठी कॉफी पी रही थी।

''इस तरह मन मारकर मत बैठ—चल आज शॉपिंग करने चलते हैं पैंटलून में। फेमिना में निकला है कि अच्छे-अच्छे डिज़ाइन के सलवार-कमीज आये हैं।'' मोना और मल्लिका ऑटोरिक्शा में बैठकर पैंटलून की ओर चल पड़ीं। दुकान में मोना ने अपने लिए लगभग दस जोड़े सलवार-कमीज छाँटे।

कैश काउंटर के पास मोना की मुलाकात अपने मित्र प्रीतम कपूर से हो गयी और उसने जबरन अपने क्रेडिट कार्ड से उन दोनों का पेमेंट कर दिया। मोना के बार-बार मना करने पर उसने अभिमान करते हुए कहा शायद मोना उसे अपना दोस्त नहीं समझती। उन दोनों को अनामिका होटल में डिनर के लिए भी निमन्त्रण दिया। मल्लिका और मोना उसका अनुरोध ठुकरा नहीं पायीं।

हॉस्टल में ड्रेस बदलकर सोने जाते समय मल्लिका को सहसा बेहद हल्केपन का अहसास हुआ। वह समझ गयी कि ये उपहार और होटल के स्वादिष्ट डिनर इस बीच वह मिस कर रही थी। मन ही मन इन सबको याद कर रही थी वह। मल्लिका खुश हुई। बुरा नहीं है यह प्रीतम कपूर। काफी धनी लगता है। देखने में भले ही मोहन जैसा सुदर्शन नहीं है, पर अधिक उम्र का भी नहीं लगता। अन्दाजन बयालीस-तैंतालीस का होगा—सिर्फ सिर का पिछला हिस्सा कुछ गंजा है। कल डिनर के लिए फिर गाड़ी भेजने को कह गया है। मल्लिका कुछ मुस्कुरायी और जल्दी ही उसे नींद आ गयी।

अगले दिन शाम को मोना दीदी अपने कमरे में नहीं मिली मल्लिका को। करीब पन्द्रह मिनट तक प्रतीक्षा करने के बाद इन्तजार कर रही गाड़ी में जाकर बैठ गयी। वह जानती थी कि वास्तव में प्रीतम कपूर उसी का इन्तजार कर रहा होगा। पिछली शाम उसकी नजरों और हावभाव से इतना तो साफ झलक ही रहा था। मन ही मन मुस्कुरायी मल्लिका और सड़क के ट्राफिक की ओर देखने लगी।

"मोना दीदी, क्या कर रही हैं? आपसे कुछ हेल्प चाहिए।" मल्लिका जल्दी-जल्दी बोल गयी। उसने काफी कीमती सलवार और कमीज पहन रखी थी और मृदु विदेशी इत्र की सुगन्ध फैली हुई थी उसके चारों ओर।

"वाह, कितनी सुन्दर लग रही हो मल्लिका! इस मोना दीदी को भूल गयी। डेढ़ महीने हो गये, मैंने गिन रखा है—तू एक बार भी नहीं आयी मेरे रूम में।" मोना के स्वर में अभिमान भरा हुआ था।

"ऐसा मत कहो मोना दीदी। क्या आपको भूलना सम्भव है—यह सब आप ही की बदौलत तो है।" अप्सरा-सी मुस्कान बिखेरते हुए आँख मारी मल्लिका ने मोना की ओर देखकर।

"दीदी, प्लीज़ ज़रा मेरा मोबाइल रख लीजिए। जो भी कॉल आए—कह दीजिएगा मैं बहन के घर गयी हूँ—कल सुबह उनसे कॉन्टेक्ट कर लूँगी। प्लीज़ इतना कर दीजिए मेरे लिए।" मल्लिका ने अनुनय किया और अपना मोबाइल थमा दिया मोना के हाथ में।

"अरे, मैंने आज तक कुछ भी मना किया है, इतना प्लीज़, प्लीज़ क्या लगा रखी है?"

जवाब में फिर से मुस्कुराते हुए शरारती मुद्रा में मोना के कमरे से निकलकर हॉस्टल की सीढ़ियाँ कूदते हुए उतर गयी मल्लिका।

हॉस्टल के गेट पर पहुँचने तक आठ बजकर दस मिनट हो चुके थे उसकी घड़ी में। टाइटन की यह नये मॉडल की घड़ी है, इसी आदमी ने, क्या तो नाम बताया था उसने अपना—सहसा याद नहीं आया मल्लिका को, खरीद दी थी कल। इसीलिए आज जानबूझकर पहन रखी है मल्लिका ने। क्या तो गुप्ता था उसका नाम—उसका विजिटिंग कार्ड शायद उसके साँप की चमड़ीवाले दूसरे हैंडबैग में रह गया। आज वह मगरमच्छ के चमड़ेवाला पर्स लेकर आयी है—बहुत सुन्दर है यह पर्स भी। अपने पर्स को प्रशंसाभरी नजर से देखा मल्लिका ने। किन्तु आठ पन्द्रह हो चुके थे, अभी तक गाड़ी नहीं आयी? इस आदमी को समय का ज्ञान नहीं है—आठ बजे बोला था, आठ पन्द्रह हो चुके हैं—अधीर हो उठी मल्लिका। चारों ओर निगाह दौड़ायी। गेट की बायीं ओर एक कतार में झुंड के झुंड बेला के पौधे थे। अधखिली कलियाँ अँधेरे पौधों पर सफेद बूँद की तरह दिख रही हैं। अन्यमनस्क-सी एक कली तोड़ लायी मल्लिका और नाखून से अधखिली पंखुड़ियों को कुरेद-कुरेदकर खोलने लगी।

हाउ रबिस्—आठ बीस हो गये—अब भी यदि गाड़ी आयी, तो मार्केट बन्द हो चुका होगा। कुछ खरीद नहीं पाएगी मल्लिका। खीझ उठी थी वह! लौटा दे क्या आज गाड़ी? कल तक बेचैन कर दे उस आदमी को? दूसरे ही क्षण खुद को

सँभाला मल्लिका ने। व्यवसायी है, पैसा है। यदि आज वह न गयी, कोई और मिल जाएगी उसे। कल यदि न ढूँढ़ा उसे?

चलो, आज छोड़ो मार्केटिंग। सीधे डिनर के लिए चले जाएँगे बल्कि कैश रख लेगी उससे लेकर। बाद में सुविधा देखकर खरीदारी कर लेगी। कैश लेना पसन्द नहीं मल्लिका को—किन्तु ऐसी स्थिति में अब क्या किया जाए?

अन्यमनस्क रूप से जबरन खिलीं बेला की पंखुड़ियाँ एक-एक करके तोड़ती जा रही थी मल्लिका; नीचे फेंकती जा रही थी और रास्ते को गौर से तकती चली जा रही थी।

अन्तिम पंखुड़ी नीचे फेंक ही रही थी कि एक बड़ी-सी गाड़ी ने हॉस्टल के सामने आकर ब्रेक लगाया। शायद यह मेरे ही लिए है। गाड़ी के ड्राइवर ने एक पर्ची निकालकर दरबान को दी। दरबान ने मल्लिका की ओर देखकर गाड़ी की ओर हाथ दिखाया। मल्लिका ने पंखुड़ीहीन हरा डंठल अँधेरे में गिरा दिया। पर्स से निकालकर दरबान की ओर सौ का नोट बढ़ाया और ड्राइवर द्वारा खुली रखी कार की पिछली सीट पर बैठ गयी।

दूर के पहाड़

पहली बार उन्हें देखकर मैं चकित रह गयी। वे गुजराती हैं, यह मैं पहले से जानती थी। लेकिन वे इतनी व्यक्तित्व-सम्पन्न, सुन्दर और सुशील होंगी, ऐसी धारणा मेरी नहीं थी! मैं अपनी एक्जेक्यूटिव डायरेक्टर के बारे में कह रही हूँ—मिस अंजना ठक्कर।

हमारी कम्पनी का वार्षिक सम्मेलन दो दिन पहले मुम्बई में हुआ था। मैं जिस शाखा में थी, उसके रीज़नल डायरेक्टर के छुट्टी चले जाने के कारण मुझे उनका प्रतिनिधित्व करना था। पहले मुझे कुछ संकोच हो रहा था—वहाँ पहुँचने तक। किन्तु ईडी से परिचय होने के बाद मैं समझ गयी कि मेरा यहाँ आना सार्थक हुआ। क्योंकि व्यक्तिगत रूप से एक सौम्य महिला से मेरी मुलाकात हुई और काम के सिलसिले में ईडी से मेरा प्रथम परिचय हुआ तथा इतने बड़े सम्मेलन में शामिल होकर मुझे अपना वक्तव्य देने का अवसर मिला।

ईडी ने न जाने क्यों मुझे अपने पास बुलाया और खास मुझसे मेरा विस्तृत परिचय, परिवार और दफ्तर की समस्याओं के बारे में पूछा। बहुत अच्छा लगा। खुद को दूसरों की तुलना में कुछ प्रिविलेज्ड-सा लगा। फिर अलगे ही क्षण सोचा कि इतने बड़े सम्मेलन में हम दो ही महिला थीं—वे और मैं। मेरे साथ कुछ अधिक बातें करना स्वाभाविक था। हालाँकि उम्र में वे मुझसे लगभग पचीस साल बड़ी होंगी—उनके व्यक्तिगत जीवन-वृत्त की फाइल से मैं जानती थी कि इस वक्त उनकी आयु है उनसठ साल!

लेकिन मुझे हैरत हो रही थी! इस उम्र में भी वे कितनी कार्य-दक्ष हैं! तरोताजा और सुन्दर लग रही हैं; आभिजात्य की छाप साफ-साफ झलक रही थी। महरून रंग की टसर की साड़ी पहन रखी थी उन्होंने, जिसका ब्लाउज और बॉर्डर क्रीम रंग का था। माथे पर महरून रंग की एक बड़ी-सी बिन्दी और कुछ-कुछ सफेद हो चले अपने बालों से सिर के पीछे एक सुन्दर और सरल जूड़ा!

रात को डिनर पर भी उसी तरह की रुचिपूर्ण सज्जा थी उनकी। उनकी उम्र के, किन्तु कम्पनी में उनकी पॉजीशन तक न पहुँच पाये कुछ लोग उनका साथ नहीं

छोड़ रहे थे। वे सहज रूप से मुस्कराते हुए बातें कर रही थीं, सबसे। मानो इस तरह का सम्मान उन्हें सहज और आसान रूप से सुलभ है! उसमें कोई अधिक दिखावटीपन नहीं है, झिझक होने की बात नहीं है, और ना ही कोई अधिक खुशी होने की।

''खाने में तुम्हें क्या-क्या अच्छा लगता है? अधिकतर ओड़िया तो मांसाहारी हैं, मैं जानती हूँ।'' मुझे अपनी सस्नेह दृष्टि से सराबोर कर दिया उन्होंने।

''आप ठीक कह रही हैं। मुझे भात, मछली आदि अच्छा लगता है। पर आप तो शाकाहारी होंगी।'' मैंने विनम्रतापूर्वक कहा।

''हाँ, पर मेरे पास कोई खाये तो मुझे कोई दिक्कत नहीं होती। अरे! तुमने ये क्या ले रखा है? एक गिलास रेडवाइन लो!'' उन्होंने अपने हाथ में लिया हुआ रेडवाइन भरा गिलास ऊपर करके दिखाया।

''मैंने फ्रेश लाइम सोडा लिया है मैडम, यह मुझे अच्छा लग रहा है।'' मैंने जवाब दिया।

''फिर भी तुम वाइन ले सकती हो। कोई जल्दी नहीं है। ये लोग तो अभी और एक घंटे तक पीएँगे। और मैं तो हूँ ही—तुम्हें कोई परेशानी नहीं होगी।'' वे सोच रही थीं शायद कि इस पार्टी में पुरुषों के बीच मुझे अटपटा लग रहा होगा।

''थैंक्यू मैडम। मैं कंफरटेबल हूँ।'' उन्होंने मेरी पीठ पर एक थपकी दी दाहिने हाथ से और हॉल में अपने हमउम्र सहकर्मियों के बीच रखी अपनी खाली कुर्सी की ओर बढ़ गयीं।

पार्टी देर रात तक चली। लोगों में पीने की होड़ लगी हुई थी। किसी-किसी ने हद लाँघनी शुरू कर दी थी। किसी-किसी ने—चलो, गाना गाते हैं, का प्रस्ताव रखा और प्रस्ताव रखते ही गाना शुरू हो गया। एक दूसरे टेबल पर चार-पाँच लोगों ने तर्क-वितर्क शुरू कर दिया था—तुम नहीं जानते, मैं जो कह रहा हूँ बिलकुल सच है।

मैं कुछ ऊबने लगी थी, थकान भी लग रही थी—दिन भर सम्मेलन में बैठना और उसके बाद यहाँ इतनी देर तक नाहक बतियाना। मैडम की ओर देखा। देखा कि वे अधिक चैतन्य लग रही हैं और दूसरों की ओर देख-देखकर उस सारी अनुशासनहीनता का उपभोग कर रही थीं। उनकी आँखों में भी इस मजलिस का रंग झलक रहा था। शायद रेडवाइन सवार हो चुकी थी मैडम पर। वरना क्या वे इन लोगों से कुछ कहतीं नहीं और इतना समय यहाँ इस तरह बितातीं, वह भी दिन भर की लम्बी बैठक के बाद; मैं सोच रही थी।

लगता है मेरी सोच उन तक पहुँच गयी, वे सहसा अपनी जगह से उठकर मेरे पास आ गयीं, मैं सम्मान देने के लिए खड़ी हो गयी।

''सृजनी, तुम सूप लोगी?''

''जी मैडम, यदि आप लेंगी?''

''चलो आओ।''

हम खाने के काउंटर पर गये और सूप लेने लगे।

''जानती हो सृजनी, साल में एक बार इस एक शाम को मैं इन्हें फ्री छोड़ देती हूँ। जब तक चाहें, जो कुछ चाहें करें। तुम देखो; ये सभी भद्र पुरुष हैं। ये अपनी सीमा से बाहर कोई काम नहीं करेंगे, मैं जानती हूँ। सिर्फ अनाप-शनाप गाएँगे और शोर मचाएँगे।'' उन्होंने सूप पीते हुए कहा।

मैं चुप रही।

''भारत के लगभग सभी जगह से आये हैं। इस सम्मेलन में एक-दूसरे से मुलाकात हो जाती है, इसलिए बातचीत खूब जमती है। इनमें मेरे भी ढेरों दोस्त हैं—साथ ज्वाइन किया था हम सबने—प्रोमोशन—पोस्टिंग पाकर कोई कहीं चला गया तो कोई कहीं। काफी पी लेने के बाद अभी एक बोल रहा था कि मैंने सारे प्रोमोशन हथिया लिये, उनकी मेहनत बेकार गयी। कहो तो सृजनी! भला ऐसा कभी होता है?''

''मैडम, आपकी कार्य-क्षमता और परिश्रम ने जरूर आपकी मदद की होगी।'' मैंने जवाब दिया। मुझे विश्वास हो गया कि रेडवाइन सचमुच मैडम पर चढ़ चुकी है—वरना मुझ जैसी जूनियर से क्यों करतीं ऐसी बातें!

''नहीं, नहीं, यह तो तकदीर है।'' अपने माथे पर बायें हाथ की तर्जनी छुआते हुए कहा उन्होंने। ''चलो अब हम खाने की प्लेट उठाते हैं। हमें देखकर दूसरे भी साथ देने को बाध्य होंगे। बारह बज चुके हैं—मजलिस तो तोड़नी होगी। कल फोरनून सेसन में फिर प्रेजेंटेशन है।'' यह कहते हुए उन्होंने सूप का कप नीचे रख दिया और एक प्लेट उठायी। उनके पीछे-पीछे मैंने भी। सचमुच धीरे-धीरे एक-एक करके सभी खाने के काउंटर पर आ गये। हालाँकि उनमें से कोई-कोई अतृप्त, असन्तुष्ट लग रहा था—और दो पैग पी होती या और दो घंटे बैठे होते।

''मैडम, चलिए एक दौर अन्त्याक्षरी हो जाए। अधिक नहीं, एकाध घंटा—इसके बाद भला कहाँ होगी इस तरह इतनी देर की मेल-मुलाकात।'' खाने के बाद हॉल से निकलते समय चेन्नई शाखा के डायरेक्टर ने शायद यह बात कही।

''तुम लोग अन्त्याक्षरी खेलो। मैं कुछ थक गयी हूँ। आराम करूँगी।'' कुछ मुस्कुराते हुए कहा मैडम ने, हालाँकि उनके स्वर में उत्साह भरा हुआ था।

अगले दिन सुबह बैठक थी। चायपान के समय मैडम ने पूछा मुझसे—''क्या कल अन्त्याक्षरी में तुमने भी भाग लिया? कितनी देर बैठी?'' उनकी आवाज में शिशु-सुलभ कुतूहल था।

"नहीं मैडम, मैं भी तुरन्त जाकर सो गयी। थकान हो रही थी।"

"अरे, इस उम्र में थकान कैसी! तुम्हारी उम्र की थी तब ट्रेनिंग या सम्मेलन के दिनों में तो मैं पूरी-पूरी रात अन्त्याक्षरी, ताश खेला करती थी।"

तभी मुझे याद आया कि मैडम तो अविवाहित हैं। पैंतीस साल की विवाहित महिला आमतौर पर पति साथ न होने पर पूरी तरह नशे में धुत मर्दों के साथ बैठकर आधी रात को अन्त्याक्षरी खेलने का साहस सहज ही नहीं कर सकती, मैडम यह बात नहीं समझ पायी थीं। इस तरह की स्पर्धा या दुराशा का उन्मेष ही नहीं होता हममें। एक तरह का संकोच दबोचे रहता है हमें। कोई अँगुली उठानेवाला न होने पर भी अपने ही अन्दर से यह निषेधादेश फूट पड़ता है हम लोगों के लिए।

सुबह का सत्र एक बजे तक खत्म हो गया। वर्किंग लंच लगभग पौने दो बजे तक शेष। मुम्बई-दिल्ली फ्लाइट शाम सात बजे थी। इतना समय कैसे कटेगा सोच रही थी।

"शॉपिंग के लिए चलोगी? चलो जरा चलकर साड़ी-वाड़ी देख आएँ। लगेज भी साथ ले चलते हैं—ठीक है ना?" मैडम पूछ रही थीं। मेरे मना करने का कोई कारण या इच्छा नहीं थी।

हमारे कला-निकेतन पहुँचने तक ढाई बज चुके थे। हमने कुछ साड़ियाँ निकलवाकर देखीं। दोपहर के समय मुझे शायद ही कभी ऐसा अवसर मिला है जब फुर्सत से कपड़े की दुकान में बैठकर कपड़े देखे हों। सम्भवत: मैडम के लिए भी ऐसा ही हो। बल्कि उन पर तो समय का दबाव और अधिक होता होगा। हालाँकि उनका कुतूहल और आग्रह मुझे खूब अच्छा लगा। मैं उन्हें तरह-तरह की साड़ियाँ छाँट-छाँटकर दिखाने लगी। मेरी पसन्द की लगभग तीन साड़ियाँ उन्होंने छाँट लीं और जब मैं अपने ऊपर एक साड़ी डालकर देखने लगी तो उन्होंने जोर देकर मुझे वह साड़ी खरीदने को कहा।

"मैडम, कीमत कुछ ज्यादा लग रही है। दिल्ली में मुझे इससे कम में मिल जाएगी।" उस समय साड़ी खरीदने में पैसे खर्च करने की मेरी इच्छा नहीं थी।

"ठीक है। मैं चेष्टा करती हूँ कुछ डिस्काउंट के लिए। इतना कहते-कहते वे सचमुच सेल्समैन से अनुरोध करने लगीं। न जाने क्यों सेल्समैन उनकी बात मान गया और उसने साड़ी का दाम सौ रुपये कम कर दिया। अब मुझे कोई आपत्ति नहीं थी। वाकई वह साड़ी पसन्द योग्य थी। लेकिन मैडम अकेली होने के कारण जब जो चाहती हैं खरीद लेती हैं—मैं सोच रही थी।

"चलो, कुछ नयी चीजें खरीदी गयी हैं, पहनने से अच्छा लगेगा।" किसी कम उम्र की किशोरी की खुशी उनके चेहरे पर साफ-साफ झलक रही थी।

"जुहू बीच यहाँ से ज्यादा दूर नहीं है। हमें तो एयरपोर्ट साढ़े छह तक पहुँचना

है। 'बीच' का चक्कर लगाते हुए चलें। क्या विचार है सृजनी?'' मैडम का उत्साह धीरे-धीरे मेरे अन्दर संचरित होने लगा था। मैं उन्हें गौर से देखने लगी और उनके प्रति कुतूहल दिखाने लगी। अपने बेटे मुकुल और उसके पापा का ध्यान कुछ देर के लिए मन से दूर करने की कोशिश की।

''मुम्बई आकर पाव-भाजी खाये बिना लौट जाना सरासर गलत है। चलो, एक प्लेट लेते हैं और आधा-आधा खाते हैं।''

उनकी इस बात ने मुझे सचमुच आश्चर्य में डाल दिया। फाइव स्टार होटल में टिकी थीं मैडम। चाहतीं तो भेलपुरी का ऑर्डर देकर खा सकती थीं! ''बड़ा अस्वास्थ्यकर है ना! यही सोच रही हो ना! चलो, दो-दो चम्मच खा लेते हैं और फिर मिनरल वाटर तो है ही।''

''अपने बेटे मुकुल को मैं हमेशा बाहर की चीजें खाने से रोकती हूँ।'' एक चम्मच भेलपुरी मुँह तक पहुँची ही थी कि मुँह से बाहर निकल आयी।

''ठीक है, बेटे की बात अलग है, वह तो अभी बच्चा है, है ना?'' मैडम ने कहा।

मैं हँस पड़ी।

एयरपोर्ट पहुँचने पर पता चला कि प्लेन दो घंटे लेट है। सात बजे की फ्लाइट थी—अब नौ बज जाएँगे। क्यों देर से है यह सोचने का धैर्य नहीं था मुझमें। अब तक मैं बहुत थक चुकी थी। यह भी चिन्ता होने लगी कि यदि मुकुल के पापा नहीं जान पाएँगे कि फ्लाइट लेट है, तो दिल्ली एयरपोर्ट पर नौ बजे से इन्तजार करेंगे। यदि पता चल गया होगा तो रात ग्यारह बजे आने में परेशानी होगी। शायद नींद में सो रहे मुकुल को भी गाड़ी में लिटाकर लाये होंगे।

''लेट है। चलो, तुम्हारे साथ कुछ देर और बिताने का मौका मिल गया।'' मैडम बोल रही थीं।

मैंने उनकी ओर देखा। वे हँसमुख और पहले से अधिक तरोताजा दिख रही थीं। मैंने सोचा, दरअसल उनका तो कोई परिवार है नहीं—मुझ जैसी व्यस्तता कहाँ होगी? वे तो एक खाली मकान में लौटेंगी, जहाँ कोई नहीं होगा—इसलिए चाहे जितनी देर हो उन्हें कोई फर्क नहीं पड़ता।

किन्तु मैं अधीनस्थ कर्मचारी होने के कारण अपने चेहरे पर खुशी का भाव दिखाती रही।

''कॉफी लोगी?''

''मैं ले आती हूँ मैडम, आप बैठिए।'' मैं उठकर खड़ी हो गयी।

"अरे नहीं, चलो दोनों चलते हैं।"

लेकिन मैं उन्हें हैंड बैगेज का ध्यान रखने को कहकर दोनों हाथ में दो पेपर ग्लास में कॉफी ले आयी।

"तुम्हारे एक बेटा है ना? क्या याद आ रही है?"

"जी मैडम, मेरी राह देख रहा होगा। अपने पापा को परेशान कर रहा होगा।"

मैडम कुछ टिककर बैठ गयीं। दृष्टि पसर गयी उनकी कहीं दूर तक, शायद मन भी चला गया सुदूर अतीत में।

"जानती हो सृजनी! मैं खुद ही नहीं जानती—मैंने शादी क्यों नहीं की। यह भी नहीं जानती कि सही किया या गलत किया। पर यदि वास्तव में मनपसन्द आदमी या साथ-साथ चल सकनेवाला कोई आदमी न मिला तो जीना कितना दूभर हो जाता है। क्या एक ऐसे असह्य जीवन से बेहतर नहीं है अकेले रहना?"

"सच कहती हैं मैडम। ऐसी कोई निश्चितता नहीं है कि वैवाहिक जीवन सुखमय और शान्तिमय ही होगा।" मैंने कहा।

"मैं भी अकसर इस बारे में सोचती रहती हूँ। बहुत से देश घूम चुकी हूँ—तरह-तरह के अनुभव भी हुए हैं मुझे। पर न जाने क्यों इस अनुभव को अपनाने का साहस नहीं जुटा पायी। ऐसी बात नहीं है कि मेरे मित्र नहीं थे। बूँद भर शहद को चींटियाँ घेर लेने की तरह कभी मुझे भी घेरे रहते थे लोग। न जाने क्यों कोई फैसला नहीं कर पायी। किसे जीवन-साथी चुनूँ। कुछ दिनों तक माँ-पिताजी, भाई-बहन बाध्य करते रहे शादी करने के लिए। एक निश्चित समय के बाद उन्होंने भी बोलना बन्द कर दिया। बस, इसी तरह सोचती ही रह गयी।" हँस पड़ीं मैडम—उनके मोतियों जैसे दाँत चमक उठे।

हमारे यहाँ आम कहावत है—सुन्दर, बुद्धिमान लड़की बिन ब्याही नहीं रह सकती! तो फिर शादी की इतनी चिन्ता क्यों? उम्र होने पर माँ-बाप ढूँढ़ देंगे या फिर खुद चुन लिया, शादी कर ली। शादी होने तक कौन सोचता है इतनी बातें! उचित, अनुचित।

"मेरी माँ अभी भी मुझे छोटी बच्ची समझती है।" अपने हैंड बैग से एक छोटा-सा एलबम निकाला उन्होंने।

"दो महीने पहले गुजरात की एक संस्था ने मुझे उनके यज्ञ का उद्घाटन करने के लिए बुलाया था। मेरा कार्यक्रम था—उनकी विशाल दही-हाँड़ी को एक बड़ी मथनी से मक्खन निकालने के लिए मथने की प्रक्रिया शुरू करना। मेरी माँ ने जिद की—उस उत्सव में तू हमारी पारम्परिक घाघरा-चुन्नी पहनना। आठ हजार रुपये खर्च करके मैंने वह सब खरीदा, पहनकर मक्खन-पर्व का उद्घाटन किया। उसे पहनकर कुछ फोटो खिंचवायी हैं, देखोगी?"

"जरूर मैडम, दीजिए, दीजिए।" मैंने आग्रह से हाथ बढ़ा दिया।

शुरू के कुछ फोटो में यज्ञ-स्थल की औपचारिकता थी। मैडम ने मैजेंडा रंग का घाघरा और चुन्नी पहन रखी थी—सुनहरी जरी और सलमा-सितारों से चमक रही थी वह पोशाक—तसवीर में। लम्बी वेणी में लटकी हुई थी सफेद और गुलाबी फूलों की माला। लेकिन अगले पृष्ठों की तसवीरें देखकर मैं अवाक् रह गयी। उनकी वेणी फूलों के साथ आगे की ओर थी। चेहरे पर नववधू की साज-सज्जा बिंदिया, काजल, चन्दन और लिपस्टिक! सिर पर घूँघट और उसके भीतर से झाँकती मैडम की शर्मीली आँखें। आश्चर्य था, अभिभूत हुए बिना कोई और चारा नहीं था। ऐसी तसवीरें विभिन्न मुद्राओं में भी आठ-दस। चेहरे से उम्र की झाँइयाँ झलक रही थीं, बालों पर दूधिया छाया। किन्तु नजर मानो अठारह साल की किशोरी की हो।

"देखा! मैंने भी अपने मन के अरमान पूरे कर लिये। शादी हुई होती तो इससे अधिक क्या हुआ होता? इसी तरह ना सजती-सँवरती? मैंने इसी तरह के फोटो खिंचवा लिये। कम उम्र में भी मन करता था इसी तरह सज-धजकर फोटो खिंचवाऊँ। पर न जाने क्यों लाज आती थी। लेकिन अब जरा भी लाज नहीं आयी—इस उम्र में भला लाज कैसी?"

विवाह करना क्या सिर्फ इस तरह सजना-सँवरना ही है! कितना बचपना है मैडम में? मुझे अपनी माँ की बात याद आ गयी। मैडम की उम्र की होंगी या फिर एकाध साल छोटी होंगी। पन्द्रह साल की उम्र में विवाह हो गया था। पचीस साल तक छह बच्चे—तीन बेटी, तीन बेटे। पिताजी ने राज्य सरकार में क्लास थ्री की नौकरी शुरू की थी और सीनियर क्लास टू बनकर रिटायर हुए। घर की बड़ी बहू—सभी ननद-देवर की जिम्मेवारी—किसी की पढ़ाई है तो किसी का विवाह। पन्द्रह साल की उम्र से ही पचास साल की मुखिया बन त्याग और अनवरत सेवा करती आयी हैं सबकी। अठावन साल में लग रही हैं मानो सत्तर साल की बुढ़िया। न तो अपनी जवानी में एक अच्छी साड़ी पहन पायीं और न ही पिताजी के साथ कहीं घूमने-घामने जा सकीं। हमेशा परिवार का बोझ और उसके चलते तरह-तरह के सुख-दुख का जंजाल। अब पिताजी के रिटायर होने के बाद भी चैन नहीं है—किसी भाई का भाभी से झगड़ा तो कोई जमाई नौकरी छोड़कर चला आया। किसी नातिन को दमा तो किसी नाती की आँख बहुत खराब है। इन सब भौतिक और सांसारिक गतिविधियों को लेकर वह अब भी उलझी हुई हैं। और इधर मैडम को देखो! मुझे कुछ ईर्ष्या भी हुई कि उन्होंने जीवन के कष्ट का अनुभव ही नहीं किया और मस्तीभरा एकान्त जीवन जी रही हैं।

फ्लाइट में हम अगल-बगल बैठे। मेरी आँखों के सामने सिर्फ मैडम के फोटो बार-बार उभर रहे थे।

''जानती हो सृजनी—ये फोटो लायी थी अपने हमउम्र सभी कॅलीग को दिखाने के लिए—किन्तु दिखा नहीं पायी। सोचा, कम से कम तुम्हीं को दिखा लूँ।'' मैंने कोई उत्तर नहीं दिया। एक अकेली अविवाहित महिला का यह संकोच मैं कुछ-कुछ समझ रही थी।

इस बीच एयर होस्टेज डिनर दे गयी।

''अच्छा सृजनी, सुना है चाइल्ड बर्थ यानी बच्चा पैदा करने में बहुत कष्ट होता है! सचमुच में कैसा लगता है?''

मैंने तिरछी नजर से उनको देखा। कितनी अप्रतिभ लग रही थीं वे।

''कैसा, कितना कष्ट होता है?'' उन्होंने दोहराया।

''बहुत कष्ट होता है मैडम—कुछ पूछिए मत—मन करता है उसी क्षण मर जाती या तर जाती! इतना कष्ट शायद इतने कम समय में और किसी भी चीज में नहीं होता होगा। लेकिन बच्चा पैदा हो जाने के बाद—उसी क्षण बहुत रिलीज्ड लगता है—बेहद हल्कापन लगने लगता है! सबसे अवर्णनीय आनन्द तो तब होता है जब बच्चे पर पहली नजर पड़ती है—जितना कष्ट इससे पहले लेबर में सहन किया गया था, वह सब पल में छूमन्तर हो जाता है। सच कहती हूँ मैडम—बच्चे को जन्म देने जैसा कष्ट इस धरती पर नहीं है और ना ही अपने बच्चे को पहली बार देखने के आनन्द जैसी खुशी'' ...मैडम की ओर देखकर मैं चुप हो गयी। वे अस्वाभाविक रूप से गम्भीर हो गयी थीं और उनका चेहरा लाल पड़ गया था। मैंने बोलना बन्द कर दिया था, किन्तु ऐसा लग रहा था मानो वे एकाग्र होकर कुछ अभिनव बातें सुन रही हों। उनके चेहरे की कोमल मांसपेशियाँ इतनी कठोर हो गयी थीं, मानो किसी प्रतिरोध का सामना कर रही थीं।

उसके बाद हमने और अधिक बातचीत नहीं की फ्लाइट में। मैडम ने अपनी चेयर पर सिर टिकाकर आँखें बन्द कर ली थीं।

''मैं चिट्ठी-पत्री लिखने की आदी नहीं हूँ। पर तुम जरूर सम्पर्क बनाये रखना।'' दिल्ली एयरपोर्ट में अपना लगेज सँभालते हुए उन्होंने कहा था।

''जरूर मैडम, यह मेरा सौभाग्य होगा।'' मैंने उत्तर दिया।

''कोई आया होगा या मैं छोड़ दूँ।'' मैडम ने पूछा।

''मेरे पति आये होंगे मैडम—धन्यवाद।''

''तो फिर ठीक है, शुभ रात्रि।''

''शुभ रात्रि, मैडम।'' मैं मुकुल के पापा को ढूँढ़ रही थी।

स्वाद और तृप्ति

कॉलिंग बज रहा है बार-बार।

उठना होगा सिकता को। रसोइया सब्जी लाने गया था बाजार, शायद अभी तक नहीं लौटा। और कोई है भी नहीं दरवाजा खोलने के लिए। अमर घर पर नहीं हैं इसलिए ड्राइवर को भी छुट्टी दे दी है उसने—आज रविवार है, जरा आराम कर ले। सोचा था आज रसोई भी नहीं बनाएगी—इसी तरह अलसायी हुई-सी लेटे-लेटे कुछ पत्रिकाओं के पन्ने पलटेगी या फिर घर साफ-सफाई करने में मन लगाएगी। अपने पहने हुए कपड़ों की ओर भी ध्यान नहीं दिया उसने। आज दिन में कोई अतिथि आगन्तुक आए; यह भी नहीं चाहती थी वह। पर जब बेल बज रही है, दरवाजा तो खोलना ही होगा। साड़ी का पल्लू सँभालते हुए दरवाजा खोला सिकता ने।

''गुड मार्निंग मैडम। सॉरी टू डिस्टर्ब यू। कल दोपहर बाद कई बार फोन किया, बात नहीं हो पायी आपसे। सोचा, आज चलकर मिल ही लूँ।'' ग्रिल के उस ओर खड़ा है एक सुदर्शन युवक। उसे पहचानने या उससे कभी मुलाकात होने जैसा याद नहीं आया सिकता को। गहरी सूनी निगाह से उसे देखती रही वह और मन ही मन सोचती रही, शायद दरवाजा न खोलती तो अच्छा होता! ''आपसे बिना पूछे चला आया। माफी चाहता हूँ। आज रविवार जो है—मैंने सोचा आप घर ही पर होंगी।'' सिकता के चेहरे से उसके मनोभाव शायद भाँप गया था वह युवक, ''या फिर मैं और किसी दिन बात करके आऊँगा। जब भी आप कहेंगी।'' अब भी चुप रही सिकता—उसे कुछ भी याद नहीं आ रहा था उस युवक के बारे में—बल्कि उसे आश्चर्य हो रहा था कि वह आदमी इस तरह जान-पहचान होने जैसी बातें कैसे कर रहा है! सिकता के चेहरे पर किसी तरह का बदलाव न देख वह युवक लौटने लगा।

''सुनिए, मैं पहचान नहीं पा रही आपको।'' सिकता ने कोई आग्रह दिखाये बगैर सिर्फ इतना कहा।

''स्वाभाविक है। आपसे कभी मुलाकात तो हुई ही नहीं। किन्तु फोन पर

पाँच-छह बार बात जरूर हुई है। मैं लवली होम कम्पनी का डिज़ाइन एडवाइज़र हूँ। ये है मेरा कार्ड। मेरा नाम साधन गुप्ता है।'' उस युवक ने वालेट से एक विज़िटिंग कार्ड निकालकर सिकता को पकड़ा दिया। उस कार्ड को एक मिनिट तक अनमनी-सी देखती रही सिकता। साधन गुप्ता, आर्किटेक्ट—जे.जे. स्कूल ऑफ आर्ट्स से शिक्षा मिली है। लवली होम में एडवाइज़र है। इतना जान गयी सिकता। उसे याद आ गया कि पिछले महीने चार-छह बार बात हुई है इस कम्पनी के साथ। शायद यही है वह युवक—साधन गुप्ता, इसी से बात हुई होगी। अब उसकी आवाज और बात करने का सलीका कुछ-कुछ याद आ रहा था सिकता को।

''हाँ, यह तो बहुत पुरानी बात है।'' सिकता ने कहा।

''मैंने कई बार कोशिश की है आपसे मिलने की। पर कुछ न कुछ दबाव बना रहा काम का। इस बीच पन्द्रह दिनों तक मुम्बई जाना पड़ा। परसों ही लौटा हूँ। लौटते ही मैंने सोचा कि सबसे पहले आप ही का काम करूँगा। पर शायद आप तैयार नहीं हैं। मैं फिर कभी आ जाऊँगा।'' साधन के स्वर से लग रहा था मानो वह खुद ही तैयार न हो।

''नहीं नहीं, आइए। इस वक्त मुझे भी कोई काम नहीं है।'' सिकता दरवाजा छोड़कर एक ओर कुछ खिसक गयी, साधन को अन्दर आने का संकेत करके।

घर के लिविंगरूम में घुसते ही अवाक् रह गया साधन। ''वाह!'' उसके मुँह से स्वतः निकल गया। ''इतना सुन्दर!'' पुनः विस्मयभरे स्वर में कहा उसने, ''क्या यह सब आपने खुद किया है? या किसी और आर्किटेक्ट ने मदद की है आपकी?'' साधन का विस्मय अभी तक टूटा नहीं था।

''ऐसी तो कोई बात नहीं है इसमें।'' बड़े सहज रूप से बोली सिकता।

''यह तो किसी कुशल कारीगर के कौशल का नमूना है! यह सब देखने के बाद आपको इंटीरियर डेकोरेशन में क्या मदद कर सकता हूँ? बल्कि अवाक् रहने की बारी आयी है मेरी। आपकी रुचि की प्रशंसा किये बिना मैं रह नहीं सकता।'' साधन की समस्त सत्ता प्रशंसामुखर हो उठी थी।

''मेरे पास वक्त काफी रहता है। घर पर खाली बैठी रहती हूँ। इसलिए कोई तरीका खुद ही ईजाद कर लेती हूँ और कुछ-कुछ विभिन्न पुस्तकों से ले लेती हूँ—इतने से सीमित ज्ञान को इधर-उधर करके यह सब हो जाता है''—सिकता ने साधन की उच्छ्‌वसित प्रशंसा का बड़ी विनम्रता से उत्तर दिया।

''जानती हैं मिसेज़ मिश्रा, हमारे इंस्टीट्यूट में अनेक डिग्रीधारी भी इतना सुन्दर आइडिया नहीं दे पाते।'' साधन ने अपनी बात जोर देते हुए कही।

''अगर ऐसी बात है तो अपनी संस्था में मुझे नौकरी दे दीजिए।'' सिकता के स्वर में मजाक था।

"मैं यदि मैनेजिंग डायरेक्टर होता तो यही करता। ऐसी प्रतिभा को नहीं छोड़ता।" पलटकर सिकता की ओर देखा साधन ने। सिकता को लगा कि इन पन्द्रह मिनटों में वह पहली बार साधन को सीधे देख रही है। शायद साधन भी यही सोच रहा था। सम्भवतः इन पन्द्रह मिनटों में वे एक-दूसरे के प्रति एक ऐसा लगाव महसूस कर रहे थे जो महीनों एक-दूसरे को लगातार देखनेवालों के बीच भी दिखाई नहीं देता।

उम्र लगभग बराबर होगी या फिर साधन ही कुछ छोटा होगा—सिकता सोच रही थी। सुदर्शन है। प्राइवेट कम्पनी के एक्जीक्यूटिव की तरह साफ-सुथरा इस्तरी किया हुआ पैंट-शर्ट पहन रखा है।

"बैठिये आप, मैं स्टडी से लाकर अपने नये मकान की डिज़ाइन दिखाती हूँ।" सिकता अन्दर जाने लगी।

"तो फिर यह मकान नहीं है! आपके किसी और मकान के लिए हमारी मदद चाहिए! अब समझा। इस मकान के लिए तो और कोई परामर्श या उपदेश अधिक उपयोगी नहीं हो सकता। मुझे नहीं लगता कि कोई अलग या नया सुझाव मैं दे सकता हूँ।" साधन ने सिकता की ओर देखते हुए कहा।

"आप कुछ अधिक प्रशंसा कर रहे हैं। बैठिए, मैं अभी आयी।"

"यह पेंटिंग—यह और डेढ़ फुट दाहिनी ओर होती तो क्या अधिक सुन्दर नहीं लगती? लाइट डायरेक्ट उसके ऊपर पड़ती।" साधन न बैठकर दीवार की पेंटिंग के पास गया और सिकता की ओर मुड़कर बोला।

"मैं सोचती हूँ, जहाँ वह लगी है—दाहिनी ओर से थोड़ी तिरछी रोशनी उस पर पड़ने के कारण वह अधिक सूचनात्मक लग रही है—इसीलिए सीधी रोशनी के नीचे उसे नहीं लगाया गया है।" सिकता ने कुछ सोचकर जवाब दिया।

"ठीक कहती हैं आप।" इस बार साधन पेंटिंग के और करीब चला गया था। "जानती हैं यह पेंटिंग किसकी है?" उसने सिकता की ओर देखकर सवाल किया।

"स्वामीनाथन की एक दूसरी पेंटिंग—मॉडर्न दुर्गा—मेरे स्टडी में है।" सिकता ने सहज रूप से कहा। कुछ झेंप गया साधन।

"नहीं, नहीं मैंने अन्दाजा लगा लिया था कि आपको मालूम होगा। क्षमा कीजिएगा।" साधन सचमुच विस्मित हो रहा था और प्रशंसाभरे अन्दाज में कह रहा था।

"एक सामान्य गृहिणी के लिए इतना कुछ जानना उचित नहीं, यही ना कह रहे हैं आप!" माहौल को हल्का करने के लिए कहा सिकता ने।

"उचित है या नहीं, मैं उस बारे में नहीं कह रहा। इतना कुछ जानना आसान नहीं; यही सोच रहा था।" साधन सहज स्वर में कह रहा था।

''मेरे पास समय काफी रहता है। इसलिए जिस किसी भी चीज में मेरी रुचि होने लगती है, उसकी जाँच-पड़ताल करने में जुट जाती हूँ! उसके बारे में कुछ पढ़ती भी हूँ। बस, इसके अधिक कुछ नहीं।''

''कभी कुछ प्रोफेशनल करने के बारे में नहीं सोचा आपने?'' साधन ने कुछ अन्तरंग भाव से सवाल किया।

''नहीं, मेरे पति नहीं चाहते थे कि मैं घर से बाहर जाकर विधिवत् कोई काम करूँ। इसलिए घर ही में रहकर परिवार की जिम्मेवारी सँभालने की आदत-सी पड़ गयी।''

''क्या वे आपको बढ़ावा देते हैं? यानी, आपकी कलात्मक रुचि सबकी नजरों में आए, क्या ऐसा चाहते हैं?''

''उन सबको लेकर उतनी अधिक बॉदरेशन नहीं है उनमें। पर इसके लिए किसी तरह का खर्च आदि करने में उन्हें कोई झिझक नहीं होती। अपने दोस्त-यारों को मेरी प्रशंसा करते सुना है उन्होंने।''

इतना कहने के बाद अचानक सिकता खीझ उठी। यह आदमी इतने अनधिकार सवाल क्यों पूछ रहा है? उसने बात का रुख बदलने की कोशिश की। और फिर ऐसे बाहरी व्यक्ति को अपनी निजी समस्या बताने से क्या लाभ? ''मेरे पति अपने काम में लगभग व्यस्त रहते हैं, आज भी यहाँ नहीं हैं। बाहर गये हुए हैं।'' सिकता को खुद ही मन-ही-मन आश्चर्य हो रहा था कि वह यह सफाई इस साधन गुप्ता को क्यों दे रही है।

''आप जरा बैठिए। मैं प्लान लेकर आती हूँ।'' सिकता अन्दर कमरे में जाने लगी।

''क्या एक नजर आपका स्टडीरूम देख सकता हूँ? शायद मुझे कोई आइडिया मिल जाए!'' साधन मुस्कुराया।

प्रत्युत्तर में जरा-सा मुस्कुरायी वह और मुड़कर बोली, ''आइए।''

स्टडी रूम के टेबल पर प्लान खोलकर फैला दिया सिकता ने। चेयर पर न बैठ टेबल पर झुककर चुपचाप कुछ निरीक्षण करने लगा साधन।

''आप खड़े क्यों हैं—बैठिए और आराम से देखिए। मैं चाय लाती हूँ।'' सिकता मुड़कर रूम से बाहर जाने को हुई।

''आप परेशान मत होइए। प्लीज़, मेरे लिए चाय जरूरी नहीं।'' टेबल से सिर उठाते हुए साधन ने कहा।

''नहीं, मैं भी पी लूँगी। बैठिए, मैं तुरन्त आयी।'' सिकता चली गयी। दो-तीन मिनट तक चुपचाप चाय पीने के बाद साधन ने बोलना शुरू कर दिया।

''यदि आपके पास समय हो—आप कोई प्रोफेशनल ग्रुप ज्वाइन कर सकती

हैं या फिर कोई कोर्स कर सकती हैं।''

''इस बारे में तो मैंने कभी सोचा ही नहीं। पर कॉरेस्पोंडेंस से कोई कोर्स करना कुछ बुरा आइडिया नहीं है। एक इतनी अच्छी राय देने के लिए आपको धन्यवाद।'' लगा, साधन मित्रवत् व्यवहार कर रहा है।

''इंटीरियर डेकोरेशन और कलाकृतियों की साज-सज्जा के लिए आपमें कब से रुचि पैदा हुई?'' साधन ने पूछा।

''किसी कोर्स के लिए एप्लाई करने पर शायद सबसे पहले मुझे इसी प्रश्न का सामना करना पड़ेगा। अच्छा हुआ जो आपने रिहर्सल शुरू कर दी।'' इस बार सिकता और साधन दोनों एक साथ हँस पड़े।

''वैसे कोई खास घटना या समय तो याद नहीं आ रहा। बच्चे कुछ बड़े होकर बोर्डिंग स्कूल चले गये। मेरे हज़बैंड अपनी इंडस्ट्री के लिए काफी व्यस्त रहते हैं। मुझे लगा कि खुद को अच्छा लगने जैसे किसी काम में मन लगाऊँ। पर आज तक सिर्फ अपनी चारदीवारी में ही सिमटी हुई हूँ।'' सिकता ने सन्तुलित स्वर में कहा।

हठात् खामोशी पसर गयी उन दोनों के बीच और उस कमरे में कुछ देर के लिए। सिकता और साधन चुपचाप बैठे हुए थे और चाय पीने में मन लगा रहे थे। न जाने क्यों सिकता को कुछ अटपटा-सा लगा। सुनसान दुपहरी—इतने बड़े घर में अकेली वह और अभी-अभी परिचित साधन गुप्ता साथ बैठकर चाय पी रहे हैं। यह आदमी भी उसके विशेष आग्रह और रुचि के बारे में बातें कर रहा है। सहानुभूति तो नहीं, बल्कि उत्साहित करने की कोशिश कर रहा है। तारीफ भी कर रहा है उसकी अभिरुचि की। शायद साधन अन्दाजा लगाने की चेष्टा कर रहा था उसके अकेलेपन का, उस अकेलेपन की पीड़ा का, परिवेश के अनुकूल चलने की उसकी कोशिश और उसकी बदौलत अपने घर की साज-सजावट के प्रति उसके अत्यधिक आग्रह का!

''बहुत से लोग अपनी प्रचुर सम्भावनाओं से अनभिज्ञ होते हैं—तरह-तरह के दबाव में पड़कर वे सब दब जाती हैं और धीरे-धीरे चुक जाती हैं।'' शून्य से बातें करने-सा कह रहा था साधन।

सिकता को लगा जैसे सचमुच उसके भीतर कुछ मुड़कर-सिमटकर दब जाने की कोशिश कर रहा है। वह कोई जवाब नहीं दे सकी।

सिर उठाकर सिकता की ओर देखा साधन ने। उसकी नजर में कोई अभिप्राय होने-सा नहीं दिखा सिकता को। बल्कि जीवन को उपलब्ध किये होने का ज्ञान और उसकी निस्संगता मानो झलक रही थी उस नजर में! सिकता ने उतना पहचान लिया, क्योंकि उस तरह का अनुभव उसका अपना ही अत्यन्त निजी अनुभव था।

''क्या आपको कभी ऐसा नहीं लगा मानो यही एक जीवन है—इसी में स्वाद

और तृप्ति का कोई न कोई स्रोत ढूँढ़ लेना होगा।'' साधन ने कहा, पर इस बार उसने सिकता की ओर नहीं देखा। बल्कि दाहिनी ओर सिकता की किताबों की लाइब्रेरी पर उसकी नजर टिकी हुई थी।

कुछ देर चुप रही सिकता। ''ढूँढ़ने से मिल जाने जैसी चीज तो वह है नहीं। हालाँकि जीवन से स्वाद और तृप्ति मिलने जैसा कोई शॉर्टकट उपाय भी होगा ऐसा भी मुझे नहीं लगता—मैं इसमें विश्वास भी नहीं करती। पर हाँ, ढूँढ़ने की निष्ठा और लगन में मेरी आस्था है।'' धीरे-धीरे कहा सिकता ने।

''पढ़ा है ना आपने सोल्जेत्सिन का कैंसर वार्ड?'' सिकता के दाहिनी ओर की अलमारी की दूसरी ताक की ओर अँगुली से संकेत किया साधन ने। वहीं रखी थी वह किताब। इससे पहले कि सिकता कोई जवाब देती, कहने लगा साधन :

''याद है उसके पात्र आस्या की बात? कम उम्र की एक लड़की—सिर्फ सत्रह साल की उम्र—अचानक डिटेक्ट हुआ कि उसे ब्रेस्ट कैंसर है। कुछ ही दिनों में उसके एक तरफ के ब्रेस्ट का ऑपरेशन होगा। क्या थी उसकी मानसिकता उस रात की! रात भर में पूरा जीवन जी लेने की अकुलाहट। प्रेमी ड्योमा के समक्ष उसका निवेदन कि उस एक ही रात में ड्योमा उसके पूर्ण यौवन का उपभोग कर ले।'' एक मिनट रुक गया साधन। ''क्या करेगा आदमी यदि सौभाग्य या दुर्भाग्य से इस तरह की स्थिति से अचानक सामना हो जाए उसका?'' खुद ही खुद से सवाल करने-सा बोल पड़ा साधन।

कोई जवाब नहीं दे पायी सिकता। वह जानती थी कि ऐसे ही एक सवाल के जवाब की तलाश में है वह आज तक—पर नहीं तलाश पायी अभी तक!

''काफी देर हो गयी।'' पलटकर सिकता को देखा साधन ने। ''चलता हूँ।'' उठकर खड़ा हो गया। कुछ देर पहले का अपरिचित युवक नहीं था अब वह सिकता के लिए। बल्कि एक गहरी गोपनीयता बाँट चुके थे वे आपस में कुछ ही समय में।

''मैं आपको कॉरेस्पोंडेंस कोर्स के कुछ ब्रोशर्स भेज दूँगा। मुझे विश्वास है कि आप चेष्टा जरूर करेंगी। यह प्लान भी ले जा रहा हूँ—कुछ समय लगाकर स्टडी कर लूँगा। हाँ, इसकी एक जेरॉक्स कॉपी कल सुबह आपको भेज दूँगा। मुझे हफ्ता भर लग जाएगा अपनी ठीक-ठीक राय बनाने में। उसके बाद मैं आपसे सम्पर्क करूँगा।'' साधन के स्वर में पहले-सा प्रोफेशनलिज़्म लौट आया था, हालाँकि उस स्वर में उसकी आन्तरिकता छिप नहीं रही थी।

''आइएगा जरूर।'' सिकता के मुँह से स्वतः निकल आया।

''जरूर।'' सिकता की ओर देखते हुए सहज रूप से कहा साधन ने।

थोड़ी-सी अन्तरंगता बुन गयी थी दोनों के बीच।

दरवाजा बन्द किया सिकता ने और एक-एक डग बढ़ाती लौट आयी ड्राइंग-रूम में। कुछ खुल जाने-सा लगा उसे अपने भीतर—मित्रता और आन्तरिकता का द्वार! क्या वाकई उसमें कोई कलात्मक रुचि है या यों ही कह रहा था साधन उससे—एक क्षीण प्रश्न तैर गया उसके अन्दर। अगले ही क्षण उसे विश्वास हो गया कि साधन अतिशयोक्ति नहीं कर रहा था। उसकी इतनी प्रशंसा तो अमर के और मित्र भी करते रहे हैं पहले। पर इतनी गम्भीरता और अन्तरंगता से नहीं।

—क्या करे इनसान यदि सौभाग्य या दुर्भाग्य से अचानक उसे ऐसी परिस्थिति का सामना करना पड़े?

यह सवाल सूक्ष्म रूप से मँडरा रहा था सिकता के निर्जन कमरे में। बीच-बीच में गहराई से छू भी जाता था सिकता को। दिन भर दूर नहीं रख पाती थी सिकता उसको अपने से।

सचमुच, क्या करेगी वह, यदि इस तरह नियति के सम्मुख अचानक पड़ जाए? ढह नहीं जाएगा चारों ओर यत्नपूर्वक बनाया उसके झूठमूठ की उदासीनता का ढाँचा!

क्या जीवन की सर्वोत्तम इच्छा की याचना वह उस क्षण नहीं करेगी—अवश्यम्भावी के सम्मुख!

कोई न कोई स्रोत तो होगा ही जिससे जीवन का स्वाद और तृप्ति उसे मिलेगी अवश्य—उसकी निष्ठा और लगनभरी तलाश निरर्थक नहीं जाएगी।

मानो जगमगा उठा सिकता का चारों ओर।

मातृत्व

जानकी को आज फुर्सत ही कहाँ?

सुबह-सुबह न जाने क्यों उसकी नींद ही नहीं खुल रही थी। बहुत अलसाया-अलसाया-सा लग रहा था। जब उठी, समझ चुकी थी कि दिन काफी चढ़ चुका है। गैरेज के टीन के दरवाजे को झट खोलते ही वह चौंक उठी। सचमुच दिन काफी चढ़ चुका था। गैरेज के सामने बारिश के इकट्ठे पानी को सावधानी से पार करने के लिए दो-दो ईंटें रखकर उसने जो रास्ता बनाया था, धूप ठीक उसके बीचों-बीच आ चुकी थी। छह तो कब के बज चुके होंगे। सात के आस-पास होगा। क्या करे अब वह? घर का सारा काम पड़ा है—स्टोव की बाती तेज ही नहीं हो रही है। शायद थोड़ा किरासन डालना होगा। रात के जूठे बर्तन वैसे ही पड़े हैं। जहाँ बैठी खा रही थी, वहाँ से उठना ही मुश्किल हो गया था उसके लिए, तो फिर माँजती कैसे? कल थोड़ी बारिश भी हुई थी। घर के आगे तो पानी जम गया है—अन्दर की ओर खिड़की-सी जो खुली जगह है, एक पुरानी फटी हुई लकड़ी का पटिया रस्सी से बाँध रखा था उसने वहाँ, उसी से पानी झरकर अन्दर बायीं ओर इकट्ठा हो गया है। दोनों बच्चे उसी ओर सोये हुए हैं। कुछ उचककर उस ओर देखा जानकी ने। चलो बचाव हो गया—पानी अभी उनसे दूर है। काश, वह पानी उसने पोंछ दिया होता, पर देर बहुत हो चुकी है। दिन भी दो घड़ी चढ़ चुका है, दिशा-मैदान तक जाना सम्भव नहीं, चलो यह काम रात के लिए छोड़ देते हैं। मन ही मन मुस्कुराने लगी जानकी। गाँव होता तो न जाने क्या-क्या कहते लोग। झुटपुटे में ही यह काम खत्म करना पड़ता। रात को दिशा-मैदान जाना मना है। खून चूसनेवाली डायन-चुड़ैल डोलती फिर रही होंगी। नयी-नवेली दुल्हन देखते ही झट उसमें समा जाएँगी—फिर शुरू हो जाएगी नौटंकी। कौन झेलेगा ये सब? किन्तु शहर की बात कुछ और है, यहाँ के दिन-रात एक जैसे होते हैं। रात को चारों ओर निअन-बत्ती होने पर भी झाड़ियाँ और पेड़ के नीचे अँधेरी जगह बहुत होती है।

दातून के बंडल से एक दातून खींच लिया जानकी ने। प्लास्टिक के फटे मग से पानी चू रहा है। चूने दो, दरवाजे तक चल जाए तो काफी है। वहाँ तो पानी

इकट्ठा है, उसी पर कुल्ला करके थूकने से काम खत्म हो जाएगा। हड़बड़ी में बाहर निकलते समय स्टोव पर नजर पड़ गयी उसकी। परसों खरीदे गये कुम्हड़े का एक टुकड़ा—जो थोड़ा दब गया था, तभी तो आधे दाम में एक किलो दे दिया था सब्जीवाले ने। बेहद इच्छा थी जानकी की, कि आलू के कटे छोटे-छोटे टुकड़े और जरा-सी इमली के साथ चुटकी भर नमक में उबाल देती तो भाप निकलते भात के साथ खूब स्वाद बनता। कल भी फुर्सत नहीं मिली इतना भर करने को। पखाल (पानी मिला भात) तो न जाने कब से हजम नहीं कर पा रही है वह। सूखे खाने के साथ कुछ हल्की-फुल्की सब्जी उबाल लेनी चाहिए। सनातन और नीली, ये दोनों भी इसी की आस लगाये रहते हैं। क्या करे वह, अब अधिक कुछ कर नहीं पाती। नीचे वाले फ्लैट की मालकिन ने जो कटोरी भर दाल दी थी उसी से दोनों वक्त का खाना चला लिया उसने खींच-खाँचकर। आज कुछ पकाने को समय मिलता भी है या नहीं, कौन जाने! एक लम्बी साँस लेते हुए दरवाजा उढ़ालकर निकल पड़ी जानकी।

ईंटों से बना रास्ता लाँघते समय उसका मन अन्दर से करोर गया। दोनों बच्चे अभी तक सो रहे हैं। नींद खुलते ही घबरा जाएँगे। नीली तो चीख-चीखकर रोने लगेगी। दो दिनों से बच्ची को दस्त हो रहे हैं, दिन में चार-पाँच बार। इसीलिए काम पर जाते समय उसे साथ नहीं ले जाती है जानकी। सनातन उसे ले जाकर घर के सामने वाले पेड़ के नीचे बिठा देता है। अमूल के पुराने डिब्बे का ढक्कन यदि जोर से बन्द होगा तो सनातन उसे खोलकर चिउड़ा नहीं निकाल पाएगा। भूख से तिलमिला उठेगा। फूटी कटोरी से गुड़ का एक ढेला उसने ढककर रख दिया था। काश, वह चींटियों के चंगुल से बचा हो! उतना भर मिल जाए तो चिउड़े के साथ मिलाकर सनातन खुद खा लेगा और नीली को भी थोड़ा-सा खिला देगा। राजा बेटा है मेरा सनातन, इतना तो कर ही लेगा वह—खुद को तसल्ली दे रही थी जानकी। पर यदि अमूल के डिब्बे का ढक्कन नहीं खोल पाया वह तो क्या होगा? थोड़ा-सा चिउड़ा निकालकर एक कागज के टुकड़े में बच्चों के सिरहाने रख आना चाहिए था उसे। क्या वापस लौट जाए? पर देर काफी हो चुकी है। आज सभी घरों में उसे ताने सुनने पड़ेंगे। ऊपर वाले फ्लैट का चपरासी चाय बनाकर उसके लिए एक कप रखकर कब का जा चुका होगा। आज बूँद भर गर्म चाय तक नसीब नहीं होगी।

जानकी तेजी से चली जा रही थी। दाहिनी ओर के मन्दिर से सुबह की आरती की घंटियाँ सुनाई दे रही थीं। तीन नम्बर वाली मालकिन नहा-धोकर सफेद कपड़े पहने फूल की डोलची और पूजा की थाली लिये निकल रही है मन्दिर से। तो फिर आज सोमवार है। वे हर सोमवार शिवालय आती हैं। कितनी ताजगी भरी लग रही हैं। हे प्रभु! सनातन डब्बा खोलकर चिउड़ा निकाल ले। वरना चीखती-चिल्लाती

नीली को छोड़कर कूदता-फुदकता मेरे पास आकर हाजिर हो जाएगा। बेचारी नीली वैसे ही दस्त से परेशान है। घिसटती हुई घर से बाहर आकर गन्दे पानी में लसर-पसर होगी। मन्दिर की ओर देख हाथ जोड़कर उन्हें सिर से लगाया जानकी ने और सरपट ऊपरवाले एक नम्बर फ्लैट की सीढ़ियाँ चढ़ने लगी।

"क्यों जानकी रानी! आज फिर इतनी देर?" मुस्कुराकर एक नम्बरवाली मालकिन ने पूछा। यह मालकिन बहुत अच्छी है। कम उम्र की, नर्म स्वभाव की—नयी-नवेली दुल्हन है। जब से देखा है, दोनों हाथों में चूड़ियाँ, पैरों में पायल, चाँदी की बिछिया, माँग में सिन्दूर। चमचमाता लम्बा गाउन पहने हुए हैं। बर्तन माँजते समय कभी-कभार जानकी ने मुँह घुमाकर देखा है, डायनिंग टेबल के पास बैठी खिड़की से बाहर ताक रही होंगी और मन ही मन मुस्कुरा रही होंगी। इस वक्त बैठक में साहब के साथ चाय पी रही हैं। प्याली भर गर्म चाय के लिए तरस गयी जानकी।

"बेटी को दस्त हो रहे हैं माँजी, क्या करूँ! उसी की वजह से थोड़ी देर हो गयी।" यह कहते हुए रसोई में चली गयी जानकी और झट से दाँतों तले जीभ दबा ली। हाय रे, सुबह-सुबह बीमार बेटी के नाम से झूठ बोल गयी। उसकी अपनी ही तबीयत ठीक न होने के कारण वह सुबह जल्दी उठ नहीं पाती। उसके लिए ढका रखा चाय का कप एक नजर में देख लिया जानकी ने, किन्तु मुँह घुमाकर बाहर की ओर देखा—साहब नहीं दिख रहे—मालकिन दिख रही थीं।

"जरा-सी दवा नहीं है मालकिन, दस्त की दवा?"

"ठीक है," मालकिन ने अपना नर्म चेहरा उठाकर मुस्कुराती आँखों से देखा उसे, "जाते समय याद दिलाना।"

नौ नम्बर मकान का कॉलिंग-बेल दबाते समय कुछ सशंकित हो उठी जानकी। कागज में लपेटकर दो बिस्कुट और दवा की दो छोटी-छोटी गोलियाँ दी हैं एक नम्बरवाली मालकिन ने। यह सब घर ले जाकर जरा दोनों बच्चों को देख आने का मन कर रहा था उसका। लेकिन नौ नम्बर वाली मालकिन बड़ी बदमिजाज है। पहले ही इतनी देर हो चुकी है और देर हुई तो खरी-खोटी सुनाएगी। किसी बड़े आफीसर की अफसरनी जो है। काम कुछ कम है, तभी उसने इनका काम पकड़ लिया है। वरना जिस तरह चिड़चिड़ाती हैं, जी नहीं करता यहाँ आने को। बड़ी मूडी हैं ये मालकिन। कोई कप या गिलास हाथ से गिरकर टूट जाने पर भी कुछ नहीं कहेंगी। किन्तु धुले कपड़ों में जरा-सा भी दाग लगा रह जाए तो चिल्ला-चिल्लाकर पूरा घर सिर पर उठा लेंगी। और उनकी चाँद जैसे मुखड़ेवाली जो गोरी-गोरी बिटिया है, उसके तो नखरे ही नहीं मिलते। कुछ कहना शुरू करती है तो मुँह में लगाम ही नहीं लगता। चलती है तो पैर जमीन पर ही नहीं पड़ते। वह

लड़की सना के उम्र की होगी, पाँच साल की। लगती ही नहीं बिलकुल, आठ साल-सी लगती है। सना तो ठिगना-सा है—मालकिन की बेटी के कन्धे तक होगा। बेचारे को मिलता ही क्या है खाने को जो बढ़ेगा। जरा-सा कुछ खाकर साइकिल का पुराना टायर लिये हुए खेल में मस्त रहता है दिनभर। अच्छी-अच्छी चटपटी चीजें भला कहाँ मिलती हैं उसे मुँह में डालने को! न बिस्कुट, न चॉकलेट, न ही कुछ और! शीतला मैया ने बस उम्र भर दी है—

"आज अब आने की क्या जरूरत थी, जानकी रानी?" दरवाजा खोलते ही सवाल-जवाब करने लगी नौ नम्बर मकान की तथाकथित मालकिन। वही थी घर की सब कुछ—घर-गृहस्थी की सारी चीजें उसी के हाथ में थीं। अफसरनी मालकिन गन्दगी देखकर चिढ़ जरूर जाती हैं। पर मन में कुछ रखतीं नहीं वे। हर चीज धरने-उठाने वाली है यह नौकरानी—खास तौर पर रखा गया है इसे मालकिन की चन्द्रमुखी लाडली के लालन-पालन के लिए। बड़ी छैल-छबीली है। देखो तो सही, कैसी बनी-ठनी है। थोड़ी जलन हुई जानकी को उससे। काश, इसकी तरह ही होती उसकी जिन्दगी। इस तरह घर-घर भटकना तो नहीं पड़ता उसे। न शक्ल की है न सूरत की—क्या खाकर करेगी मुझसे बराबरी। हाय राम—दाँतों तले जीभ दबा ली जानकी ने। हाँ, कभी बहुत सुन्दर थी वह। मुस्कुराते समय दोनों गालों में गड्ढे पड़ जाते थे। कहते हैं दोपहर को सिर धोकर धूप में सुखाते समय उसके काले घुँघराले कमर तक लम्बे बाल भीगी हवा में लहराते घने धान के खेत की तरह लगा करते। आख़िर कब की बात है यह! इस जन्म की या पिछले जन्म की। किसने याद दिला दीं ये भूली-बिसरी बातें? किस गाँव की अल्हड़ छोरी थी वह? किन गलियों-चौबारों में बिजली-सी लपकती फिरती थी वह? किन अमराइयों में हिरनी-सी कुलाँचें भरा करती थी? किस तालाब के शीतल-निर्मल जल में छलाँग लगाकर बड़ी मछली-सी गोते लगाया करती थी वह? कब, कहाँ?

"इतनी देर कैसे हुई, पूछ जो रही हूँ, खम्भे-सी खड़ी क्या है?" नौकरानी यानी तथाकथित मालकिन ने खीझते हुए पूछा।

उसके बगल से घर में घुसते हुए जानकी ने जवाब दिया, "क्या करूँ बता, घर पर बिटिया की तबीयत खराब है, कैसे चली आती छोड़कर!"

"किस बिटिया की? जो बाहर है या जो अन्दर है?" शरारती अन्दाज में पूछा नौकरानी ने और जानकी के पीछे-पीछे काम बताने चल पड़ी।

"बिटिया को कल से दस्त लग रहे हैं, कहाँ दे पायी कोई दवा? यह देख, पल्लू में बँधी हैं गोलियाँ। मुँह से कुछ छूती तक नहीं। मालकिन की बिटिया रानी का कोई चॉकलेट हो तो देना एकाध। जाकर खिला दूँगी उसे।"

शायद कुछ पिघल गयी तथाकथित मालकिन, "हमारी बिटियारानी के लिए

तो तरह-तरह के चॉकलेट खरीदे जाते हैं। रुक जा देखती हूँ, कुछ पुरानी पड़ी होंगी। मालकिन ने कहीं अलग रखा है निकालकर। तुम्हीं लोगों को देने के लिए।''

घर बुहारते समय मालकिन की कड़क आवाज सुनाई दी। शायद दफ्तर जाने को निकल रही थीं। ''क्यों रे, तू भीतर कैसे चला आया मैला-कुचैला? चल भाग यहाँ से। घर गन्दा हो जाएगा। इधर आ तो जानकी। क्या तेरा बेटा घर पर नहीं रह सकता? सीधे आकर ड्राइंग-रूम में टीवी के सामने बैठ जाता है। धूल-धक्कड़ भरा नंगे पैरों कमरे में घुस आता है। क्या बाहर चबूतरे पर नहीं बैठ सकता...''

कुछ नहीं बोली जानकी। झट आगे बढ़कर बेटे का पतला हाथ पकड़कर घसीटते हुए घर से बाहर लाकर पटक दिया उसे। इस मुँहझौंसे लड़के के लिए इतना कुछ सुनना पड़ा। एक थप्पड़ जा पड़ा सनातन के बायें गाल पर। वह सीढ़ी पर बैठा दहाड़ें मार-मारकर रोने लगा।

खीझ से भर गया जानकी का मन। आधे बुहारे कमरे में झाड़ू लगाते हुए दिखाते-सुनाते वह कहने लगी, ''हाथ भर का लड़का। फर्श पर बैठकर टीवी ही तो देख रहा था। क्या इतने से ही गन्दा हो गया कमरा? कहाँ, दूसरी मालकिनों ने तो कभी कुछ नहीं कहा! लड़का तो अभागा है, पीछे-पीछे चला आता है। क्या मैंने उसे बुलाकर यहाँ बिठाया था। ज्यादा हुआ तो छोड़ दूँगी काम...''

''तू तो बड़ी बड़बोली है री...इतनी भी बात सह नहीं पाती! मालकिन ने जरा-सा कुछ बोल दिया तो क्या हो गया। मन की बहुत अच्छी हैं वे। बोलने के बाद शायद उन्हें बुरा लगा, मैंने अपनी आँखों से देखा, दफ्तर जाते समय सनातन को एक रुपया दे गयीं।'' नौकरानी समझा-बुझा रही थी जानकी को।

काम खत्म करके जल्दी-जल्दी बाहर चली आयी। नहीं, उसका बेटा अब वहाँ नहीं था। कहीं छूमन्तर हो गया था। यदि सचमुच मालकिन ने एक रुपया दिया होगा तो हलवाई की दुकान पहुँच गया होगा। न जाने क्यों पीछे-पीछे चला आया! शायद चिउड़ा का डब्बा नहीं खोल पाया होगा। तब तो अभी तक भूखा होगा। छोटी बहन को भी कुछ खाने को नहीं दे पाया होगा। क्या करे अब जानकी? क्या घर का एक चक्कर लगा आए? यदि अभी गयी तो फिर पाँच नम्बरवाले घर का काम नहीं हो पाएगा। उनके ढेर भर बर्तन और कपड़े पानी में फूल रहे होंगे। वह मालकिन बहुत अच्छी हैं। हमेशा ध्यान रखती हैं। कभी-कभार, टिकली का पैकेट और चूड़ियाँ भी देती हैं। हर रोज बच्चों के लिए कुछ-न-कुछ खाने की चीजें देती हैं। जब से यह पेट में आया है, हर बात बहुत प्यार से कहती हैं। गुस्सा भी कर रही थीं, और एक बच्चा जनम करने की क्या जरूरत है? जानकी मुस्कुरा उठी थी। क्या जवाब देती? एक और बच्चे की उसे जरूरत कहाँ थी। जरूरी-गैर जरूरी पूछकर थोड़े ही न आता है बच्चा पेट में! उनके घर का काम बल्कि जल्दी से खत्म

करके वह घर चली जाएगी। रहने को घर इसी मालकिन ने दिया है—अपना गैरेज। उनकी ऑफिस की गाड़ी है, गैरेज की जरूरत नहीं है। पुरानी साड़ी और ब्लाउज भी देती हैं अकसर। ये जो साड़ी-ब्लाउज उसने पहन रखी है, ये भी तो उन्हीं का दान है।

कचरे से भरा डस्टबिन बाहर कचरे के ढेर पर उड़ेलकर लौटते समय कोई चीज लुढ़कने-सी दिखी जानकी को। अरे, यह तो नींबू है। पीछे मुड़कर देखा उसने। यह तो बिलकुल साबुत लग रहा है—कहीं से सड़ा-गला भी नहीं। शायद खेलते-खेलते मालकिन के बेटे ने डाल दिया होगा डस्टबिन में। क्षणभर सोचा जानकी ने। कुछ तय करने से पहले वह झुकी और तुरन्त बदबू का एक भभका उसकी नाक में घुस गया। पेट के अन्दर से निकलकर मानो मुँह में कुछ भर आया उसके। छिः-छिः, क्यों झुकी वह? उसी वक्त पेट के निचले हिस्से में ठोकर मारने-सा लगा जानकी को। घबरा गयी वह। अब वह उठ नहीं पा रही थी। ठहर जा, ठहर जा—जरा घर तक तो पहुँच जाऊँ बेटे, निचले पेट को सहलाते हुए धीरे-धीरे कहा उसने। अभी तो तेरा समय नहीं हुआ है, गोटियाँ गिन-गिनकर रखी हैं मैंने, सात हुई हैं—अभी और दो महीने हैं। पिछले महीने तनखाह वाले दिन पाँच नम्बरवाली मालकिन उसे अपनी जान-पहचानवाली डाक्टरनी के पास ले गयी थीं। सफेद साड़ी में देवी जैसी लगनेवाली वह डाक्टरनी पहले कुछ घबरा गयी, शरीर में खून की कमी देखकर। न जाने क्या-क्या दवाइयाँ लिख दीं खाने को। रोजाना एक अंडा खाने की हिदायत भी बार-बार दी। लौटते समय मालकिन ने मीठे बिस्कुट के चूरे जैसी एक बोतल खरीद दी। वह मीठे बिस्कुट के चूरेवाली शीशी सनातन और नीली तीन दिन में सफाचट कर गये और वह लाल दवाईवाली बोतल तो कब की खत्म हो चुकी है।

फिर से एक हुबका उठा जानकी के पेट में। आँखों में अपने आप पानी भर गया। नहीं, आज और हिम्मत नहीं है। थोड़ी चाय के सिवा और कुछ नहीं पड़ा पेट में। घर पहुँचकर भात बनाकर खाएगी ठीक से—दोनों बच्चों को खिलाएगी, उसके बाद ही सोचेगी कुछ और। बहुत हुआ तो आज शाम को नहीं जाएगी काम पर। बेटी के पास रहेगी। कोई कुछ भी कहे...

जानकी जब गैरेज के दरवाजे पर पहुँची, उसकी आँखों के आगे जुगनू चमकने जैसा लगा। इतनी थकान तो उसे कभी नहीं लगी थी। किसी तरह अन्दर जाकर गुड़ के ढेले से चींटी झाड़कर मुँह में डालकर एक कटोरा पानी पी गयी जानकी। थोड़ा अच्छा लगा। बेटी ने दस्त किया था कमरे में। पोंछकर बाहर कागज फेंकने गयी तो देखा, नीली बगल के रिक्शेवाले की जोरू के पास बैठी है—दोनों हाथों से मिट्टी से कंकड़ चुन रही है। बैठी रहे वहीं। चूल्हा जलाकर भात के लिए पानी

चढ़ा दिया उसने।

ऐसा घड़ी-दो घड़ी एकान्त कहाँ मिलता है उसे? जब भी मिलता है, क्या सचमुच अकेले बैठ पाती है वह? या जबरन घुस आते उसकी यादों में कुआँर पूर्णिमा की चाँदनी रात, गीली मिट्टी की सोंधी गन्ध, भर अँजुरी अमिया, कैथे के पेड़ की डाल पर लटका उसका गुलाबी रिबन और कुछ सुनाई भी देता उसे साँय-साँय चूल्हे की जलती लकड़ियों और खदबदाते भात की आवाज की ओट में।

याद रखना जानकी, भूल मत जाना। उस मन्दिर को देखकर वचन दे और किसी के घर नहीं जाएगी। तीन हजार क्या, दस हजार मैं लाऊँगा एक साल में। बाजे-गाजे के साथ आऊँगा...भावुकता से अधीर हो उसके दोनों हाथों को थाम लिया था सरजू ने।

धीरे-से हाथ छुड़ाकर चारों ओर देखते हुए जवाब दिया था जानकी ने। वचन देती हूँ—तेरी राह देखूँगी। जल्दी लौट आना सरजू। एक साल तो बहुत लम्बा है। तू और जल्दी लौट आना। डबडबायी आँखें लिये रुँधे गले से कहा था जानकी ने। उससे अधिक किसी ने नहीं कहा किसी से।

घर लौटते समय रास्ते भर मन्दिर के प्रांगण में नन्दिकेश्वर को, गाँव के बाहरवाले तालाब, चाची की गाय, सबको गवाह रख मन ही मन यह वचन पक्का करती जा रही थी जानकी, सरजू की राह देखेगी। कुछ भी क्यों न हो जाए, एक ही साल की तो बात है, देखते-देखते बीत जाएगा। ऐसे-वैसे नहीं, बाजे-गाजे के साथ शान से उसे अपने घर की बहू बनाकर ले जाएगा सरजू। सरजू के तालाब के घाट पर पड़े पत्थर जैसे मजबूत सीने और दो मजबूत बाजुओं पर पूरा भरोसा था जानकी को।

न जाने क्यों काचरा नदी के पानी से सरजू की देह का रंग मिल जाने जैसा लग रहा था उसे—डुबकी लगाकर बाहर निकलते समय देह में सिहरन फैल जाती थी, जिस तरह लगा था उसे पूस की पूनो की रात में बाड़ी की ओर बाँस के झुरमुट के पिछवाड़े जब पहली बार सीने से लगाकर भींच लिया था उसे सरजू ने। सुनारी फूल चुनकर सींकों में पिरोकर जूड़े में खोंसते समय काँप उठता था उसका हाथ मानो कोई उसके हाथ से लेकर जूड़े में खोंस रहा हो। खुशी-खुशी घर का सारा काम कर लेती थी जानकी।

माह दर माह, पूनो के बाद अमावस बीतने लगे। सरजू नहीं लौटा। उसकी माँ तरह-तरह के ताने देते हुए कहती—इसी डायन की वजह से उसका बेटा परदेस चला गया। किसी ने कहा, शहर में देखा है सरजू को! सिनेमा हॉल के सामने बड़े-गुलगुले बेचता है। किसी ने कहा, देखा है सरजू को सिर्फ रात में निकलता है—उसका एक हाथ सफेद और दूसरा हाथ काला है, ऐसी अनेक बातें। किन्तु बड़े

ताज्जुब की बात है कि सरजू का कोई अता-पता नहीं था।

पिताजी की बात सुनकर सिर झुकाये रो रही थी जानकी, इस तरह कब तक राह देखती बैठी रहेगी वह? ये बल्कि रानी बनाकर रखेगा। उम्र कुछ अधिक है, पर तेरी ही कौन-सी कम है। ठीक बाईस साल है, अधिक भले ही हो, कम नहीं। इसके साथ कोई झंझट नहीं है—दोनों लड़कियों की शादी हो चुकी है पहले ही। घर में बिठाकर खिलाने की ताकत नहीं बची अब मुझमें।

सनातन के बप्पा का एक और भी नशा था—अफीम। वह भी चल जाता, यदि सूखी खाँसी की बीमारी ने उसे तोड़ न दिया होता। दाल-चावल, दुकान-मकान सब बेचना पड़ गया। सनातन का बप्पा एक दिन दुकान में बैठता तो आठ दिन चैन से सोता। दवा-दारू के लिए पैसे पूरे नहीं पड़ते। सनातन तब दो साल का था, नीली पेट में होने का आभास था जानकी को। बहुत डर गयी थी वह। गाँव की देवी मंगला को रोजाना मत्था टेकती, काश! यह गायब हो जाता। कैसे पालेगी, कैसे गुजारा करेगी। तालाब किनारे जल-देवता को तिल-गुड़ चढ़ाती, डुबकी मारकर निकलने पर शायद वे हर लें इस गर्भ को! पर कोई लाभ नहीं हुआ। बाहरवाले कमरे में जब सनातन का बप्पा खाँसते-खाँसते अधमरा हो गया, आधी दीवार के उस ओर काँख-काँखकर नीली को पैदा किया था जानकी ने। नीली एक साल की होने तक एक जून के लिए भात-दाल तक का अकाल पड़ गया। अपनी बेटी को लेकर सदानन्द की जोरू के साथ शहर चली आयी जानकी—बेटा सनातन को बाप के पास छोड़कर। उन्हें छोड़कर आने के बाद खबर आयी कि सना के बप्पा की तबीयत बिगड़ती जा रही है। क्या करे जानकी? अपना मरद है। रुपये-पैसे लेकर गाँव जाती, चावल, सब्जी, थोड़ी-बहुत दवा खरीदकर गाँव जाकर उसे दे आती—चार साल के बेटे को समझा-बुझा आती बप्पा के साथ-साथ रहने को।

जिस महीने गाँव नहीं जा पाती जानकी, सनातन को साथ लेकर उसका पति आकर हाजिर हो जाता। वापस लौट जाने के लिए कितनी ही मिन्नतें करने पर भी वह गाँव नहीं जाता था। कुछ न सही गाँव में भाई-बन्धु तो हैं, सिर पर छाये के लिए छप्पर तो है, उसकी देख-रेख भी जरूरी है। और फिर शहर में इतने लोगों को कैसे पालेगी जानकी।

इस बार जब शहर आया था, छोड़ता ही नहीं था सना का बप्पा जानकी को। घिसटते हुए चूल्हे के पास जाकर भात-तरकारी बनाता और जानकी के इन्तजार में बैठा रहता। शाम होते न होते जानकी का हाथ पकड़कर खींचने लग जाता अपनी ओर। जानकी की एक लम्बी साँस बिना खिड़कीवाली माटी की दीवार में समा जाती।

उस रात उसकी जिस देह से गठरी भर मैले-कुचैले कपड़ों की तरह चिपका

हुआ था सना का बप्पा, उस देह में तो खुद ही नहीं थी जानकी। बित्ते भर लम्बी, बित्ते भर चौड़ी दीवार पर बने दातून रखने के खुले आले से होकर निकल जाता था उसका अस्त-व्यस्त मन...जंगल से लाई जलावन बची है या नहीं दालान में, पानी में फूल रही कुल्थी से पानी न निकाला गया तो सड़ जाएगी, ब्यायी बकरी के लिए पुआल की गर्म सेज बनाना जरूरी है—ऐसी परिक्रमा खत्म करके अपनी देह में लौट आने को बाध्य होती जानकी। तब तक हाँफते हुए खुद से आखिरी क्षण तक जूझते सना के बप्पा को देख आश्चर्य में पड़ जाती जानकी। डरती भी थी वह कि यह आदमी इसी तरह आधी रात को उसके निर्वस्त्र शरीर पर सवार हो, न कर पाने जैसा काम करते-करते यदि मर गया! हालाँकि सुबह उसे हैरत में डालते हुए, अफीम और कॉफी के साथ उल्टी करते हुए जी जाता था सना का बप्पा।

पेट में इस तीन नम्बर के बच्चे की उपस्थिति की परवाह नहीं थी उसे। नीली के समय का डर भी नहीं था अब उसके मन में। मानो वह निश्चिन्त थी कि यही बदा था उसे। यह तीसरा बच्चा कैसे जनमेगा, क्या खाएगा, कैसे जीएगा, इस बारे में अब जानकी नहीं सोच रही थी।

आकाश में घने बादल मँडराने लगे थे। भात की हाँड़ी से माँड़ तक उड़ेल नहीं पायी जानकी। न जाने क्यों, ताकत ही नहीं बची थी। शायद अब कद्दू और आलू की इमली मिली तरकारी वह नहीं बना पाएगी। प्याज से ही काम चलाना होगा। कौन जाने, आज इतना भी उसकी तकदीर में है या नहीं। पेट में यह बेसब्र किये हुए है। आज तक इसकी सुध नहीं ली थी जानकी ने। सिर्फ पाँच नम्बरवाली मालकिन से वादा किया था, इसके बाद जैसे भी होगा उनके साथ जाकर ऑपरेशन करवा लेगी वह। किन्तु अभी तो दो महीने बाकी हैं। हे ठाकुर जी! अब तो बैठ तक नहीं पा रही वह। शायद वह लाल मीठी कड़वी दवाई और कुछ दिनों तक पीनी चाहिए थी उसे।

रिक्शेवाले की घरवाली ने कहा था, बेला-कुबेला बुला लेने को। किसी तरह घिसटते-घिसटते गैरेज के दरवाजे तक चली गयी जानकी। सना बाहर दिख नहीं रहा था—नीली भी अभी यहीं बैठी खेल रही थी, न जाने कहाँ गयी? शायद रिक्शेवाले की झोंपड़ी में चली गयी। एक अद्‌भुत-सी चीख निकल गयी जानकी के गले से।

"क्या हुआ जानकी दीदी? मैंने तो सोचा किसी ने कुत्ते को लकड़ी फेंककर मारा है। मैं तो जान ही नहीं पायी कि तुम कब यहाँ..." रिक्शेवाले की जोरू हड़बड़ाकर अपनी झोपड़ी से निकल आयी थी।

जानकी अपने गैरेज के बाहर अस्तव्यस्त पड़ी थी, उसका पूरा शरीर काँप रहा था और चेहरा लाल पड़ चुका था।

''तेरा मरद है क्या यहाँ कहीं आसपास? जल्दी बुला उसे। कहा था उसने, अस्पताल ले जाएगा जरूरत पड़ने पर। अभी समय तो नहीं हुआ है। पर न जाने क्या हो गया? वह लाल दवाई कुछ दिन और पीनी थी शायद...'' जानकी ने दर्द से कराहते हुए रुक-रुककर जो कुछ कहा, न जाने रिक्शेवाले की घरवाली ने क्या समझा, अपने मरद को ढूँढ़ने सड़क पर दौड़ पड़ी।

चूल्हे से निकली राख से लथपथ मुँह, आधा चलते आधा घिसटते हुए, नीली अपनी माँ के पास पहुँचने की चेष्टा कर रही थी।

करगिल की गोद

—कितने खुश थे उस दिन तेरे पापा!

—उनके पैर जमीन पर पड़ भी रहे थे या नहीं।

उस पूरे केबिन में बस कूद रहे थे, नाच रहे थे वे—हँसी का फव्वारा फूट रहा था उनके मुख से। अस्पताल से डिस्चार्ज होकर स्टेशनवैगन में बैठकर हम जो पन्द्रह किलोमीटर घर तक आये थे—तेरे पापा ड्राइव कर रहे थे—रास्ते भर गीत गुनगुनाते रहे और बायें पैर से ताल मिलाते रहे। मैं बगल में अगली सीट पर बैठी थी—मुलायम कपड़ों में लिपटा तू मेरी गोद में था—सिर्फ तीन दिन का था तू, आँखें मूँदे आराम से सो रहा था। मैं जबर्दस्ती हँसी दबाये, होठ दबाये बैठी थी।

—उसके बाद जितनी मिठाइयाँ बँटी हैं, जितने फोन किये गये हैं, क्या बताऊँ अब? इनकी इतनी खुशी देखकर बर्तन माँजनेवाला और बावर्ची, दोनों ने नये कपड़े माँगे। लेकिन मैं अधिक खुश नहीं हो रही थी—डर रही थी कि कहीं किसी की नजर न लग जाए। दो दिन बाद, लगता है सचमुच किसी की नजर लग गयी, सूखकर अपने से गिरने से पहले न जाने तेरी नाभि में क्या लग गया कि वह थोड़ी-सी फट गयी। उसमें से खून की एक पतली-सी धार बह निकली—पाँच-छह बूँदें होंगी शायद। मानो मेरे शरीर का खून सूख गया। तेरे पापा को भींचकर पकड़े हुए मैं झर-झर रो रही थी और वे मुझे समझाने में लगे थे—रुको, रुको, रोना बन्द करो—धीरज रखो, चार-पाँच बूँद ही तो बहा है...। किन्तु तेरे नन्हे से शरीर का खून! भला मैं कैसे सह पाती, बोल तो?

तब से पल-पल, दिन-दिन, माह-माह, वर्ष-वर्ष, पूरे बाईस वर्षों में तेरे शरीर में मैंने कितनी बूँदें खून बनायी होंगी रे मुन्ने? कितनी बूँदें? मेरे लाडले, कितनी बूँदें बोल तो?

खाते समय जिद करने पर, खाने की थाली में जूठन छोड़ने पर, गुस्से से नीचे बिखेर देने पर कितनी बार तुझे समझाया है! किसान बड़ी मुश्किल से बीज जुटाता है। जमीन जोतकर, धूप-बारिश का सामना करके बीज बोता है, पौधे लगाता है, उन्हें धूप से बचाता है—खेत में बारिश का पानी इकट्ठा होने पर मेड़ काटता है,

कीड़े लगने पर दवा लाकर छिड़कता है—रात-रात भर रखवाली करता है—कहीं कोई फसल बर्बाद न कर दे—खा न जाए। धान की पकी बालियाँ काटता है, धान की झड़ाई करता है, उसोता है, कूटता है, चावल बनाता है। हम उसे खरीदकर, पकाकर खाते हैं। कितनी मुश्किलें हैं—मेहनत है मुट्ठी भर भात के लिए! इतनी आसानी से उसे बर्बद नहीं करते बेटे। बर्बाद करने से पहले एक बार सोचकर देखना कितनी मेहनत, कितना पसीना, कितनी उनींदी रातें बीतती हैं सिर्फ उतना बनाने के लिए।

कल सुबह जब कॉलिंगबेल बजी, मैं डायनिंग टेबल पर चाय लगा रही थी। तेरे पापा ने अखबार छोड़कर जल्दी से जाकर दरवाजा खोला। सामने कोई खड़ा था। तुम लोगों जैसी पोशाक पहने एक युवक शायद तेरी ही उम्र का होगा। तेरे पापा ने तुरन्त मुड़कर मेरी ओर देखा—मेरी आँखें उनसे मिल गयीं—तब तक मैं भी कुर्सी छोड़कर खड़ी हो चुकी थी—मानो एक काली परछाईं जैसा कुछ गुजर गया हम दोनों के बीच से होकर! चट् से मुँह घुमा लिया मेरी ओर से तेरे पापा ने। उस युवक को अन्दर बुलाया, शायद कुछ बातें करने लगे। मैं उसी तरह खड़ी रही—याद करने की कोशिश कर रही थी, उस युवक को पहले कहीं देखा है क्या? तेरे साथ कभी घर पर आया है क्या? मैं जान-बूझकर तेरे पापा की ओर नहीं देख रही थी। तुम्हारे उस युवक से वे ही बात करें—मुझे उससे क्या! चार-पाँच मिनट बाद वह युवक उठकर खड़ा हो गया—उसके साथ-साथ कुछ गिरने जैसी आवाज आयी—तेरे पापा सोफे से उठते समय लड़खड़ाकर गिर पड़े कार्पेट पर—दाहिने हाथ का भार टीपॉय पर रख लिया था। मेरे दौड़कर उनके पास पहुँचते ही तेरे पापा ने सिर उठाकर मुझे देखा। अचानक चौंक उठी मैं! इस तरह तो कभी नहीं देखा उन्होंने? फिर से मानो परछाईं-सा कुछ गुजर गया हमारे बीच से! तुम्हारे ही उस युवक ने तेरे पापा को उठाकर सोफे पर बिठाया। मुड़कर मुझे नमस्कार किया और न जाने क्या कुछ कहता जा रहा था!

—क्या कुछ कहता चला जा रहा था वह?

—मुन्ना रे, मेरे लाडले, तू कहाँ है? कहाँ है तू? मैंने उसकी कोई बात नहीं सुनी—वही तुम्हारे उस युवक की बात—तेरी ही उम्र के उस युवक की बात।

दुनियाभर की नदियाँ, नाले, तालाब कहाँ सूख गये मेरे लाडले! एक बूँद पानी तक नहीं दिया तुझे उन्होंने! छह दिन, छह रातें—बूँद भर पानी के लिए तरसता रहा तू। रात को नीचे लुढ़ककर बर्फ चबाता रहा—तेरे हाथ बाँध दिये गये थे! कहाँ सूख गया सूर्यदेव को मेरा चढ़ाया प्रतिदिन का भर-भर अंजुली पानी! खाना तो दूर, एक बूँद पानी तक नहीं दिया। मेरे लाल रे, तेरे लगाये नारियल के पेड़ डाभ से भर गये हैं। घर के पिछवाड़े बावड़ी में तूने जो कमल छोड़ा था आजकल एक-

दो रोजाना खिलते हैं। ऐसी लबालब भरी दुनिया में तुझे एक बूँद पानी नहीं मिला! वह भी लगातार छह दिन, छह रात तक! कैसे विश्वास करूँ मैं इस पर! कौन थे वे लोग? क्यों था इतना क्रोध? क्यों थी इतनी घृणा उनमें तेरे प्रति? यह सच है या झूठ?

आज सुबह-सुबह तेरे पापा एयरपोर्ट गये। घर लोगों से भर गया था। न जाने उनके साथ और कौन-कौन गये हैं—मुझे कुछ मालूम नहीं। क्या तू आ रहा है मेरे लाडले? आ जा मेरे बेटे! दरवाजा धकेलकर, खड़ा हो जा मेरे सामने आकर। कोंपल निकल रहे तरोताजा हरे लम्बे केले के पेड़-सा, गड़गड़ाहट और बिजली के साथ सारी दुनिया को चमकाते झर-झर झरती बैसाखी की बारिश-सा, हमारे छत पर पड़ती जाड़े की नर्म धूप-सा—चला आ मेरे पास, मेरे दुलारे—जिस तरह दो महीने पहले गया था, ठीक उसी तरह।

डॉक्टर गुप्ता सुबह-सुबह मुझे एक इंजेक्शन लगा चुके हैं। वो देख, एक और ला रहे हैं। कहते हैं ये मेरे स्नायु को शान्त करेंगे।

तू नौ साल का था। तब तेरे पापा की पोस्टिंग अलवर में थी। टाउन हॉल में बच्चों की ड्राइंग प्रतियोगिता हो रही थी। विषय था—आई एम ए हीरो। तुझे उसमें प्रथम पुरस्कार मिला था। तेरी ड्राइंग थी, हरे रंग की टोपी, हरी पोशाक पहने कन्धे पर रायफल रखे, मोटी-काली मूँछवाले एक युवक का चित्र! वह चित्र कितना सुन्दर था, मुझे याद नहीं। किन्तु वे काली मूँछें और कन्धे पर रायफल अब भी मेरी आँखों के आगे नाचती रहती हैं। तेरे पापा को बहुत गर्व हुआ था, कहते फिर रहे थे—माई सन विल बी ए फाइटर। मुझे लेकिन उस दिन अच्छा नहीं लगा था। मैंने उनसे कहा था, इस तरह इतने बचपन से ऐसी शिक्षा देना ठीक नहीं है। वह क्या करेगा, देखा जाएगा।

कहा जाता है, सात पुश्तों का खून लेकर जन्म लेता है बच्चा। न जाने क्यों तेरी आँखों की पुतलियाँ गाढ़ी नीली थीं—फक्क सफेद आँखों में नीली पुतलियाँ और घनी काली भौहें। तेरे पापा कहते, तेरे दादाजी का चेहरा भी ऐसा ही था। तेरी नानी कहती, उनकी माँ जैसा है देखने में तू। जिसकी तरह भी हो—सरल, चौकन्नी और विश्वास़भरी थीं तेरी निगाहें। बर्फ के पहाड़-सा कठोर, गहरी नीली झील के पानी-सा निर्मल—कभी-कभार शरारत के कारण चंचल हो उठता था तू! जिस दिन से तूने आँखें खोली हैं, मैं देखती आ रही हूँ—वही हँसमुख, स्नेहभरी निगाहें तेरी—कितनी परिचित—वाह! तेरे दूर होने पर भी दिख जाती हैं मुझे। बाईस वर्षों की आस्था, विश्वास से बनी हैं वे दो उज्ज्वल मणियाँ, मेरे हीरा...

—बेटे रे! क्या बातें कर रहे हैं ये लोग......एक-एक करके उन्होंने निकाली हैं तेरी आँखें! यह सब झूठ है। तू एक बार देख ले तो दुश्मन भी पसीज जाए।

ऐसा कौन करेगा? दुनियाभर की नृशंसताएँ तो हार मान जाएँगी तेरी तरल, निर्मल निगाहों के आगे। बेटे रे, तो क्या जब तू सो रहा था—तेरे अनजाने में...मुझे तो विश्वास ही नहीं हो रहा। इन्तजार कर रही हूँ तुझसे ही पूछने के लिए। तू कहाँ है रे मुन्ने!

मजबूत बनता जा रहा था तू मक्खन का पुतला! आखिर कितना बोझ होगा तेरा पृथ्वी पर बाईस साल की उम्र में! सच, क्या सह नहीं पायी पृथ्वी इतना भी! कोई तो बताए मुझे—सच-सच बताए!

"इसे ऐसे सीधे पकड़कर सू-सू करना—तब ठीक जाकर टॉयलेट में गिरेगा।" मैं तुझे पहली-पहली बार सिखा रही थी।

"उससे और भी क्या-क्या करेगा, सिखा दो उसे।" तेरे पापा टॉयलेट की चौखट पकड़े खड़े, होठ दबाये मुसकुरा रहे थे।

"चुप रहो, बड़े बेशर्म हो तुम।" मैंने सिर घुमाकर कहा था और मुस्कुराने लगी थी।

"मम्मी, क्या कहा पापा ने?" तूने सू-सू करते हुए सिर घुमाकर पूछा।

"कुछ नहीं रे, तू अपना काम करके फ्लश चला दे।" मैंने कहा था और रसोई में चली गयी थी।

—राक्षस हैं! जानवर हैं! कैसे हिंसक जानवर हैं वे लोग! टुकड़े-टुकड़े करके काटा तुझे—तूने किसी का क्या बिगाड़ा था रे बाबू...

रत्ना आज सुबह आयी थी, तेरे पापा के एयरपोर्ट चले जाने के बाद। अपने पतले गले में वही सोने की चेन और डायमंड का लॉकेट पहने थी, जो हमने उसे एंगेजमेंट में दिया था। शादी एक साल बाद करने के लिए उस दिन उसके माता-पिता ने कहा था। लेकिन तेरे पापा ने बाद में कहा—नहीं, हम इसी दिसम्बर में कर देंगे। आर्मीवालों की शादी जल्दी हो जानी चाहिए। मैंने मुँह पर हाथ लगा दिया था उनके—वे हमेशा ऐसी ही अमंगल बातें करते हैं। तुझे खबर मिल तो गयी ना? तेईस दिसम्बर को होगी शादी। आज मैंने रत्ना को बतायी थी यही बात। वह तो बस मुझे भींचकर पकड़े हुए थी। उसके बाद मैं बड़ी अलमारी खोलकर पुराना एलबम निकालकर लायी। चाबी कहीं रख दी थी, ढूँढ़ने में पन्द्रह मिनट लग गये। रत्ना बीच-बीच में आया करती है—तेरे बचपन के फोटो देखने को लालायित रहती है। लेकिन आज मैंने हमारा—यानी तेरे पापा और मेरा पुराना एलबम निकाला। तब तू सात साल का था—तेरे पापा तैंतीस के। हम कुछ ही दिनों पहले मुम्बई आये थे। पहली बार मैं नेवीबॉल गयी थी; तुझे आउट हाउस में दीदी के पास छोड़कर। तेरे पापा नाराज हो रहे थे। साड़ी पहनकर क्यों गयी—एक गाउन क्यों नहीं बनवाया! तब मुझे बहुत शर्म आती थी—गाउन पहनकर बाहर कैसे जाती? तेरे पापा

बन्द गले का सफेद कोट पहने हुए थे—उसी तरह साड़ी में ही नेवीबॉल के फ्लोर पर खींच ले गये। शायद उनके किसी दोस्त ने फोटो खींचा था—वही दिखा रही थी रत्ना को। उससे बोली, तुमलोग भी इसी तरह एक फोटो खिंचवाना। इससे और भी जीवन्त! तुमलोग हनीमून से जल्दी लौट आना। पहली जनवरी की शाम आर्मीबॉल में जरूर शामिल होना है। रत्ना एक मेरून रंग का गाउन बनवाएगी। मेरून रंग उसके गोरे बदन पर खूब फबेगा। अपने छोटे घुँघराले बाल समेटकर एक टॉपनॉट बना लेगी। डॉन्स फ्लोर पर जब तू उसे बाँहों में लिये होगा और वह अपना सिर पीछे की ओर झुकाये होगी, किसी से कहना फोटो खींच ले। तू...मुन्ने, तू किस रंग का सूट पहनेगा...मैं एक मिनट सोच ही रही थी कि अपना दुपट्टा मुँह में दबाये रत्ना वहाँ से दौड़ती हुई चली गयी। बरामदे में डॉ. गुप्ता से न जाने क्या बोली—गुप्ता अंकल ने आकर फिर से इंजेक्शन लगा दिया। मेरी आँखें तो मुँदने लगीं—अलमारी उसी तरह खुली रह गयी...

—जानता है, मुन्ने...

—जब तू बिलकुल छोटा-सा था—खाट पर लेटे-लेटे काफी देर तक स्थिर दृष्टि से सिलिंग फैन की ओर देखते हुए हाथ-पैर हिलाकर खेलता रहता था। तेरे पास बैठकर एक नॉवेल पढ़ते हुए मैं खाट की पाटी से टिक जाया करती। आतंकित हो जाया करती थी कि तुझे बड़ा करने के दौरान मुझे कहीं कुछ हो गया तो! ऐसा कुछ हो जाए कि मैं बचूँ ही नहीं—तुझे अकेला छोड़कर...। नावेल आधा खोलकर खाट पर रखकर मैं तेरे मुँह की ओर ताकती बैठी रहती थी। तेरे ये ताँबे के रंग के बाल तिरुपति में चढ़ेंगे। तू घुटरूँ चलेगा—खटिया का पाया पकड़कर खड़ा होगा। धीरे-धीरे हिल-हिलकर चलेगा। नर्सरी स्कूल जाएगा, छोटे-छोटे यूनीफॉर्म पहनकर। एक छोटी-सी साइकिल होगी तेरी। पापा तो तेरे ऑफिस में रहेंगे—तुझे साइकिल पर बिठाकर, पीछे से पकड़े हुए मुझे ही पूरे बरामदे में चलाना होगा। पर यदि उससे पहले मुझे कुछ हो गया तो...क्या करेगा रे तू अकेले-अकेले!

स्कूल से लौटने के बाद तुझे भूख लगने पर किसी से माँग तक नहीं सकेगा! तेरे हिलने लगे दाँत को हलके से गिरा देने की किसी को फुर्सत नहीं होगी! मूसलाधार बारिश के समय बादल जोर से गरजने पर भींचकर पकड़ने के लिए कोई नहीं होगा! अहा! बिन माँ का बच्चा होकर कितने दु:ख और भय से तू रो रहा होगा! यों सोचकर मैं रो पड़ती। लेकिन तू उसी तरह नन्ही-नन्ही मुस्कान बिखेरता हाथ-पैर हिला-हिलाकर खेलता रहता। मैं अपने आँसू पोंछकर उपन्यास पढ़ने लग जाती।

मुन्ना रे, मेरे बेटे, मैं थोड़ी स्पर्धा भी करने लगी थी। आजकल छुप-छुपकर प्रार्थना करने लगी थी, पोता या पोती के साथ खेलने से पहले ईश्वर मुझे न ले जाएँ।

लेकिन नन्हे पोते या पोती का चेहरा मैं भय से आँक नहीं रही थी—पहले से ऐसा नहीं करना चाहिए—नजर लग जाएगी।

बेटे रे, ये देख! झोली भर पके सपने किस तरह अगोरे बैठी हूँ, देख!

तेरे पापा शायद लौट आये हैं। ढेरों लोग इकट्ठे हैं गेट के पास, बाहर, पर आवाज नहीं आ रही किसी की बिलकुल। तेरे आर्मीवाले लोग भी आये हैं उनके साथ। चमकती बिजली की तरह तू चंचल है मुन्ने। तू तो गेट खोलकर कभी चलकर नहीं आता—उछलते-कूदते सीधे घर के अन्दर हाजिर हो जाता है। बायें हाथ से म्युजिक सिस्टम ऑन करता है और दाहिने से मुझे भींच लेता है। मैं, अपनी कमर से चिपकी तेरी पतली-पतली लम्बी अँगुलियाँ सहलाने लगती हूँ।

कौन है...न जाने कौन कह रहा है, पहले तेरी अँगुलियाँ उन लोगों ने एक-एक करके काटीं, और उसके बाद...मैंने चिल्लाकर उसको चुप रहने के लिए कहा। इस पृथ्वी पर ऐसा कोई नहीं है—न ईश्वर, न शैतान, कोई ऐसा नहीं कर सकता तेरे साथ। तेरा तो कोई दुश्मन है ही नहीं। मुझे तो जरा भी विश्वास नहीं होता—मैं जानती हूँ, मुझे थोड़ा विचलित करने के बाद तू अपने बचपन की तरह पीछे से आकर दोनों हाथों से मेरी आँखें बन्द कर लेगा...

राष्ट्रीय ध्वज में लिपटा छह फुट लम्बा लकड़ी का बक्सा बैठकखाने में लाया गया। शायद तेरे ही चार-पाँच दोस्त होंगे, उसे खोलकर पकड़े हुए थे। सफेद कपड़े में बँधी तीन फुट लम्बी, लगभग डेढ़ फुट चौड़ी कुछ ऊँची कोई चीज बहुत सहेजकर रखी गयी थी—शायद कोई बहुमूल्य चीज थी—न जाने क्या है, भीतर से कुछ दिख नहीं रहा था।

—घुटनों से दोनों पैर काट लिये हैं।

—किसने कहा यह? जब मैंने पलटकर देखा, तेरे पापा एक घायल जानवर की तरह तड़प रहे थे—किसी को काट खाएँगे या खुद ही को काट लेंगे। मैंने उनके पास दौड़कर जाने की कोशिश की, पर जरा भी हिल न सकी। गुप्ता अंकल और न जाने किस-किसने पकड़ रखा था मुझे—दो-दो इंजेक्शन लगा दिये। क्या करती—सो जाऊँगी अब। शायद तेरे साथ बात नहीं कर पाऊँगी।

भला नींद मुझे कहाँ आएगी रे! तुझे देखे बिना कैसे सो सकती हूँ, बोल तो? अँधेरा छाता जा रहा है आँखों के आगे। चेहरा नजर नहीं आ रहा था। लेकिन मैं तेरा नाम ले-लेकर पुकारती जा रही थी। जानती हूँ, तू जहाँ भी होगा, दौड़ आएगा मुन्ने, मेरी पुकार सुनकर तू चैन से कहाँ बैठ सकता है? सामने यह कौन खड़ा है? मैं चौंक उठी। तुझ जैसा तो नहीं लग रहा। कुछ करीब गयी। फक्क सफेद बर्फ-सा चमक रहा था उसका बदन, पतले घने पाइन वन जैसे फैले हुए थे उसके बाल—कोई महिला ही थी—मैं किनारे से होकर आगे जाने को हुई। शायद तू कहीं आगे

होगा। हाथ बढ़ आये उस महिला के मेरी ओर—ऊँचे पहाड़ों के सन्धि-स्थल से नीचे छलाँग लगाती शुभ्र झरने जैसी थीं उसकी बाँहें।

"कौन हो तुम? मैं मुन्ने को ढूँढ़ रही हूँ—कहाँ है मेरा मुन्ना, मुन्ना रे..."

"चुप-चुप" मेरे आगे से हाथ हटाकर अपने होठों पर अँगुली लगायी उसने—मुझसे कुछ न कहने का इशारा किया।

"सो रहा है वह। शोर मत मचाओ।"

मैं कुछ करीब गयी उस महिला के।

"देख मुझे, मैं तो करगिल माँ हूँ। तीन सौ छप्पन गोलियाँ निकाली हैं मैंने—ये देख।"

मैंने गौर से देखा। उसकी पूरी देह खून से सराबोर है। न जाने किस रंग की साड़ी, किस रंग का ब्लाउज पहने है! पूरी देह में गोलियों के निशान हैं। इंच भर भी नहीं बची। उसका चेहरा देखा—पूरे ललाट पर गोलियाँ दागी गयी हैं—खून झर-झर बह रहा है—हर ओर लाल ही लाल, अब फक्क सफेद नहीं दिख रही थी वह।

"वे सभी सो रहे हैं वहाँ—उस ओर..." झर-झर खून बहता हाथ उठाकर मुड़कर पीछे की ओर दिखाया उसने। कितने थके-हारे, सिकुड़े-सिमटे सो गये हैं, देख ना...उठा मत उन्हें।

"मुन्ना, मुन्ना कहाँ है?"

"वो वहाँ।"

तो तू उन लोगों के बीच सोया है! अकसर तेरे बेड-रूम में आकर तेरा टेबल लैम्प बुझाया करती थी मैं। तू पढ़ते-पढ़ते सो जाया करता था। गर्दन तक ओढ़ी रजाई कान तक खींच दिया करती थी...

"उसे ज़रा रजाई ओढ़ा देना। चुभता है, इसीलिए उसे कम्बल अच्छा नहीं लगता। इस बार श्रीनगर पोस्टिंग से पहले एक बड़ी रजाई बनवा दी थी मैंने, और हाँ, बीच-बीच में ज़रा ऊपर कान तक खींच दिया करना। ठंड लग जाएगी वरना, वह कभी कान नहीं ढाँकता..." मैं घबरायी हुई-सी कहती जा रही थी।

"तुम निश्चिन्त होकर लौट जाओ, वह मेरे पास आराम से सोएगा।" करगिल माँ मुड़कर धीरे-धीरे चली गयी।

एक चिट्ठी लिखी है तुझे। किस पते पर भेजूँ? 99 ए.पी.ओ. या 13 जम्मू कश्मीर राइफल्स—किस पते पर भेजूँ, रे बाबू...?

—चलती हूँ, करगिल माँ का ही नाम लिख दूँगी। वह जरूर पहुँचा देगी मेरी चिट्ठी तेरे पास।

□□